REMSMORD

Nach einer Ausbildung in der Gastronomie studierte Tanja Roth in Schwäbisch Gmünd Kommunikationsdesign und lebte später unter anderem in Orléans, Rom und München. Schon in ihrer Kindheit war das Schreiben Teil ihres Lebens. Inspiration findet sie sowohl im Alltag als auch in der Phantasie oder bei ihren Hobbys wie Archäologie, Bogenschießen und Reisen.

TANJA ROTH

REMSMORD

Kriminalroman

emons:

LChoice
Hier bestellen

Lust auf mehr? Laden Sie sich die »LChoice«-App runter, scannen Sie den QR-Code und bestellen Sie weitere Bücher direkt in Ihrer Buchhandlung.

Bibliografische Information der Deutschen Nationalbibliothek
Die Deutsche Nationalbibliothek verzeichnet diese Publikation in der Deutschen Nationalbibliografie; detaillierte bibliografische Daten sind im Internet über http://dnb.d-nb.de abrufbar.

MIX
Papier aus verantwortungsvollen Quellen
FSC® C083411
FSC www.fsc.org

Umschlagmotiv: Arcangelo Piai/Arcangel Images
Umschlaggestaltung: Nina Schäfer, nach einem Konzept von Leonardo Magrelli und Nina Schäfer
Umsetzung: Tobias Doetsch
Gestaltung Innenteil: César Satz & Grafik GmbH, Köln
Lektorat: Hilla Czinczoll
Druck und Bindung: CPI – Clausen & Bosse, Leck
Printed in Germany 2020
ISBN 978-3-7408-0815-0
Originalausgabe

For some of us, there is no answer.

In Flames, »All for me«
in »Sounds of a Playground Fading«

Der Schatten verriet, dass er noch da war. Georg Härtler lehnte sich weit über seine Verkaufstheke. Nichts mehr zu sehen von dem Mann, und doch war da dieser finstere Schatten neben der Waschstraße, der schwärzer schien als das Dunkel der hereinbrechenden Nacht. Das spärliche Licht der Straßenlaternen erreichte den hinteren Bereich nicht. Allenfalls zu erahnen waren die roten Backsteine des Altbaus, der an die Tankstelle anschloss. Härtler schaute wieder hoch. Der Schatten war verschwunden.

Vielleicht hatte er sich vertan; zu viel hinter seinem Tankstellentresen gestanden in den letzten Wochen. Was wollte jemand ohne Auto hier, bei dieser Kälte und um kurz nach neun am Samstagabend? Im Nichts hinter Ellwangen-Rotenbach. Wenn jemand eine Panne gehabt hätte, wäre er doch schnurstracks hereingekommen. Vermutlich alles halb so schlimm, redete er sich ein. Vielleicht nur ein Radfahrer, der eine Pinkelpause eingelegt hatte.

Härtler atmete tief durch und begann sich wieder zu entspannen. Der Rinderbraten vom Mittag war ihm wohl gehörig auf den Magen geschlagen, dass er jetzt Gespenster sah.

Er verriegelte die Tür, schaute auf die Uhr und beschloss, die Abrechnung zu machen. Dann würde er in die Wohnung hinübergehen. Ob heute noch einer kam, war sowieso fraglich. Er ließ seinen Blick über die verlassenen Zapfsäulen gleiten, dann öffnete er die Kasse. Doch etwas stimmte nicht. Als ob er nicht allein wäre.

Georg Härtler sah wieder hoch. Da stand der Mann, mitten in der Einfahrt im Dunkeln, die Strahler der Tankstelle erfassten ihn nicht. Ziemlich breit gebaut war er, das konnte Härtler erkennen, und sein Hals so dick, dass der Kopf direkt in den Oberkörper überzugehen schien. Der Fremde schien bemerkt zu haben, dass er ihn gesehen hatte, denn er machte eine unbestimmte Geste. Härtler tat so, als ob er nichts bemerkt hätte. Seine Hand fasste unter den Tresen, die Finger suchten den hölzernen Stiel des

Baseballschlägers. Immer greifbar und doch noch nie im Einsatz gewesen.

Härtler hielt inne und schüttelte den Kopf. Blödsinn. Es gab keinen Grund, überzureagieren. Es gab mehrere Kameras, die den gesamten Tankstellenbereich im Blick hatten. Haben würden, wenn es denn keine Attrappen wären. Aber das wussten die wenigsten seiner Kunden, nur die Kollegen von der Freiwilligen Feuerwehr Ellwangen. Martha saß nebenan im Wohnzimmer und schaute vermutlich eine ihrer Komödien.

Der Mann stand immer noch reglos da. Härtler schluckte und erwiderte seinen Blick, zumindest starrte er zurück. Denn ob der andere ihn wirklich beobachtete, konnte er im Dunkeln nur vermuten. Der Mann drehte den Kopf, das konnte er erkennen. Ein zweiter Mann trat in den Lichtkegel der Zapfsäule, nickte und ging der Tür entgegen. Zielstrebig und genauso ein Bulle wie der andere. In der Hand hielt er ein Brecheisen. Die Entschlossenheit in seiner Miene ließ das Blut in Härtlers Adern gefrieren.

Hastig ließ er den Rollladen herunter, doch die Finger des anderen Typen schoben sich darunter und blockierten sofort die Elektrik. Verdammte Sicherheitsrollläden. Schwere Schritte näherten sich. Nun also standen beide direkt vor seiner Scheibe. Härtler sah die Gesichter der Angreifer nicht mehr, aber er sah, wie sich das Brecheisen in den Türrahmen schob. Zum Glück hatte er auf sein Bauchgefühl gehört und abgeschlossen.

Er riss den Hörer vom Telefon. Polizei. Oder … Nein. Härtler kramte mit zitternden Fingern im schmalen rückwärtigen Fach seiner geöffneten Kasse. Büroklammern, Gummis und vergessene Einkaufszettel von Kunden. Er versuchte die Angst, die ihm über den Nacken kroch, zu ignorieren.

»Wo isch er denn?«, flüsterte er. Da, der Karton, auf den eine Handynummer gekritzelt war. Kein Name. Aber egal, die Nummer reichte ihm. Der Rahmen krachte, aber noch gab die Tür nicht nach. Er hörte die Typen fluchen. Härtler wählte, während der Finger der linken Hand, mit dem er immer noch den Rollladenknopf gedrückt hielt, weiß war vom Druck.

EINS

Die frisch ernannte Kriminalhauptkommissarin Eva Brenner zupfte am Ärmel ihrer Bluse und spähte durch den Türschlitz. Aus dem Wohnzimmer drang Mareilles leises Flüstern, doch sie konnte nichts verstehen. In diesem Moment kam die kleine Emma aus dem Kinderzimmer gestapft und hielt ihr einen orangefarbenen Plastikbagger hin. »Spielen kommen!«, befahl sie.

Eva nahm das Händchen, das sich ihr entgegenreckte, und ließ sich bereitwillig mitziehen. Spielen war wenigstens eine Aufgabe, die sie von ihrem schlechten Gewissen ablenkte. Wann war sie das letzte Mal hier gewesen?

Sie ließ sich neben Emma auf den bunten Teppich gleiten und wurde in ihre Aufgabe eingewiesen. Eigentlich bestand ihr Part nur darin, den Fuhrpark zu bewundern und angemessen zu loben, wie ordentlich die Fahrzeuge die aufgezeichneten Straßen entlangfuhren.

»Brummmm, brumm!« Emmas Augen glänzten, als sie Eva einen Kran ohne Schaufel entgegenstreckte. »Im Kindergarten binni Kranfahrerin!«

Eva fand die Schaufel auf dem Parkplatz und drückte sie wieder auf die Vorrichtung. Die Kleine strahlte. Sie war Björn wirklich wie aus dem Gesicht geschnitten. Das feste braune Haar ihres Vaters fiel in wilden Wellen auf ihre Schultern, während die hellblauen Augen ihrer Mama aus ihrem runden Gesichtchen leuchteten. Dreieinhalb war sie jetzt. Wie die Zeit verging.

»Schießen die da, wo du arbeitest?«, fragte Emma unvermittelt und musterte sie mit wachem Blick.

Was hatten Mareille und Björn dem Mädchen erzählt? Eva spürte, wie ihr der Schweiß auf die Stirn trat. Sie streichelte über Emmas Arm. »Wir … fangen die Bösen, damit die nicht schießen können.« Dann zwang sie sich zu einem Lächeln und schloss einen Moment lang die Augen. Sie wartete auf die nächste Frage:

Warum habt ihr sie nicht gefangen, bevor sie auf Papa schießen konnten?

Doch nichts dergleichen passierte. Natürlich. Und natürlich hatten sie mit der Kleinen nicht über Björns Unfall gesprochen.

»Eva?« Erst jetzt nahm Eva Mareilles leise Stimme wahr. Sie stand mit warmem Blick im Türrahmen und hatte sie beide wohl beobachtet. Von hier unten am Boden waren die Ringe unter ihren Augen gut zu sehen. Das letzte Mal hatte sie besser ausgesehen, das war um die Zeit gewesen, als es auch mit Björn endlich aufwärtsgegangen war. Wie lange mochte das jetzt her sein, drei Monate?

Um Weihnachten herum hatte Eva ein Geschenk der Kollegen vorbeigebracht. Natürlich musste die Situation nach wie vor schwer sein für Mareille. Eine große Herausforderung, sich so hingebungsvoll um ihren traumatisierten Mann zu kümmern. Dazu ein kleines Kind liebevoll umsorgen und Geld verdienen, damit alles weiterlief. Mit einem Mal fühlte Eva sich fürchterlich, dass sie sich so selten gemeldet hatte.

»Du kannst zu ihm rein. Ihm geht's gut.«

»Frau Kranfahrerin, baust du mir ein Haus, solange ich mit Papa rede?« Eva erhob sich und strich Emma noch einmal über den Kopf, dann folgte sie Mareille zur Tür hinaus. »Wie fasst sie es auf?«

»Sie war ja erst ein Jahr, als es passiert ist.« Mareille blieb im Flur stehen; sie flüsterte immer noch, während sie mit ihrer gravierten Herzchenkette spielte, einem Verlobungsgeschenk von Björn. »Sie ist total anhänglich. Jede Nacht will sie sich an den Papa kuscheln, wie um ihn zu beschützen.«

»Aber dir liegt noch etwas anderes auf dem Herzen …« Eva legte den Arm um Mareilles schmale Schultern.

»Geh erst mal zu ihm rein. Er freut sich über jede Ablenkung.«

Björn saß an einem hellen Platz am Esstisch in dem zur Küche hin offenen Wohnzimmer. Der Blick aus dem Fenster ging in die Nachbarsgärten. Vor ihm lagen eine Tageszeitung und ein Buch. »Kompromisslos verhandeln – Die Strategien und Methoden des Verhandlungsführers des FBI.« Aha.

Er schaute hoch, natürlich hatte er sie schon erwartet. Langsam verzog sich sein Mund zu einem Lächeln. Eva klopfte ihm vorsichtig auf den Rücken. »Na, altes Haus?«

»Du brauchst immer noch nicht aufzupassen. Bin unkaputtbar. Was zu trinken?«

Sie nickte und setzte sich. Natürlich, die Wunde war schon lange verheilt. Nur an seine bedachte Stimme hatte sie sich noch nicht gewöhnt. Björn wählte seine Worte, als müsse er sie bei jedem Satz erst zusammensuchen. Ansonsten wirkte er vollkommen normal, wenn man ihn nicht kannte. Nur für seine Familie, die Freunde und Kollegen waren die Veränderungen sichtbar.

Diese Verbrecher hatten ihnen den alten Kameraden genommen. Gut zwanzig Kilo hatte der aktive und groß gewachsene Mann abgenommen. Seine Schultern hingen, die Haut war blass. Wenn er nicht bald anfing, an sich zu arbeiten, würde der Muskelabbau bleibende Spuren hinterlassen. Dazu zitterten seine Hände, als er jetzt nach dem Glas griff und es mit Wasser füllte. Sogar sein Haar wirkte stumpf. Angststörung, Psychotrauma lautete die medizinische Definition seines Leidens. Ob der Tremor wieder besser würde, wusste sie nicht. Vermutlich war er eine Nebenwirkung der Medikamente, die er gegen die Schmerzen und seine wiederkehrenden Träume nahm.

Kaum hatten sie ein paar Floskeln gewechselt, entspannte er sich merklich. Mareille war bei Emma im Kinderzimmer geblieben, spürte wohl, dass es ihm guttun würde, eine Weile allein mit seiner langjährigen Kollegin zu reden.

Eva zeigte auf das Buch, das vor ihm lag. »Bildest du dich weiter?«

Björns Blick verfinsterte sich kurz, und er ging nicht weiter auf ihre Frage ein. Stattdessen umklammerte seine Hand die Zeitung. Was hatte sie falsch gemacht?

»Wir vermissen dich«, schob sie schnell hinterher und atmete tief durch. »Ohne dich ist es einfach nicht mehr dasselbe. Mein neuer Kollege, Gerhard, du weißt ja, der vom Betrug zu uns gewechselt ist, hat sich prima eingearbeitet, fast vom ersten Tag an. Manchmal ist er ein ziemlicher Erbsenzähler, aber ein netter. Mit dem hättest du deinen Spaß. Aber wir vermissen dich alle.

Sie fragen dauernd nach dir. Sogar Willner ist nicht mehr derselbe.«

»Ach, der Willner.« Ihr Kollege ließ ein Schnauben erklingen und hatte offenbar auch auf dieses Thema keine Lust. Wirklich komisch, normal hob sich seine Stimmung, wenn sie auf das Thema kam. Björn sprach gern übers Dezernat und Geschichten aus dem Präsidium. Und er hatte sich doch immer auf seine Rückkehr gefreut. Ob sie es ansprechen sollte?

Eine leise Stimme warnte Eva, es heute besser nicht zu tun. Irgendetwas lag in der Luft, und sie konnte die Stimmung nicht deuten. Also lenkte sie das Gespräch auf Emma, und Björn taute tatsächlich ein klein wenig auf, erzählte von einem Ausflug in die Limestherme und darüber, dass er mit ihr angeln gehen wollte. Vielleicht war seine kleine Tochter der Hoffnungsschimmer auf seinem Weg zurück ins Leben.

Eva erzählte dem allzu stillen Björn nun doch ein paar Anekdoten aus dem Präsidium. Vielleicht konnte sie ihm so Lust machen, bald wieder zurückzukommen. Sie ließ auch das aktuelle Kompetenzgerangel zwischen ihrem Chef und dem neuen Leiter der Spurensicherung nicht aus. Ihr Lieblingsstreitthema hieß Kriminalstatistiken und unentdeckte Morde. Der Neue steckte vorbildliche Summen in die Fortbildung seiner Mitarbeiter und interessierte sich für aktuelle Erkenntnisse, während dieses allzu moderne Gebaren ihrem Chef ein Dorn im Auge zu sein schien. Dabei waren manche Techniken der Kollegen in den USA durchaus genauerer Betrachtung wert, nur leider mussten sie bislang außerhalb der üblichen Personalentwicklungsmaßnahmen aus eigener Tasche bezahlt werden.

Willner schimpfte, bezeichnete das als überambitionierten Schnickschnack eines Quacksalbers, der sich weder auf Erfahrung noch auf sein Bauchgefühl verlassen konnte. Billige Taschenspielertricks waren für ihn alles, was aus Übersee herüberschwappte. Es ginge nicht, dass der andere Geld für die Kriminaltechnik einstrich, das seinem Dezernat ja auch geholfen hätte, und so ließ er nun seinerseits nichts unversucht, ebenfalls an diese Geldtöpfe zu gelangen und mangels eigener Finanzierungsideen zugleich das Engagement des Kollegen in Zweifel zu ziehen.

Na also, langsam begann sogar Björn, über die Bürothemen zu lächeln.

Eva legte ihm einen Berliner auf den Teller und schwärmte von den verschiedenen Sorten, die die hiesigen Bäcker einen Monat zuvor zu Fasching in den Auslagen gehabt hatten. »Da gab es zum ersten Mal Schoko-Chili. Das ist mal lecker!«

»Vanille!«, mampfte Björn, und Eva konterte mit: »Baileys!«

»Himbeere, wie immer«, erklärte Mareille, die hereingekommen war, um das Abendessen vorzubereiten. »Magst du bleiben, Eva? Ich habe noch Hackbraten übrig.«

»Klingt verlockend! Aber ich treffe mich in einer Stunde mit Tom in Sulzbach zum Essen.«

»Dein neuer Freund?«, fragte Björn, sein Mundwinkel zuckte. Vermutlich versuchte er zu zwinkern. Eine seiner typischen Gesten, zumindest früher, vor der Schießerei bei der Geiselnahme, bei der er so schwer verwundet worden war, dass er über ein Jahr allein dafür gebraucht hatte, wieder laufen zu lernen.

»Na ja, neu … eher zweiter Anlauf. Er kann nicht mit mir und meinen Arbeitszeiten …«

»… und er kann nicht ohne dich. Und deine Arbeitszeiten«, vollendete Mareille den Satz. »Woher kennen wir das?« Liebevoll streichelte sie über Björns Schulter.

Eva bemerkte den Blick, mit dem er seine Frau streifte. Ja, hier lag etwas in der Luft. Nur was? Sie schielte auf die Uhr. Vermutlich war es nur, weil sie mit ihrem Besuch den Betrieb aufhielt. Und sie würde auch zu spät zum Abendessen mit Tom kommen, wenn sie nicht bald aufbrach.

Also verabschiedete sie sich von Björn, während seine Frau den Braten zum Aufwärmen in den Ofen schob. Anstatt sie zur Tür zu begleiten, huschte Mareille auf dem Gang dann schnell zu Emmas Zimmer und zog leise die Tür zu. Eva bemerkte die feuchten Augen von Björns Frau. »Alles in Ordnung?«, fragte sie, weil ihr nichts Passendes einfiel.

Mareille senkte den Kopf. »Ach, gar nichts ist in Ordnung.«

Sie stand nun keinen Schritt von Eva entfernt und flüsterte gepresst: »Sie wollen Björn zwangspensionieren.«

»Zwangspensionieren?«, fragte Eva etwas zu laut zurück, und Mareilles Zeigefinger schnellte sofort zu ihrem Mund.

»Björn ist gerade mal siebenunddreißig!« Mareille zog ein Taschentuch hervor und schnäuzte sich. »Eine Chance auf Rückkehr in den Dienst sei nicht erkennbar. Sagen sie.« Dann packte sie Eva mit für ihre zarte Person erstaunlicher Kraft am Arm. »Kannst du nichts dagegen machen? Bitte.«

Das Flehen in ihren Augen hätte Eva beinahe mitweinen lassen. Die beiden Frauen standen sich stumm gegenüber. Schließlich wand sich Eva aus Mareilles Griff und legte ihr die Arme um die schmalen Schultern. »Ich kümmere mich darum. Das wird nicht passieren, keine Sorge.«

»Seit Herbst ging es aufwärts, Emma lockt ihn immer öfter aus der Reserve. Und dann kam am Freitag der Brief.« Sie schluckte. »Ich schaff das nicht mehr … Ich bin keine Pflegerin.«

»Habt ihr mich deshalb angerufen?« Wieso hatte Eva keine Lunte gerochen? Bisher war immer sie es gewesen, die den Kontakt gesucht hatte, die Verbindung nicht abbrechen lassen wollte, wenn auch zugegebenermaßen zu selten.

Mareille nickte. »Björn weiß nichts davon. Er ergibt sich in sein Schicksal. ›Was wollen sie auch mit einem Krüppel?‹, sagt er. Verstehst du? Er kämpft nicht mal mehr.« Wieder liefen ihr Tränen über die Wangen.

Eva spürte, wie auch ihr das Wasser in die Augen stieg. Sie nuschelte eine Verabschiedung und drückte sich durch die Tür. In dieser Verfassung war sie keine Hilfe.

Während sie die Treppe hinuntereilte, schüttelte sie den Kopf. Realistisch bleiben, auch wenn es um einen Freund ging. Was Mareille da erzählt hatte, konnte schlichtweg nicht wahr sein. Sie würde das klären. Gleich morgen früh im Präsidium.

Das durften sie überhaupt nicht, mit welcher Begründung? Einschüchtern wollten sie ihn, das war es. Vermutlich hatte einer der Amtsschimmel mal wieder versucht, den behördlichen Wasserkopf zu entschlacken. Sie probierten es eben. Björn ginge daheim ein, sein Leben wäre gelaufen. Mit nicht mal vierzig Jahren. Wegen zwei Arschlöchern, die ein Mädchen entführt hatten und vermutlich nach zehn Jahren wegen guter Führung wieder rauskamen und da weitermachen konnten, wo sie aufgehört hatten.

***

Obwohl die Sandsteinwände trocken waren, lag stechender Schimmelgeruch in der kühlen Luft. Grubenlampen erhellten den Weg nur spärlich. Im Dunkel vor ihnen quiekte eine Ratte.

»Das also sind die historischen Gänge unter Gmünd.« Gerhard Vollrath stieg von der einfachen Sprossenleiter, die aus dem Keller herunterführte, und musste seinen Kopf einziehen in dem schmalen, engen Gang, der den kleineren Menschen im Mittelalter auf einer Flucht ausreichend Platz geboten hatte.

Auch Kriminaloberrat Willner bückte sich, nur der kleinere Jens Gergle, dieses halbe Hemd, das ihr Team seit Februar erweiterte, konnte aufrecht stehen. Im schummrigen Licht schaute er sich beeindruckt um. »Hier könnte man tolle Partys feiern.«

»Nichts anfassen«, knurrte Willner.

Gerhard versuchte zu verstehen, wo genau sie sich befanden. Durch den Keller eines Wohnhauses in der Lindenfirststraße waren sie über ein steiles, recht rutschiges Stück Schutt nach unten gelangt. Sie mussten sich jetzt unmittelbar oberhalb der Rems befinden, vielleicht zweihundert Meter entfernt von der nach dem Fluss benannten Straße.

Der giftige, sporenverseuchte Geruch verstärkte sich, je weiter sie in den Gang vordrangen, und erinnerte ihn daran, was er daheim als Erstes tun musste: unbedingt daran denken, heute noch den Biomüll rauszustellen. Seit die Müllabfuhr die Route geändert hatte, kamen sie um kurz nach sieben Uhr morgens vorbei, was schon ein paarmal katastrophale Folgen nach sich gezogen hatte bei der Entsorgung der Gartenabfälle, die sowieso kaum in den Griff zu bekommen waren.

»Ich seh schon was«, behauptete Gergle.

»Kaum möglich.« Gerhard zog im Halbdunkel die Augenbrauen hoch. Immerhin funktionierte hier unten der Funk. Eben kam eine Meldung herein, dass Kollegen zur Stunde eine Bande Schutzgelderpresser auseinandernahmen, auf die sie nach Überprüfung zweier schwer misshandelter Männer gestoßen waren. Zwei Russlanddeutsche. Ob die Sache etwas mit der blutigen Auseinandersetzung vom Samstag an einer Ellwanger Tankstelle zu tun hatte? Gerhard hatte nur im Vorbeigehen gestern von der Sache gehört. Zwei polizeilich gut bekannte Gesichter waren von Unbekannten derart verprügelt worden, dass nicht sicher war, ob man sie wieder voll würde herstellen können. Und sie weigerten sich trotz allem, auszusagen.

Gerhard wurde von einer Taschenlampe geblendet. Zwei Männer kamen ihnen entgegen.

»Das müssten die Kollegen Müller und Biegel sein, die gegen sechzehn Uhr dreißig von einem städtischen Bediensteten namens Gehrlund gerufen worden sind. Er meint, er musste die Gänge im Auftrag des Bauregisters nach dem Starkregen vom Wochenende überprüfen. Dabei hat er den Toten entdeckt.« Willner schüttelte den beiden die Hände. »Spurensicherung ist schon vor Ort?«

»Ja. Der KDD Gmünd hat sofort übernommen, nachdem der Anruf der Verwaltung kam.« Die beiden Polizisten nickten sich zu und verschwanden in den Feierabend.

»Immer der Nase nach«, rief einer der Spurensicherer, die weiter hinten im Gang nach Hinweisen suchten. Kurz darauf roch Gerhard, was sie meinten. Zu dem schimmligen Geruch gesellte sich mehr und mehr der Gestank einer Kloake.

Sie gingen nun schon ein gutes Stück ebenerdig, der Untergrund eine Mischung aus festgetretener Erde und Steinen. Gerhard schaute nach oben. Die Leitungen der Grubenlampen an der Decke waren vermutlich in den Neunzigern neu verlegt worden. Wenn er sich richtig erinnerte, gab es mehrere dieser Fluchtgänge zur Rems aus der Altstadt, außerdem vom Mutlanger Berg und vom Salvator herunter. Die meisten von ihnen waren inzwischen verfallen, verschüttet oder absichtlich zugemauert, fast alle verliefen über Privatgrund, aber einige wenige waren noch begehbar, so wie ganz offensichtlich dieser.

Was mochte dem Toten widerfahren sein, der sie hier unten erwartete? Manchmal, ganz selten, wünschte Gerhard sich in sein altes Dezernat zurück, in die schicken Büros, Geschäfte, Banken und Privathäuser, in denen seine Täter ihr Unwesen getrieben hatten. Dort stank es nur im übertragenen Sinne, und die Spuren, die die Taten an den Seelen der Menschen hinterließen, waren nach außen hin meistens nicht sichtbar. Der Kollege, der sie angefunkt hatte, hatte von einer makabren Mutprobe gesprochen. Ob sich diese Mutmaßung als korrekt erweisen würde?

Im Blendlicht der transportablen Scheinwerfer der Spurensicherer war nichts zu erkennen, gleichwohl begann Gergle jetzt schon zu husten. Gerhard schmerzte langsam der Nacken vom Kopfeinziehen, aber gleich hatten sie es geschafft. Er spürte den leichten Luftzug von der Rems her, zudem waren die Wände hier deutlich feuchter und mehr und mehr mit glitschigen Algen und kärglichen Moosen bewachsen.

Der in sich zusammengesunkene Körper des Toten hob sich im harten Licht gegen den Hintergrund ab. Seine Beine hatten ihn irgendwann vermutlich nicht mehr tragen können, doch seine Arme wurden hinter dem Rücken von Kabelbindern oben gehalten. So wie er da hing, war er zum Zeitpunkt des Hochwassers vermutlich schon tot oder bewusstlos gewesen. Genaueres würde wie immer erst die Untersuchung bringen. Wie hoch das Wasser gekommen war, erkannte man an einem noch nicht vollständig abgetrockneten Rand, einer natürlichen Markierung am Sandstein. Auch an den Armen des Toten hing Schlick.

Der zusammengesunkene Körper wirkte schmächtig. Es war offensichtlich ein Jugendlicher, der hier den vorzeitigen Tod gefunden hatte. War der Mann hier unten verhungert?

Willner, der keine Berührungsängste mit dem Tod zu kennen schien, hatte den Kopf des Toten gehoben, während der Neuzugang der Abteilung, Jens Gergle, würgend zurück durch den Gang in Richtung Treppenhaus rannte.

»Totenstarre vollständig aufgelöst«, befand der Chef.

Aufgrund der niedrigen Temperaturen Mitte März hier unten an der Rems hatten die Verwesungsprozesse noch nicht stark eingesetzt, und auch der Geruch hielt sich in Grenzen, obwohl der Tote sich offensichtlich erbrochen hatte. Das Wasser hatte vermutlich viel weggeschwemmt. Vor allem Spuren.

Gerhard ertappte sich beim Gedanken an seine beiden Söhne, die nur wenig jünger waren als der Tote. Was brachte einen so jungen Menschen in diese Lage? Jemand hatte ihn an einem Eisenring, der zwischen zwei Sandsteinquadern einbetoniert war, festgebunden, mit blauen Kabelbindern, ziemlich fest, denn die Einkerbungen hatten tiefe Schnitte in der Haut hinterlassen. Laut ersten Aussagen der Spurensicherung gab es sonst keine Misshandlungsspuren. Keine offensichtlichen zumindest.

Gerhard musste den Blick für einen Moment abwenden. »Wie ist er in diesen Gang reingekommen? Durch das Wohnhaus?«

Willner zuckte mit den Schultern. »Gute Frage. Möglich wäre beides, durch den Keller des Wohnhauses oder über dieses Tor.« Er wies auf das stabile eiserne Tor, das zugewuchert inmitten von Brombeerranken stand, die nur wenig Licht hereinließen. »Das Tor ist vor Kurzem geöffnet worden.«

»In beiden Fällen braucht man einen Schlüssel.« Gerhard bewegte das angelehnte Tor. Alles verrostet und mit dicker Patina überzogen, sowohl Streben als auch Scharniere. Tausendfüßler und Asseln fielen zu Boden, als er an einer Ranke riss.

Jenseits der Rems spiegelten sich die Lichter der Straße im Wasser, das mit ungewöhnlich schneller Geschwindigkeit dahinfloss. Der Fluss hatte große Wassermengen vom Tauwetter der letzten Wochen zu bewältigen. Obwohl der Einhorntunnel gebaut und die Rems umstrukturiert worden war, kam es in Gmünd nach wie vor öfters zu Überflutungen, meinte er gelesen zu haben.

»Und so wurde ihm die Landesgartenschau zum Verhängnis«, mutmaßte Willner, der offensichtlich dem gleichen Gedankengang gefolgt war. »Stell mal jemand den verdammten Scheinwerfer ab. Wo ist eigentlich der Praktikant?«

»Gergle ist doch kein …« Natürlich wusste der Chef, dass

der Neue kein Praktikant war. Gerhard verzichtete darauf, den Satz zu vollenden, und inspizierte den Eisenring, an dem der Tote festgemacht war.

»Können Sie das Rütteln bitte lassen?«, schnappte einer der Spurensicherer, und Gerhard nahm die Hand vom Ring. »Wenn der Tote sich nicht durch eigene Hand aus dieser Lage befreien konnte, hält das olle Ding vermutlich noch ziemlich gut«, mutmaßte er.

»Oder er war betäubt«, warf der Mann unbeeindruckt ein.

»Maximal drei bis vier Tage tot«, bemerkte der andere.

»Todesursache?«, fragte Willner.

»Ertrinken. Vermutlich. Genaueres später.«

»Eher morgen.«

Damit arbeiteten sich die beiden Spurensicherer durch die Brombeerhecke vor dem rostigen Tor, um ihren Scheinwerfer draußen auf dem schmalen, zur Rems abfallenden Grasstreifen wieder aufzubauen.

»Wieso sind die Brombeeren schon grün?« Einer legte die Stirn in Falten.

Gerhard nutzte die Gelegenheit, wieder an dem massiven Eisenring zu wackeln, an dem die Leiche hing. Kein Millimeter Spiel, obwohl der Tote gekämpft haben musste. Die Haut an seinen Armen war tief eingeschnitten und schorfig, die Finger wie abgeschliffen, seine Fingernägel gesplittert. Von wegen betäubt. »Brombeeren sind immergrün«, erklärte er beiläufig. »Meine Söhne haben Stabheuschrecken.«

»Und die haben was genau mit Brombeeren zu tun?« Der andere steckte seinen Kopf durchs Tor.

Willner, der gerade eine Scherbe am Boden prüfte, hob den Kopf, um den beiden die eher bestimmte als höfliche Bitte zuzurufen, zügig und ohne Geplänkel weiterzuarbeiten.

»Stabheuschrecken fressen Brombeerblätter«, vollendete Gerhard den Satz nun ohne Publikum und nickte dem Toten zu.

***

Der Parkplatz war ziemlich voll, dafür, dass es sich um einen gewöhnlichen Dienstagabend handelte. Eva schaute sich um, der kleine Club namens Belinda nebenan hatte geöffnet. Toms Auto war noch nicht zu sehen, aber es war nicht dumm gewesen, dass er reserviert hatte. Sie schaute auf die Uhr. Eine Viertelstunde zu früh war sie, fast kein Verkehr auf der B 14. Sie lächelte. Ihren Freund störte es bestimmt nicht, wenn sie zur Abwechslung mal pünktlich war.

Natürlich war wieder ein Anruf vom Präsidium auf ihrem Handy gewesen. Doch dummerweise hatte Eva es bei Björn auf lautlos gestellt und erst eben erfahren, dass der Kriminaldauerdienst einen Leichenfund gemeldet hatte. Zum Glück waren genug Beamte verfügbar, und so musste sie das Abendessen mit Tom nicht ausfallen lassen.

Während der Fahrt hatte sie über die ungeheuerliche Neuigkeit von Björns Zwangspensionierung gegrübelt. Obwohl sie sonst wenig über die Arbeit erzählte, musste sie gleich mit Tom über die Sache sprechen. Vielleicht konnte sie so ihre Gefühle besser ordnen, die nächsten Schritte überdenken.

Vom Parkplatz aus waren es ein paar Meter zu gehen, und immer noch kreisten Evas Gedanken nur um eines. Ihr Kollege zwangspensioniert? Warum war niemand von ihnen vorab über den Schritt informiert oder um eine Einschätzung gebeten worden? Willner wusste doch, dass Eva Björn öfter besuchte. Ja, es kam vor, dass solche Maßnahmen ergriffen werden mussten, weil ein Krankheitsverlauf sich nicht zum Positiven wandelte, weil die psychische Belastung nach einer Ermittlung Kollegen dauerhaft zu schaffen machte. Über mehrere Dezernate verteilt.

Genau genommen erinnerte sie sich an einen einzigen Fall in den letzten Jahren. Der Beamte war ohne ersichtlichen Grund monatelang nicht zum Dienst erschienen, legte dauernd Atteste wegen leichter Erkältungskrankheiten vor, und unter Druck wurden die Krankschreibungen dann zu »außergewöhnlichen Belastungserscheinungen«. Die Zwangspensionierung war die Waffe, mit der sich die öffentlichen Kassen allzu teure Nutznießer vom Leib hielten. In absoluten Ausnahmefällen. Bei Björn also vollkommen überzogen.

Gut, ja, seine Genesung zog sich hin, und nur weil die Familie Fortschritte sah, bedeutete dies nicht, dass die behandelnden Ärzte diese ebenso positiv bewerten. Es sei denn … es sei denn, Björn spielte ihnen etwas vor und wollte tief in seinem Inneren überhaupt nicht zurückkehren.

Sie hatten nie darüber gesprochen. Nicht darüber zu sprechen brauchen. Es war klar gewesen.

Eva passierte eine Frau, die ihr Auto abschloss. Sie stutzte einen Moment, dann blieb sie stehen. Regina? Doch die schlanke Dunkelhaarige eilte schon hinüber zu dem Club. Nein, vermutlich hatte Eva sich vertan, schließlich fuhr Regina einen roten MX-5, keinen silbernen Polo. Andererseits – kurzes, gegeltes Haar, die Kleidung schwarz, dazu hohe Hacken, Lederjacke. Hatte Regina eine Doppelgängerin?

Unentschlossen blickte sie der Gestalt nach, die eben den Eingang des Clubs erreichte. Sollte sie nicht kurz Hallo sagen? Aber warum hatte Regina es so verdammt eilig gehabt? Und wieso war sie eigentlich so neugierig?

Weil es so gewirkt hatte, als ob ihre Kollegin irgendein Geheimnis umgab.

Einen kurzen Umweg konnte sie machen, ein paar Minuten hatte sie ja noch. Schließlich hatte Eva die LKA-Kollegin das letzte Mal im Krankenhaus gesehen, nachdem sie sich in der Gewalt eines überführten Mörders befunden hatte. Die extreme Extremtäter-Spezialistin. Eva lächelte.

Sie passierte eine Reihe parkender Motorräder. Aus dem Inneren des Belinda klangen Gitarrenakkorde, vor dem Eingang standen hier und da vereinzelt rauchende Gäste. Regina, die längst aus ihrem Sichtfeld verschwunden war, fiel hier vermutlich optisch nicht weiter auf. Lederjacken, Jeans, Nieten und schwere Stiefel dominierten. Eine Rockkneipe, vermutlich gab es heute einen Liveauftritt. Eva war noch nie hier gewesen, was sie wirklich wunderte.

Ein Plakat wies auf das Konzert der Regioband One hin. Vorband waren ihre Nachfolger, die Heartbreakers. Hatten One sich nicht schon vor gut zehn Jahren aufgelöst? Wie schön, ein Revival! Eva hatte sie schon ein paarmal bei Stadtfesten erlebt. Und beim letzten Konzert, das sie zusammen mit ihrer Freundin Gerda in der Albhalle Westerheim erlebt hatte, waren sogar Tränen geflossen. Beheimatet im Rockbereich, spielte die Gruppe routiniert und virtuos alle gängigen Kracher. Soweit Eva wusste, hatten One 2016 auf großen Wunsch der Fans schon einmal ein Sonderkonzert gegeben, aber damals hatte sie einen Einsatz gehabt.

Sie trat durch den Eingang in den dunklen Schlot aus Zigarettenrauch, frischem und weniger frischem Schweißgeruch, treibenden Bässen und Gemurmel. Kleine Grüppchen standen noch verstreut, man fand sich erst ein. Bestimmt würde sie Regina gleich sehen. Andererseits, wenn Eva da jetzt reinging, stanken ihre Klamotten hinterher wie frisch geräuchert und ihr Zeitvorsprung war wieder dahin. Sie konnte ihr ja auch eine E-Mail schreiben.

Unschlüssig blieb sie im Gang stehen, doch eine Gruppe, die durch die Tür drängte, schob sie weiter. Na ja, ein paar Minuten würden ja wohl drin sein. Lichtblitze, Bässe und Drums aus dem Inneren der Halle zogen sie weiter. Die Heartbreakers hatte sie noch nie gesehen.

Ein Mann kam ihr nach und fasste sie an der Schulter. »Karte?« Eva guckte ihn nur unschlüssig an, da streckte er die Hand aus. »Einfach so durchgehen wollen, was? Jaja. Macht zehn Euro.«

»Zehn Euro?« Also nein, fürs Händeschütteln war das definitiv zu teuer. Sie wollte gerade umdrehen, vorbei an der grölenden Gruppe hinter sich, da entdeckte sie Regina drüben an der Bar, lässig über die Theke gelehnt und mit dem Barmann plaudernd.

Warum erschien ihr die Situation komisch? Vielleicht die Art, wie Regina die Halle sondierte, während sie dem Mann etwas zuschrie. Jeder Beamte konnte in seiner Freizeit machen, was er wollte. Aber was wollte Regina, die vermutlich irgendwo in Stuttgart wohnte, hier draußen, in diesem Club?

Verdammte Neugier, Berufskrankheit. Eva fluchte und drückte dem Mann das Geld in die Hand. Dann dachte sie an

Tom, der jetzt vermutlich schon mit Riesenkohldampf nebenan in der Brauerei saß und sie erwartete.

Nur kurz Hallo sagen, auf ein kleines Bier. Doch irgendetwas ließ sie innehalten, auch jetzt wieder. Die Heartbreakers machten ihre Sache gut, sie waren ein würdiger Nachfolger für One. Die Halle war inzwischen etwa zur Hälfte gefüllt, ein paar Leute tanzten bereits.

Regina lehnte derweil an einem Barhocker und ließ den Blick konzentriert durch die Halle streifen, eine Cola in der Hand. Evas Einschätzung vom Anfang hatte getrogen, sie sah richtig aufgestylt aus gegenüber den anderen Gästen. Zwar überwogen Leder und Jeans, aber auch die Frauen waren eher praktisch als sexy gekleidet. Viele trugen bequeme Stiefel oder Turnschuhe. Vorsichtig ging Eva näher. Wenn sie nicht lange quatschten, konnte sie schnell weiter und würde sich nicht allzu sehr verspäten.

Kurz bevor sie Regina erreicht hatte, fiel Evas Blick auf eine Gruppe von Männern, die nahe der Tanzfläche standen, Bierflaschen in der Hand. Einer von ihnen schaute herüber. Aber nein, nicht zu ihr, sondern zu Regina. Eva grinste. Verbrachte die Kollegin so ihre Abende, in solchen Clubs und Kneipen, um zu flirten? Nun hob der Typ sein Bier und nickte zu ihrer Kollegin hinüber. Eva blieb an der Bar stehen. In diesen intimen Moment hereinzuplatzen erschien ihr mit einem Mal unpassend.

»Bitte?«, fragte der Barmann.

»Ein Bier.« Eva schob ein paar Münzen über den Tresen. Jetzt war es sowieso schon egal, ob sie gleich beim Essen nur nach Rauch roch oder nach Rauch und Bier. Sie tippte Tom ein paar Zeilen. »Muss kurz was schauen, bin gleich bei dir.« Das klang besser als: Muss kurz jemandem nachspionieren und bin nebenan. Wenn ich zu dir komme, stinke ich vermutlich nach Kneipe, aber du magst mich hoffentlich trotzdem.

Als Eva hochschaute, war Regina zu der Gruppe hinübergegangen und umarmte die Männer einen nach dem anderen. Die kannten sich. Im Prinzip nicht verwerflich. Nur ging von der ganzen Gruppe, von diesen fünf Männern, eine eigenartige

Stimmung aus. Zumindest für Evas Empfinden. Und sie musste sich nichts mit vagem Bauchgefühl erklären. Eine Kriminalpolizistin hatte Gespür für Typen, Situationen. Was sie sah, war das typische Verhalten von Schlägern, die breitbeinig anzeigten, dass das hier ihr Revier war – oder zumindest das, was sie dafür hielten.

Breite Schultern, Tätowierungen, ein paar der Jungs eindeutig Stammgäste in der Muckibude. Einer trug Glatze, ein anderer Zopf, einer eine Lederjacke mit irgendwelchen Club-Emblemen, die sie in der Dunkelheit nicht erkennen konnte. Dass die Jungs ein warmes Plätzchen in der Polizeikartei hatten, darauf hätte Eva auf fünfzig Meter im Halbdunkel dieser Halle gewettet.

Sie zwang sich, wegzuschauen, um nicht auf sich aufmerksam zu machen. Auch wenn Regina, die ihr den Rücken zudrehte, sie bestimmt nicht gesehen hatte. Jedenfalls beherrschte sie die Kunst des Flirts zweifelsfrei. Eva erinnerte sich an die Selbstverständlichkeit, mit der die Kollegin im letzten Jahr ins Dezernat spaziert war und den Kollegen Torben, fast ein Jahrzehnt jünger als sie, abgeschleppt und auch gleich wieder abserviert hatte. Gut, jünger war das Exemplar, mit dem sie hier auf Tuchfühlung ging, nicht, soweit sie es auf die Entfernung schätzen konnte. Optisch ähnelte er Regina sogar. Vielleicht war es das, was sie an ihm reizte? Dunkles kurzes Haar, schwarze Lederjacke, Lederhose, klobige Stiefel. Eher der südländische Typ und, wenn sie es richtig erkannte, ein Tattoo am Hals und schwere Silberketten an den Handgelenken.

Die Musik setzte nach einer kurzen Moderation des jugendlichen Sängers wieder ein, begleitet von vereinzeltem Klatschen und Johlen der Anwesenden. Die Gitarre spielte ein paar Takte, dann kam der Bass hinzu und vibrierte angenehm in Evas Magen. Sie schloss für einen Moment die Augen, nahm einen Schluck Bier und bemerkte, wie ihr Fuß automatisch mitwippte. Wie lange waren die Kneipennächte her? In diesem Club könnte sie es aushalten, wenn nicht nebenan Tom …

Sie zuckte zusammen, als sich einer der Typen aus der Gruppe löste und mit starrem Blick herüberkam. Hatte er sie bemerkt?

Eva nahm einen weiteren Schluck aus der Flasche und schaute in die andere Richtung. Auch wenn sie aus privater Neugier hereingeschneit war, war das, was sie tat, nichts anderes als eine kleine verdeckte Ermittlung. Gut, das war nicht ihr Metier, aber ein bisschen Professionalität war nicht zu viel verlangt. Warum stellte sie sich privat nur so dilettantisch an?

Doch der Mann ging an ihr vorbei und bestellte etwas. Er schien nichts bemerkt zu haben. Regina schloss zu ihm auf. Was um Himmels willen wollte sie denn von diesem Typen?

Eva bemerkte die abrasierte rechte Augenbraue, die durch etwas – eine breite Tätowierung – ersetzt war, wie die Maori sie vermutlich trugen, allerdings über der Augenbraue. Wie es schien, verdeckte er damit eine Narbe. Gut, in Zeiten, in denen sich sogar Kindergartenerzieherinnen tätowieren ließen, stellte nur noch ein Tattoo im Gesicht oder am Hals etwas Besonderes dar. Etwas, mit dem sich Betroffene absichtlich stigmatisierten und außerhalb der Gesellschaft aufstellten. Schau her, mich lassen eure Regeln kalt.

Sie betrachtete ihn von der Seite, wie er mit Regina über irgendetwas scherzte, das in der Lautstärke unterging. Vielleicht konnte sie mit dem Handy ein brauchbares Bild hinbekommen … Wenn es nur nicht so dunkel wäre … In diesem Moment drehte sich Regina in ihre Richtung und strich sich durchs Haar. Evas Herz machte einen Satz. Zum Glück hatte sie sie nicht entdeckt.

Und außerdem war dieses Spionieren auch gar nicht Evas Art. Was war ihr an dieser Situation bloß so komisch vorgekommen? Sie hatte keine Probleme mit dem Kerl, bloß weil er komisch tätowiert war und meinte, für einen Erwachsenen sei es immer noch cool, auf dicke Hose zu machen. Sah sie inzwischen überall Hinterhalt, Mord und Totschlag? War es schon so weit gekommen? Es wurde wirklich Zeit, mit Tom in den ersten gemeinsamen Urlaub zu fahren. Das würde sie ihm jetzt auch vorschlagen. Eva leerte das Bier in einem Zug und schob sich vom Barhocker.

ZWEI

Nachdem Gerhard Eva am nächsten Morgen auf den neuesten Stand gebracht hatte, warteten die Kollegen auf die ersten Ergebnisse von Spurensicherern und der Rechtsmedizin. Aufgrund der Überflutung und der dadurch unübersichtlichen Spurenlage konnte das allerdings noch etwas dauern. Eva schrieb den Abschlussbericht zum Fall einer versuchten Tötung, bei der ein Hausbesitzer in Mutlangen in seiner eigenen Einfahrt niedergestochen worden war.

Seit Wochen trugen sie Hinweise zusammen, aber Eva wurde den Verdacht nicht los, dass ihnen das Opfer selbst, ein Versicherungsvertreter, die wichtigsten Details vorenthielt, sonst wären sie hier schon wesentlich weitergekommen. Keine Hinweise, keine Verdächtigen, und der Niedergestochene hortete in seiner Garage Autoradios, ohne deren Herkunft auch nur ansatzweise erklären zu können. Vermutlich hätte der Mann selbst die Beamten überhaupt nicht gerufen, aber zum Glück konnten sie sich auf eine zuverlässige Nachbarin verlassen, die die Szene beobachtet und sofort gemeldet hatte.

Der Neue, Jens Gergle, hatte den ersten Bericht geschrieben, aber beim Drüberlesen hatte Eva entschieden, dass es weniger zeitintensiv war, den Bericht komplett neu zu verfassen. Von den Rechtschreibfehlern ganz zu schweigen, vernachlässigte der Neue sämtliche Grundregeln eines logischen Berichtaufbaus. Eigentlich Standard im Polizeidienst. Wo sie den Kollegen hergenommen hatten …

Als die Stellenausschreibung im Winter herausgekommen war, hatte Eva sich insgeheim jemand Erfahrenen für die Stelle gewünscht, aber wie es halt oft so war, bekamen topqualifizierte Beamte Stellen nicht, auf die sie sich beworben hatten, und dafür tauchten andere auf, die vorher keiner auf dem Schirm gehabt hatte. Sie hätte bei dem tollpatschigen Gergle ja auf »weggelobt« getippt, aber dafür war der Kollege schlichtweg zu jung.

Vielleicht konnte sie in einer ruhigen Minute mehr über ihn erfahren.

Nun also ein Toter in einem der historischen Fluchtgänge von Schwäbisch Gmünd. Es gab Bunkeranlagen und den Geheimgang aus dem 15. Jahrhundert, der vom Fünfknopfturm bis zum Josefsbach führte und der zum Tag des offenen Denkmals hin und wieder geöffnet wurde. Als Kind hatte sie darüber gehört, dass es weitere geheime Wege gab, aber nie wirklich daran geglaubt.

Die Spurensicherer hatten keine Einbruchspuren gefunden, gleichwohl waren beide möglichen Eingänge verschlossen gewesen. Also musste der Tote, sein Mörder oder wer auch immer Zugang gehabt haben, sei es durch einen nachgemachten Schlüssel, einen Originalschlüssel oder durch einen anderen Trick.

Die Bilder waren Eva sehr nahegegangen. Tot war tot, aber ob jemand im Zorn niedergeschlagen wurde oder bewusst dem Sterben ausgesetzt, gequält ... Ein gewaltiger Unterschied, auch was die Psyche des Mörders betraf. Handelte es sich um einen Racheakt? Um kalt geplanten Mord? Womöglich einfach um einen Streich, der schlecht für das Opfer ausgegangen war?

Eva hatte versucht, sich auf Gerhards Ausführungen zu konzentrieren, aber es war ihr nicht so recht gelungen. Der letzte Abend beschäftigte sie noch. Erst die Hiobsbotschaft von Björns Zwangspensionierung, dann dieses eigenartige Wiedersehen mit Regina, von dem sie gar nicht genau fassen konnte, was sie an der Szene gestört hatte. Vermutlich musste sie einfach das Ermittler-Gen in ihrer Freizeit unterdrücken. Leichter gesagt als getan. Danach Tom, der ihr beim Essen eröffnete, dass ihm seine Ein-Zimmer-Wohnung in Böbingen wegen Eigenbedarfs gekündigt worden war. Und mit einem Mal stand sie unausgesprochen im Raum. Die Frage, ob es nicht langsam Zeit wäre, zusammenzuziehen. Schon wieder ein Umzug? Wenn ja, wohin? Und waren sie schon so weit, sie beide?

Für den Moment musste sie den neuen Fall beiseiteschieben und wenigstens eine drängende Frage zu beantworten versuchen.

Evas Finger klickten aufs Intranet-Icon. Wäre doch gelacht, wenn sich der Kerl, den Regina offensichtlich datete, nicht im Register fände. So, nach was also suchen? Was war auffällig gewesen an den Kerlen, neben ihrem Auftreten und ihren Tätowierungen? Die Kutte; aber sie hatte das Emblem nicht gesehen. Eva schloss das Intranet wieder.

»Hier die ersten Bilder.« Gerhard warf die Jacke über, reichte ihr eine Akte und blieb vor ihrem Schreibtisch stehen.

»Du siehst so aus, als ob du noch was von mir willst.« Eva kniff die Augen zusammen, als die Sonne hinter Gerhard durchs Bürofenster schien und den Kollegen in eine strahlende Korona hüllte. »Du kannst ruhig los, wenn's das ist. Wohin geht es denn?«

Gerhard bewegte sich keinen Zentimeter. Er musterte sie amüsiert.

Eva verdrehte die Augen. »Och nein, nicht schon wieder. Wieso ich? Ich war doch gestern Abend gar nicht dabei.«

Ihr Kollege winkte ab. »Keine Sorge. Die Todesnachricht hat der Polizeiseelsorger schon überbracht.«

Da hatten sie sich ausnahmsweise mal ans Protokoll gehalten. Eigentlich sollten diese Nachrichten immer vom Notfallseelsorger überbracht werden. Und das nicht vorrangig, weil der feinfühliger war als mancher Kollege, sondern auch, um die Beamten nicht noch mehr emotionalem Stress auszusetzen. Aber natürlich klappte das nicht immer.

Eva ließ sich auf den Beifahrersitz gleiten. Sie wollte die Fahrt nutzen, um sich mit dem Fall vertraut zu machen, die Bilder des Toten anzuschauen und sich vorzubereiten. So viel besser als das Überbringen der Todesnachricht war die Erstbefragung von Angehörigen nun auch nicht. Die Kollegen hatten die Mutter des Toten über eine Vermisstenmeldung ausfindig gemacht. Unter den unglücklichen Umständen ein glücklicher Zufall, da bei dem Toten, der als Paul Deutz identifiziert werden konnte, weder Handy noch Papiere gefunden worden waren.

Eva öffnete die Akte auf ihrem Schoß und überblätterte fürs Erste die grausamen Bilder. Besser, sie erfuhr etwas über das

Opfer. Während Gerhard über seinen Hexenschuss jammerte und darüber, dass er laut seinem Arzt eigentlich gar nicht fahren dürfte, blätterte sie und pfiff durch die Zähne. »Unser Opfer ist des Öfteren auf dem Revier in Erscheinung getreten?«

»2017 hat es angefangen. Einbruch in der Bücherei der Fachhochschule Schwäbisch Gmünd.« Gerhard rieb nachdrücklich seinen Rücken und legte den Gurt an. »Ein ganz schönes Früchtchen.«

»Einbruch, ja …« Eva runzelte die Stirn. »Aber wer bricht denn bitte in eine Bücherei ein? Wollte er Fachliteratur klauen?«

»Der Akte nach war er zu dieser Zeit auch eingeschrieben.«

»Eingeschrieben? An der FH?« Eva las weiter. »Laut seiner Mutter Magdalena hatte er den Realschulabschluss und eine Tischlerlehre. Wie passt da ein Studium?«

»Wenn er die Fachhochschulreife erworben hat, kann er danach studieren.«

»Was er also auch getan hat. Für genau … zwei Semester.« Offensichtlich bis zu dieser Geschichte. »Ah, da steht's. Es wäre eine Mutprobe gewesen, hat er ausgesagt. Die Vortragskasse eines bekannten Gastdozenten hatte er wohl in der Bibliothek vermutet, mutmaßen die Mitarbeiterinnen.«

»Mutprobe, soso.« Gerhard zog die Augenbrauen hoch, als sie sich auf die B 29 einfädelten. »Aber das passt zu den weiteren Vergehen. Alkohol im Straßenverkehr, Fund einer kleinen Menge Rauschmittel, Handel mit Rauschgift …«

»Gibt es hierzu eine Aussage? Bei den Drogengeschichten erwischt man doch meistens als Erstes die kleinen Fische.«

»Über seine Quellen ist nichts bekannt. Entweder er wollte niemanden reinreiten, er hatte Angst, oder er hat wirklich auf eigene Faust gedealt. Auf dem Weg aus den Niederlanden haben sie ihn nämlich auch mal aufgegriffen. Wie es aussieht, hat sich der gute Paul gern mal erwischen lassen. Definitiv ein Risiko für mögliche Hintermänner.«

***

»Ich bitte um Ruhe!« Der Leiter des Parler-Gymnasiums, Heribert Hagdorn, rang sichtbar um Fassung, als er versuchte, die Hoheit über die Diskussion zurückzuerobern. Das Lehren war sein Metier, die Entwicklung des zarten Pflänzchens Schüler durch Aussaat, Keimung und Reifung der Lehrinhalte in dessen Innerem. Öffentliche Reden vor bildungsfremden, ja bildungsfernen Elementen waren nun überhaupt nicht sein Ding. Kritische Lästerer bezeichneten ihn als realitätsfernen Theoretiker, aber solche Angriffe zeigten ihm nur, dass sie nichts verstanden hatten.

Diese lästigen Treffen mit Eltern, von wenigen ewig Unzufriedenen anberaumt, dienten nur dazu, die Position der Schule zu schwächen, und zogen im schlimmsten Falle quälende Gespräche mit dem Bürgermeister nach sich. Und immer, wirklich immer, wenn bestimmte Eltern anwesend waren, uferten die Diskussionen aus, wurden nebensächliche Winzigkeiten zu unüberschaubaren Riesenkonstrukten aufgebauscht.

Der kleine Mann zupfte an seiner Krawatte. Soweit ihn seine Sekretärin unterrichtet hatte, befanden sich heute auch Eltern von zukünftigen Fünftklässlern unter den Zuhörern. Und wenn er eines nicht gebrauchen konnte, so war es schlechte Stimmung im Vorfeld. Schlechte Stimmung erzeugte schlechte Meldungen in der Presse, und schlechte Meldungen schnitten seiner Schule im schlimmsten Fall den Schülerzustrom ab, eine einfache Rechnung. Noch dazu in Zeiten dieser lästigen sozialen Medien, die nur das Schlechte aufbauschten und duplizierten, ach was, exponentiell multiplizierten.

»Wir brauchen eine Lösung!«, polterte da auch schon wieder diese Mutter, Hagdorn konnte sich nicht an ihren Namen erinnern, Borgurski, Borgusko, irgend so etwas. An was er sich erinnern konnte, leider, war ihr unerzogenes Gör, diese Cheyenne aus der 7c, ein frühreifes Früchtchen, das schon in der fünften Klasse beim Rauchen erwischt worden war. Wenn man jetzt die gelben Zähne der Frau betrachtete, war der Zusammenhang mehr als klar. Einzig der Mutter erschloss sich diese Verbindung leider nicht, denn sie machte die allzu leichte

Verführbarkeit ihrer Tochter ausgerechnet der Schule zum Vorwurf. Und es gab Eltern, die solchen Einflüsterungen nur zu gern glaubten, boten sie doch einfache Erklärungen für die komplexen Vorgänge der Pubertät.

Er öffnete den Mund zu einer Beschwichtigung und rief sich das Deeskalationsseminar vom Winter in Erinnerung: Wandle den Angriff deines Feindes in Energie um, die deine Argumente beflügelt. Na gut. Er klatschte in die Hände, wechselte einen kurzen Blick mit seiner Stellvertreterin Huber und nickte vertrauenheischend in die Aula.

»Die Lösung liegt direkt vor uns.« Das klang schon mal gut. Was jetzt? Hagdorn legte noch eine Nuance mehr Inbrunst in seine Stimme und hob seine Hand, als ob er eine Vision packen wollte. »Nichts ist so erfolgreich wie ein gutes, vertrauensvolles Gespann aus Eltern und Lehrkräften, die –«

»Wie sollen wir denn Vertrauen entwickeln, wenn unsere Kinder schon auf dem Schulhof angesprochen werden?«, unterbrach ihn Herr Gehrlund, der Vater eines auch nicht gerade unbescholtenen Teenagers namens David aus Hagdorns Klasse. Mit ihm hatte er schon einige Gespräche geführt. Natürlich hatte Gehrlund es nach der Trennung, die er für jeden Ärger mit dem Jungen anführte, nicht leicht – wer hatte das schon? –, aber an der Schule musste der Mann seinen Frust nun wirklich nicht auslassen.

Und natürlich schlossen sich ihm gleich die Franks an, die auch gern die Pausenaufsicht beleidigten. Eltern wie denen ging es nicht um die Sache, denen ging es ums *Prinzip*. Solche waren immer die schlimmsten.

Wie um Himmels willen sollte man bei diesen ständigen Einwürfen eine durchdachte und stringente Argumentationskette aufbauen? Hagdorn war kein Mann des berühmten Schnellschusses aus der Hüfte. Deshalb hatte die stellvertretende Schulleiterin ihn ja im Winter zu diesem Seminar angemeldet, um mit der Unbill angriffslustiger Eltern besser umgehen zu können. Er lächelte gequält und atmete tief durch.

Zum Glück übernahm die fixe Frau Huber nun und klärte

routiniert über Präventionsveranstaltungen der Schule im aktuellen Schuljahr auf, von denen es nicht wenige gegeben hatte. Sie verstand sich auf die Gratwanderung, mit ihrer lauten, tiefen Stimme Nörgler zum Schweigen zu bringen und trotzdem das rechte Maß zu wahren. Und sie konnte die Menschen da abholen, wo sie sprachen. Beziehungsweise wie sie sprachen – Frau Huber beherrschte die Sprache des Volkes.

Mit blumigen Worten umschrieb sie die vorsichtige Annäherung der jeweiligen Klassenlehrer an die nur allgemein angesprochene Problematik – natürlich anonymisiert und unter Berücksichtigung des jeweiligen Schülers und der Zusammensetzung der Klasse –, außerdem erwähnte sie kleinere Aktionen mit der Polizei und versprach sofortige Gespräche mit den Erziehungsberechtigten schon beim kleinsten Verdachtsfall auf jugendliches Fehlverhalten.

Eins war Heribert Hagdorn klar: Wenn ein paar der Schüler Drogen nahmen, absolute Ausnahmen natürlich, so brachten sie diese von zu Hause mit. Oder vom Marktplatz, aus dem Stadtgarten oder vom Bahnhof. Wer auch immer dieses … Gerücht aufgebracht hatte, dass ein Dealer auf dem Schulgelände sein Unwesen treibe, hatte nur ein Ziel: Er wollte der Schule, ihrem Ruf und vor allem ihnen, den Lehrkräften, schaden. Es waren immer die gleichen Schüler, es waren immer die gleichen Eltern, die anfällig waren für diese Art von Gerüchten. Nämlich die, die sich selbst das eine oder andere vorzuwerfen hatten, deren Kinder vielleicht schon erwischt worden waren und die sich nun auf diese Art und Weise freikaufen wollten von jedweder Mitschuld.

Mit leisem Spott dachte Hagdorn an seine eigene Jugend, an die Zeit Ende der Sechziger, Anfang der Siebziger, in der der eine oder andere Referendar selbst mit Zigarette im Unterricht erschienen war. Nicht auszudenken heute in dieser politisch so korrekten Zeit, in der man den Schülern deutlich weniger zuzutrauen schien als zu Beginn seiner Laufbahn.

»Unsere unschuldigen Kinder sind diesen Tätern ausgeliefert, wenn wir nichts dagegen tun«, ätzte die gelbzahnige Borgurski/Borgusko schon wieder.

»Wichtig ist, dass die Schüler von uns Handwerkszeug bekommen, sich in kritischen Situationen selbst helfen zu können. Darum kümmern wir uns.« Frau Huber entwand sich routiniert den kritischen Fragen und schien mit der ihr eigenen Schlagfertigkeit das Gros der etwa vierzig Besucher der Veranstaltung auf ihre Seite gezogen zu haben. »Dazu benötigen wir natürlich die Mithilfe der Eltern, die daheim ein offenes Ohr für die Sorgen und Nöte ihrer Kinder haben.«

Touché! Hagdorn stellte sich mit feinem Lächeln neben Huber, um das Schlusswort zu übernehmen. »Zögern Sie nicht, uns in direktem Gespräch zu konsultieren, wenn Ihnen etwas zugetragen wird. Aber seien Sie beruhigt, wir haben nicht den kleinsten Hinweis. Und wenn wir diesen hätten, würden wir sofort durchgreifen.«

Unter dem donnernden Applaus der meisten Anwesenden konnte Hagdorn sehen, dass die üblichen Eltern versuchten, nochmals zu Wort zu kommen, doch sie hatten inmitten dieser Lärmkulisse keine Chance. Was war denn heute mit Gehrlund? Sonst war er doch der Redeführer. Nun gut, ohne seine ewigen Einlassungen war die Veranstaltung wenigstens im zeitlichen Rahmen geblieben.

Heribert Hagdorn eilte Richtung Tür, um ein sichtbares Zeichen zu setzen, dass die Veranstaltung beendet war. Ein Drogenproblem, an seiner Schule? Lächerlich.

***

Eva und Gerhard erreichten Lorch nach etwa zwanzig Minuten. Hier hatte das dreiundzwanzigjährige Opfer mit seiner Mutter gelebt. Während der Ort für sein malerisch gelegenes Kloster bekannt war, befand sich Magdalena Deutz' Wohnung in einem relativ hässlichen Wohnblock, der überall hätte stehen können.

Eine kleine, dunkelhaarige Frau mittleren Alters führte sie ins Wohnzimmer. »Ich bin Hanna Rupp, Magdas Schwester. Heute Morgen bin ich gleich aus Heidenheim gekommen. Ein Glück, dass ich überhaupt freibekommen habe.«

Dass Gerhard die Initiative übernahm und der Frau, die im Wohnzimmer zusammengesunken auf dem Sofa saß, herzliches Beileid aussprach, kam Eva entgegen. Sie nahm auf einem durchgesessenen Stuhl mit Stoffbezug Platz und spielte fürs Erste die Rolle der Beobachterin.

Die Wohnungseinrichtung war nicht unbedingt das, was man ärmlich nennen konnte, sie wirkte eher nachlässig. Heutzutage gab es Stühle für etwa fünfzig Euro, wenn man nichts Besonderes erwartete, aber diese grünen Exemplare nebst Ungeheuer von Sofa erfüllten ihren Dienst wohl seit den Siebzigern. An einigen Stellen lösten sich die Tapeten ab, auf der Anrichte standen Trockenblumen. Dafür war alles blitzsauber, kein Stäubchen auf den Glasvasen, keine Spinnwebe an der Decke.

Eva bemerkte den misstrauischen Blick der Schwester, die ihr gegenüber Platz genommen hatte. Sie straffte sich und lächelte aufmunternd.

Gerhard flüsterte derweil beruhigend auf Frau Deutz ein, die es nicht zu stören schien, dass er so dicht bei ihr saß. Die Rolle des Trösters lag ihm, das fiel Eva immer wieder auf. Und weil sie sich nicht um die Aufgabe riss, wie die meisten ihrer Kollegen, waren sie so gesehen das perfekte Team. Dass das durchgesessene Sofa Gerhards Rücken zu schaffen machte, bemerkte der geübte Beobachter nur daran, dass seine linke Hand verstohlen auf der Wirbelsäule ruhte.

Magdalena Deutz hatte ganz offensichtlich Beruhigungsmittel bekommen. Eva beobachtete sie, während Hanna Rupp wiederum sie nicht aus den Augen ließ. Pauls Mutter war schmaler und größer als ihre Schwester, auch wenn die Trauer ihre Schultern beugte. Das Gesicht war geschwollen vom Weinen. Eine geradezu ungewöhnlich gerade Nase besaßen beide Schwestern. Magdalena Deutz war nicht im typischen Sinne hübsch, aber man spürte die besondere Aura, die sie umgab. Lag es an ihren dunklen, ausdrucksstarken Augen zum ebenfalls dunklen Haar? Sie musste deutlich jünger sein als ihre Schwester. Eine gepflegte Frau mit simplen goldenen Ohrringen, die auch mit vermutlich Ende vierzig noch makellose Haut hatte. Gerade fragte Gerhard, der sich die Seite rieb, mit gedämpfter Stimme, ob Paul ihr einziger Sohn gewesen war.

»Weiß der Vater schon Bescheid?«, fragte Eva mitfühlend. Dass er hier in dieser Wohnung keine Rolle spielte, war ersichtlich. Vermutlich waren die beiden schon lange getrennt, denn auch auf den Fotos fand sich keine Spur von einem Mann.

»Einen Vater gibt es nicht«, stellte Frau Rupp klar, während ihre Schwester vor sich hinstarrte.

Eva öffnete den Mund, doch Gerhard schüttelte unmerklich den Kopf und stellte der Frau die gleiche Frage, nur leiser.

»Paul ist ohne Vater aufgewachsen«, erklärte Hanna Rupp nun auch ihm. »Er hat ihn niemals kennengelernt. Wir waren seine Familie.«

»Er wollte es auch nie wissen«, schob Pauls Mutter mit zittriger Stimme nach.

Jedes Kind wollte irgendwann wissen, woher es kam. Die Frage hing weiter in der Luft. Eva kannte die Hintergründe nicht, aber auf ihren Prinzipien schien die Familie knallhart zu beharren, trotz all der Trauer. Zum Glück verschwand die Schwester nun in der Küche, um einen Tee zu machen. So hatten sie wenigstens einen Moment allein mit der Mutter.

Viel brachte die Befragung allerdings nicht. Magdalena Deutz arbeitete als Zimmermädchen, wurde ihrer Aussage nach vom Arbeitsamt von einem miesen Arbeitgeber zum anderen überführt. Gastronomie war ein hartes Geschäft, keine Frage. Besonders in der Branche mussten die kleinsten Lichter am meisten arbeiten, für ein paar Kröten und zu Unzeiten, das wusste Eva nur zu gut von ihrem Onkel, der als Kneipier nicht zu schlecht von seinen Mitarbeitern lebte.

»Hat Paul Sie unterstützt?«, wollte sie wissen.

Die Frau zögerte kurz, dann nickte sie fast unmerklich. Ihr ausweichender Blick sprach Bände. Vermutlich hatte Paul Deutz seine Mutter finanziell mehr als nur ein bisschen unterstützt. Verständlich, dass ihr dieses Thema nicht behagte. Wenn man eins und eins zusammenzählte, konnten es nur krumme Geschäfte gewesen sein, woher hätte er sonst das Geld haben sollen?

»Wenn er Arbeit hatte.« Frau Deutz seufzte. »Ich habe mir ja gewünscht, dass er sein Studium macht.«

»Die Fachhochschule?«, fragte Gerhard und legte seine Hand auf ihren Arm. Na, der wurde ja immer besser. Seelsorger und Ermittler in einem. Eva lächelte.

Magdalena Deutz nickte. Ob sie wohl wusste, was an der Fachhochschule vorgefallen war? Mit Sicherheit waren die Kollegen von der Streife vor ihrer Tür gestanden, zumindest war Paul immer nur an diesem einen Wohnsitz gemeldet gewesen. »Hat er sich denn dort beworben?«, fragte Eva unschuldig.

»Ein paar Semester hat er studiert. Dann meinte er, das bringt nichts, er verdient nicht genug.«

»Wissen Sie, ob es an der Fachhochschule mal Ärger gab?«, fragte Eva.

Magdalena Deutz' Miene blieb ausdruckslos. »Nicht dass ich wüsste«, antwortete sie knapp.

Soso. Eva tauschte einen schnellen Blick mit Gerhard, der nur die Stirn runzelte. »Können Sie uns etwas zu seinen Freunden sagen? Mit wem traf er sich? Gab es da Streit?«, wechselte sie das Thema.

Die Schultern der Frau zitterten. »Ich habe viel gearbeitet. Seine Freunde kenne ich überhaupt nicht.«

Gerhard flüsterte beruhigend auf sie ein, und Eva ging in die Küche. Ein paar mehr Informationen wären wirklich hilfreich.

Frau Rupp stand rauchend am offenen Fenster und musterte sie stumm.

»Und Sie haben so kurzfristig freibekommen?«, fragte Eva freundlich. »Schön, dass Sie für Ihre Schwester da sein können.«

Hanna Rupp stieß einen Rauchring in den trüben Himmel. »Pflege. Aber ich bin nie krank, und Familie muss zusammenhalten.«

»Hat Ihre Schwester Geldprobleme?«

Argwöhnisch kniff Rupp die Augen zusammen. »Wieso?«

Eva beschloss, ehrlich zu sein. »Paul hat seine Mutter finanziell unterstützt. Seine bisherigen Vergehen legen nahe, dass seine Geschäfte nicht ganz sauber waren.«

»Davon weiß ich nichts.« Das Gesicht der Frau zeigte keine Regung, doch als sie einen weiteren tiefen Zug nahm, zitterten ihre Finger leicht.

»An der Fachhochschule hat der Junge Geld aus einer Kasse geklaut.«

Außer einer wegwerfenden Handbewegung war der Schwester nichts zu entlocken. Aber eine Antwort war auch das; sie kannte die Geschichte also. »Wir sind nicht wegen Diebstahls oder irgendwelcher Drogengeschichten da«, beruhigte Eva sie. »Wir müssen Pauls Mörder finden. Es ist möglich, dass er in der Szene jemanden mit seinen Aktionen verärgert hat. Wir brauchen etwas, wo wir ansetzen können. Vielleicht reicht schon ein kleiner Hinweis.«

Hanna Rupp schnaufte. »Magda arbeitet hart, ich arbeite hart. Paul hat sich nicht im Griff gehabt, und sie hat ihn verwöhnt, ihr letztes Hemd gegeben und ihm immer alles durchgehen lassen, statt ihn mal ranzunehmen.« Sie schaute kurz Richtung Tür und senkte die Stimme. »Hat ihn nicht erwachsen werden lassen. Sogar Kaution hat sie bezahlt, statt ihn einfach mal eine Nacht im Knast zu lassen.«

»Wo ist der Vater?«, flüsterte Eva zurück. »Er würde wohl Bescheid wissen wollen …«

Heftig schüttelte Rupp ihren Kopf. »Sie wollte ein Kind, keinen Mann. Männer gibt's auf jeder Party. Sie wird ihn schon kennen. Vielleicht ein Gast aus dem Hotel, vielleicht ein Nachbar, vielleicht ein Freund. Wer weiß.«

Eva fröstelte. Ein komischer, logischer Gedanke, der die emotionale Ebene von Familie komplett außen vor ließ. Dabei hatte die männliche Leitfigur dem Jungen ganz offensichtlich gefehlt.

Konzentriert entließ Hanna Rupp den Rauch aus ihrem Mund in die kühle Morgenluft. »Paul hing oft am Gmünder Bahnhof rum, hat Magda sich beschwert. Schauen Sie mal nach seinen alten Schulkameraden. Vielleicht weiß da einer was.«

***

»Kann mal jemand die Tür aufhalten?«

Elektrobeats perlten durch den Computerraum der Fachhochschule, während Romy sich erhob und Thorsten einen schmalen, aber breiten Karton durch die Tür bugsierte.

»Hilfst du neuerdings bei den Admins aus?«

»Sie haben gefragt, ob ich den Bildschirm von der Bibliothek rüberbringen kann.«

Romy sah das Nebengebäude durchs Fenster. Das frühere Diplomloch. Den Namen hatte es noch aus alten Zeiten, denn das letzte Diplom war hier in den ersten Jahren des Jahrtausends absolviert worden. Ja, der Master brachte bei Bewerbungen seine Vorteile, aber er kostete auch mehr Zeit, und teilweise hatte das deutsche Diplom im Ausland noch einen besseren Ruf, obwohl man es mit eben diesem Master ja einfacher hätte haben sollen. Doch so wollten es eben die EU-Richtlinien. Alles verwässert. Sie musste sehen, wo sie nach dem Abschluss blieb. Designer gab es wie Sand am Meer, aber sie würde immerhin einen Job bekommen. Schlimmer sah es für die Mitstudenten im Produktdesign aus, denen oft nur die Karriere im Messebau, als technischer Zeichner oder auf einem komplett anderen Gebiet blieb.

Aber was kümmerten solche Existenzängste Kommilitoninnen wie Josefine von Trach? Fina, die nur deshalb so lässig an ihrem Rechner saß, weil sie jetzt schon wusste, dass sie sich ins gemachte Nest setzen würde, dass sie gleich nach dem Abschluss in die Agentur ihres Vaters einsteigen würde. Nein, diese Ängste kannten nur Leute wie sie und Thorsten.

Romy beobachtete, wie er jetzt den Apple auspackte. Fina schaute sofort herüber und pfiff durch die Zähne. Neuestes Modell, das Ding kostete ein Vermögen. Viel Geld hatte Thorsten wohl auch nicht, und vermutlich arbeitete er deshalb am liebsten im Computerraum mit den schnellen, gut gewarteten Geräten statt auf dem eigenen Notebook. Er habe es nicht so dicke, hatte er ihr jedenfalls mal auf einer Party erzählt. Eltern geschieden, sein Vater hatte noch mal ein Kind mit einer Jüngeren bekommen, seine Mutter lebte mit einem mittellosen Bandarbeiter zusammen. Romy ging es ganz ähnlich. Vielleicht verstanden sie sich deshalb so gut.

Warum die reiche Fina allerdings auch gern hier im Raum arbeitete, war ebenso klar. Und Thorsten machte sich regelmäßig für sie zum Deppen. Romy beobachtete, wie er erfolglos versuchte, den Anschluss eines Kabels zu finden.

»Soll ich dir helfen?«, kicherte Fina nun, natürlich wie immer in Flirtlaune. Sie wusste genau, welchen Knopf sie bei Thorsten drücken musste. Genauso wie bei allen anderen, mit ihrem Puppengesicht, dem schwarzen Haar und dem hellen Lachen. Sie schürzte die Lippen und zwinkerte ihm zu. Manchmal wurde ihr bleicher Kommilitone dann ein bisschen rot, das mochte sie.

Sein Blick fiel auf das Tabakhäufchen auf dem Taschentuch vor ihr. »Besser nicht.«

Fina setzte sich auf die Tischkante und begann, den Tabak mit kleinen grünen Krümeln zu mischen. »Geht ihr heute ins KKF?«, fragte sie, doch Thorsten war so in den Aufbau seines Rechners vertieft, dass er gar nicht antwortete.

Romy beobachtete, wie Fina geschickt eine Tüte aus den Papers drehte und die Enden mit der Zunge anfeuchtete. Wenn die Administratoren das mitbekamen … Aber offensichtlich überließen sie Thorsten immer öfter die Aufgaben hier und kümmerten sich lieber um das komplexe moderne FH-Netzwerk, das ebenfalls seine Tücken hatte.

Ein Kommilitone am Fenster drehte den Regler hoch, und die Elektromusik überdeckte die anderen Geräusche aus dem weitläufigen Raum mit seinen niedrigen Decken. Fina steckte den Joint zwischen die Lippen und zündete ihn an, während sie ein paar Tanzschritte machte.

Romy zuckte zusammen, als sie den Mann im Eingang entdeckte. Doch dann entspannte sie sich wieder. Es war nur Konstantin, der so aufrecht ging wie keiner der Studenten und allein dadurch auffiel. Professor Konstantin Behrenheim mit seinen zerzausten roten Locken, dem Seidenschal und der schwarzrandigen Hornbrille. Er suchte den Raum ab, sein Blick blieb an

Finas Kehrseite hängen. Natürlich. Trotzdem warf auch Romy ihrem Dozenten ein Lächeln zu.

Behrenheim drückte sich viel zu eng an Fina vorbei, die nur lachte und ihm den Rauch ihres Joints ins Gesicht blies. Was die sich traute. Aber bei ihm konnte sie sowieso machen, was sie wollte.

Heute schien er allerdings keine Lust zum Schäkern zu haben. Mit einem Schritt war er an Thorstens Platz. Auf Finas Gesicht zeichnete sich leise Enttäuschung ab, sie hielt Romy den Joint hin. Romy nahm einen Zug und zuckte mit den Schultern. Unmöglich zu verstehen, was Behrenheim Thorsten zuflüsterte. Fahrig wirkte er, was sich noch verstärkte, als Thorsten von seinem Kabelsalat hochschaute und den Kopf schüttelte.

Als der Prof das Diplomloch verließ, vergaß er sogar, seine Hand wie üblich ganz zufällig auf Finas Hintern zu parken.

DREI

»Paul? Ja klar.« Mehr wollte er wohl nicht sagen. Der Junge mit den grünen Haaren nahm einen Schluck aus einer Plastikflasche, die offensichtlich nicht nur den auf dem Etikett angegebenen Multivitaminsaft enthielt.

»Geht's etwas genauer?«, fragte Gerhard genervt.

Eva sah ihm an, dass er dem Typen die Flasche am liebsten aus der Hand gerissen hätte. »Wart ihr zusammen in der Klasse?«, hakte sie ein.

»Nee, der isch schon eine Weile fertig.«

»Und du?«

»Ich such grad an Job.«

Ja, so sah das eindeutig aus.

»Praktikum bei der Polizei gefällig?«, schlug Gerhard vor.

Der Junge zuckte zusammen und schaute sie an, als ob er geohrfeigt worden wäre. »Was willsch?«

Eva zog die Luft ein. »Mit wem hatte Paul denn so Kontakt?«

Der Grünhaarige schwieg einen Augenblick und schaute einem Bus nach, der aus dem Bahnhof ausfuhr. »War scho a Weile nicht mehr da.«

»Vielleicht irgendwann in der letzten Woche?«

»Nee, scho länger her. Der hatte jetzt richtig fett zu tun. Der Steve hat ihn mal mit den Eastriders gesehen, drüben in Ellwangen.« Er hob den Blick. »Aber von mir habet Se das net.«

»Au. Zugiges Eck hier.« Gerhard setzte sich vorsichtig auf den Beifahrersitz und schaltete die Sitzheizung ein. »Die armen Eltern. Eigentlich sollten wir den einpacken und ab zum Jugendamt.«

»Was wollen die machen, vor allem, wenn er schon achtzehn ist? Vorladen sollten wir sie, jeden Einzelnen.« Eva drehte den Zündschlüssel und warf einen Blick auf den Grünhaarigen, der nun offensichtlich einen Reisenden anbettelte. »Wer weiß, ob da nicht einer was mit Pauls Tod zu tun hat. Immerhin morden manche schon für zwanzig Euro.«

»Die arme Frau.«

Armer Rücken nicht zu vergessen, eins von Gerhards Lieblingsthemen. »Arme Eltern, arme Frau … Was ist denn mit dir los?« Moment mal … »Spukt dir Magdalena Deutz im Kopf herum?«

»Was die Frau alles mitmacht. Ist doch wahr! Ganz allein muss sie mit dem Tod des einzigen Kindes zurechtkommen.«

Hatte da etwa einer seinen Beschützerinstinkt entdeckt? »Was hat sie dir denn gestern noch erzählt, als ich mit ihrer Schwester in der Küche war?«

»Sie arbeitet ja als Zimmermädchen. Als Paul klein war, musste sie ihn immer zu den Nachbarn bringen, wenn die Dienste nicht gepasst haben. Die auf dem Arbeitsamt haben alle Umschulungsanträge abgelehnt. Rat mal, mit welcher Begründung!«

Gerhard hatte sich richtig in Rage geredet und musste erst mal wieder durchatmen. »… mit der Begründung, sie habe doch einen Job. Dass der durch Tricksereien schlechter bezahlt ist als erlaubt, interessiert wieder keinen. Von wegen, soundso viel Euro pro Zimmer! Dass eine Alleinerziehende so kaum ein Kind großziehen kann und dann noch psychisch gesund bleiben soll, juckt auch keinen. Vor allem nicht die auf dem Amt!«

»Das hat sie erzählt?« Nun ja, wenn man genau nachdachte, konnte es schon stimmen. Evas Freundin Gerda hatte auch mal als Zimmermädchen im Hotel gejobbt. Und erzählt, dass das heute fast nur noch über Drittfirmen lief, da man dann keine der Damen fest anstellen musste. Überhaupt wurde an allem gespart – und als Gast musste man Glück haben, wenn es überhaupt verschiedene Lappen für die verschiedenen Zimmerbereiche gab.

»Ich habe Frau Deutz meine Unterstützung angeboten«, erklärte Gerhard ritterlich.

Wie lieb von ihm. Tja, alleinerziehend wurde man sowieso schon kaum reich, mit Kind einen fair bezahlten Job zu bekommen grenzte bestimmt an ein Wunder. Aber dass eine Umschulung aus diesem Bereich heraus nicht unterstützt wurde … Evas Freundin Gerda mit ihren drei Kindern hatte nur das Glück, eine stabile und nicht allzu arme Familie zu haben und inzwischen eine kleine Hilfsorganisation als Arbeitgeber, wo sie geschätzt wurde, auch wenn sie mal ausfiel. Und dazu ein Mundwerk, dem die leiderprobten und mitunter geharnischten Mitarbeiter bei der Arbeitsagentur erst mal beikommen mussten.

»Also, wir bitten die Kollegen vom Revier Gmünd um die Adressen der üblichen Bahnhofsbesucher«, überlegte Eva laut. »Was meinst du eigentlich, was an dieser Beobachtung mit den Eastriders dran ist?«

»Noch nie gehört. Wer sind denn die Eastriders? Rugby? Baseball? Eishockey?«

Eva folgte der B 29 in Richtung Aalen. »Ein Motorradclub, Eastriders Ellwangen. Aber was sollte Paul Deutz mit denen zu tun haben? Geld für ein Motorrad hatte er wohl kaum.«

»Nicht mal für ein Moped«, vermutete Gerhard.

***

Schon mittags konnten sie die Akten der ständigen Bahnhofsgäste sichten. Offensichtlich waren die Kollegen des Gmünder Streifendienstes im regen Austausch mit ihnen. Neben dem Grünhaarigen ging es um eine gute Handvoll Jugendlicher und junger Erwachsener.

Fast alle hatten in ihrem jungen Leben bereits Geldstrafen oder Sozialstunden für kleinere Vergehen wie Sachbeschädigung, Drogenbesitz oder Fahren ohne Führerschein kassiert; wobei Letzteres auf dem Land quer durch alle Schichten vorkam. Auch kleinere Schlägereien waren keine Seltenheit, aber keiner der neun Jungs und zwei Mädels, die sich mehr oder weniger lose in der Bahnhofsumgebung oder auch im Schießtal trafen, war bisher durch größere oder extreme Gewaltausbrüche aufgefallen.

Eva ließ ihren Blick über die noch jungen, so unterschiedlichen Gesichter auf den Fotos gleiten und meinte zu sehen, dass das Einzige, was sie verband, eine gewisse Abgestumpftheit im Blick war.

Hatte Gerhard sie mit seiner Sensibilität etwa angesteckt?

So oder so, mit den Kriminalitätsprofilen dieser jungen Menschen war es schwer zu glauben, dass einer von ihnen so weit gehen würde, Paul in diesem Fluchtgang mit Kabelbindern an einen Eisenring zu fesseln und seinen Tod billigend in Kauf zu nehmen. Der einzige Minuspunkt auf der Seite dieser Nachwuchsgangster war, dass Pauls Geld und Handy nach wie vor fehlten. Und vermutlich waren nicht alle so antriebslos wie der Grünhaarige. Noch am ehesten kam diese Peggy, ein molliges Mädchen mit ausgeprägter Akne und hellblond gefärbtem Haar, in die Nähe eines Täterprofils. Sie hatte einem Fremden mit der Nagelfeile in den Handrücken gebohrt, gab allerdings an, dass es sich um Notwehr gehandelt habe, weil sie sich bedrängt gefühlt habe, als der Reisende ihr Geld für Sex anbot. Zum Tatzeitpunkt hatte sie unter Drogen gestanden. Aber von der Nagelfeile zum Festketten eines möglichen Bekannten war es Evas Ansicht nach weit. Trotzdem würde sie dieses Mädchen jetzt gleich als eine der Ersten telefonisch zu erreichen versuchen.

Immerhin sah es für die Bildung der Sonderkommission gut aus. Das Dezernat war weitestgehend vollständig, und so mussten keine Kollegen aus anderen Abteilungen angefordert werden. Fürs Erste zumindest.

Doch schon zwei Minuten später bremste eine eigentlich gute Nachricht Evas Tatendrang. Die gute Peggy konnte am Montag nicht kommen, sie wohnte inzwischen in der Nähe von Heilbronn und machte dort eine Ausbildung zur Krankenschwester und war laut ihrer Mutter das letzte Mal an Fasching zu Hause gewesen. Also hatte sie den Bogen noch gekriegt, zum Glück für das Mädchen. Und im Gegensatz zu den anderen.

Gut, einen sicheren Todeszeitpunkt hatten sie nicht, und somit war jedes Alibi schwammig, aber die Lebensumstände von Peggy hatten sich erkennbar gebessert. Trotzdem schrieb Eva eine Notiz, dass die Information geprüft werden sollte.

Intern hatte Kriminaloberrat und Dezernatsleiter Kurt Willner die Losung ausgegeben, dass der Fall innerhalb der nächsten Tage zu lösen sei. Woran keiner zweifelte. Die Spurensicherer hatten inzwischen bekannt gegeben, dass trotz Überschwemmung Material gesichert werden konnte, das mit hoher Wahrscheinlichkeit dem oder den Tätern zugerechnet werden konnte. Zudem war ein Mörder, der zu solch einer Tat fähig war, fast immer im Umfeld des Opfers zu suchen.

»Wer hat überprüft, wer Zugang zu den Fluchtgängen hat?«, fragte Eva in den Raum.

»Kollege Färber, soweit ich weiß«, antwortete Elvira Schloh, die kleine Sekretärin mit der grauen Dauerwelle, die sich nach einer Grippe noch etwas heiser anhörte.

Eva ging in das benachbarte Büro zu ihrem Kollegen, als sie die Polizeivizepräsidentin Dr. Heide Birkach über den Gang kommen sah. Sie stoppte auf dem Absatz. Björn. Wie hatte sie dieses Problem vergessen können? Wenn sie mit jemandem über seine bevorstehende Zwangspensionierung sprechen konnte, dann vermutlich mit Birkach. Unter strenger Beachtung der Hierarchie, natürlich. Wie üblich.

Frau Dr. Birkach nickte geschäftsmäßig, ohne ihr Tempo zu verringern. Eva öffnete den Mund. Was sollte sie sagen und wie, ohne mit der Tür ins Haus zu fallen? Und musste die Frau so rennen?

»Sind Sie nachher im Büro?«

»Haben wir einen Termin?« Dr. Birkach hatte den Aufzug erreicht und zog verwundert die Augenbrauen hoch, während sie auf den Knopf des Aufzugs drückte.

»Nein. Ich … möchte wegen der Sache Björn Fuchs mit Ihnen sprechen.«

»Fuchs? Lassen Sie mich überlegen.«

»Der Kollege hier, vom Dezernat –«

»Ach ja. Natürlich.« Kaum hatte der Aufzug sich geöffnet, eilte die Kollegin schon hinein. »Nächste Woche bin ich im Urlaub, Herr Fuchs soll einen Termin mit dem Sekretariat machen.«

»Aber Herr Fuchs ist doch …« Eva beobachtete, wie sich die Türen schlossen.

Das Präsidium zählte eintausendsechshundert Mitarbeiter, davon etwa zweihundertvierzig bei der Kriminalpolizei, da war der Fall Björn Fuchs für die Vizepräsidentin nur eine weitere Akte, die schnell unterschrieben werden musste.

Wahrscheinlich hatte sie den Antrag überhaupt nicht selbst bearbeitet. Aber wer hatte ihn gestellt? Der Polizeiarzt? Vielleicht musste Eva doch in den sauren Apfel beißen und erst ihren direkten Vorgesetzten Kurt Willner überzeugen. Aber ob das eine gute Idee war? Im schlimmsten Fall hatte er selbst das Zwangspensionierungsverfahren in Gang gesetzt.

Färber, einer der älteren Kollegen, der gern witzelte, dass er noch siebeneinhalb Jahre abzusitzen habe, war an seinem Platz und konnte Auskunft geben, wie die Schlüssel zu Fluchtgang 3a verteilt waren. Der städtische Mitarbeiter, der den Toten gefunden hatte, hatte bei seiner Befragung zu Protokoll gegeben, dass zwei Exemplare bei der Stadt verwahrt wurden und einer beim Historienverein.

»Keiner davon gesichert«, erklärte Färber, »aber alle befinden sich an ihrem Platz. Ob Kopien des Schlüssels existierten, ist nicht geklärt.« Aber eine anzufertigen war bei diesen alten Standardschlössern aus den Achtzigern kein Hexenwerk.

»Dazu über fünfzig Mitarbeiter mit der Möglichkeit, vollkommen unbeobachtet an den Schlüssel zu kommen. Und im ganzen Verwaltungsgebäude arbeiten über hundertachtzig Mitarbeiter. Inklusive Reinigungskräften. Ich bin gerade noch am Hausverwalter des Mietshauses oberhalb des Fluchtwegs dran. Er hat vermutlich auch einen Schlüssel, aber ganz genau wussten die das bei der Stadt nicht.«

Hundertachtzig Mitarbeiter. Na großartig. Also war es besser, sich auf die gefundenen Spuren zu konzentrieren, Faserspuren und Fingerabdrücke um die beiden Eingänge herum.

Färber erklärte, dass das Tor zur Rems tatsächlich hin und wieder geöffnet wurde, auch wenn es zugewachsen war und nicht benutzt aussah. Es wurde aufgeschlossen, wenn die Stadt den Fluchtweg auf Überflutungsschäden prüfte – wie eben am Dienstagabend, als man Paul Deutz dort unten gefunden hatte. Die regelmäßigen Begehungen und Vermessungen wurden dagegen vom Keller des Mietshauses aus unternommen, aber eine feste Regel habe es nicht gegeben. Die alten Gänge waren pflegeintensiv. »Wenn einer zusammenbricht und Personen zu Schaden kommen, ist die Stadt dran.«

Eva kehrte mit einer Tasse Kaffee an ihren Platz zurück. Gerhard hatte ein Keilkissen unter seinem Steiß und schaute konzentriert über eine Auswertung. »Erst drei erreicht«, meinte er düster.

»Unsere Bahnhofsgang? Peggy Diesner habe ich schon überprüft, da würde ich nur noch mal beim Arbeitgeber nachhaken, wie sie letzte Woche gearbeitet hat.«

Sie nahm einen Schluck Kaffee und rief in der Datenbank den Eastriders Motorradclub auf. Mal sehen, was die Kollegen über sie zusammengetragen hatten.

Das Emblem des MC erschien in der Maske. War es nicht dieses Bild eines Bikers vor aufgehender Sonne gewesen, das der eine Typ vorgestern auf seiner Kutte gehabt hatte? Eva war sich fast sicher.

In der Gegend gab es viele kleinere Motorradclubs, alle weitestgehend unauffällig. Als Eva selbst noch die Zeit gehabt hatte, vor vielleicht fünfzehn Jahren, da hatte sie sie alle gekannt. Aber diese Ellwanger Eastriders waren ihr neu.

Bei der Stichwortsuche fand sie so gut wie nichts. Gründung 2006. Sie klickte auf eine Datei. Lärmbelästigung bei einem Motorradtreff, nichts Besonderes. Der Verein schien sauber zu sein. Aber die Typen in dem Club hatten ganz und gar nicht unschuldig gewirkt. Wenn die zusammen nicht locker auf ein paar Jährchen kamen, war sie keine Ermittlerin.

Eva rief sich diesen Freund von Regina mit seinen Tätowierungen ins Gedächtnis. Die markanteste war eine Art Maori-Muster, das die abrasierte Augenbraue ersetzte. Da musste doch was zu finden sein. Sie gab die Eastriders im Internet ein und landete auf der Homepage des Vereins. Vorbildlich, sogar mit

Bildergalerie. Eva klickte sich durch die Fotos von Ausfahrten, Feiern, Motorrädern, den Mitgliedern und ihren Freundinnen. Friede, Freude, Eierkuchen. Hm. Wenn sie wie Gerda Pressesprecherin gewesen wäre und für ein perfektes Werbeimage des Vereins hätte sorgen sollen, dann hätte Eva genau diese Art von Bildern verwendet.

Überhaupt war die Mischung, die den Verein prägte, überraschend. Ins übliche Bild alternder Rocker mischten sich Jungs aus der Migrantenszene, die einschüchterndes Auftreten für eine Art Visitenkarte zu halten schienen. Mit ihren dicken Muckis und Tätowierungen wirkten sie inmitten der Alteingesessenen wie aufgeblasen. Irgendwie fehl am Platz.

Sie scrollte weiter, während Gerhard seine Telefonate im Hintergrund führte. Immer die gleichen Erläuterungen und Beschwichtigungen, während er die Eltern der Bahnhofsjugend durchtelefonierte. Nur wenn er einen der Delinquenten selbst an die Strippe bekam, wurde sein Ton etwas vorwurfsvoller.

Der Homepage nach zu urteilen, war beim Eastriders MC alles in Ordnung, sogar das Impressum war korrekt ausgefüllt. Und auch die Akte im System war vollkommen unauffällig. Eva schickte eine Anfrage ans LKA, vielleicht lagen dort weitere Vorgänge vor. Schnell setzte sie noch Willner ins cc. Der reagierte gern beleidigt, wenn er erst im Nachhinein über einen Informationsaustausch benachrichtigt wurde.

»Sind das diese Motorradrocker?« Gerhard hatte eine Pause eingelegt und beugte sich über ihre Schulter.

»Alles total unauffällig. Ich würde denen gern mal persönlich auf den Zahn fühlen.«

»Zum jetzigen Zeitpunkt finde ich das etwas abwegig.« Gerhard legte die Hand ans Kinn. »Eastriders MC in Ellwangen, was haben die mit Paul Deutz aus Lorch zu tun, der sein Unwesen in Gmünd getrieben hat und nicht mal Motorrad fuhr?«

»Wir haben die Aussage des Grünhaarigen.« Evas Blick streifte die Präsidiumsuhr. »Besprechung steht nicht an, das dauert noch. Also könnten wir einen Abstecher machen.«

»Einen Abstecher?« Gerhard strich sich gekünstelt über die

Stirn. »So viel Arbeit, und dann ist schon wieder Mitte der Woche …«

»Wer sagt dir, dass das auch für uns gilt?« Eva lächelte und beobachtete, mit welcher Hast Gerhard seine Telefonliste wiederaufnahm. Ob er etwas mit seiner Frau Carola geplant hatte?

Ach herrje. Sie musste ja auch noch den Abschlussbericht über die Messerstecherei in Wasseralfingen tippen. Wirklich schade, dass Jens Gergle nicht für solche Arbeiten zu gebrauchen war.

Auf der anderen Seite des Schreibtischs wurde Gerhard lauter. »Gerne mit Vorladung. Wiederhören!« Damit drückte er das Telefon mit Wucht in die Station. »Kein Wunder, dass die Blagen so bekloppt werden!«

Kriminaloberrat Willner steckte seinen Kopf durch die Tür. »Wir brauchen jemanden, der bei dem großen Betrugsfall Kartons sortieren hilft.«

Gerhard sah Eva an. »Wir müssen jetzt zum Eastriders MC.«

Wie auf Kommando bog Jens Gergle mit einem Stapel Papier um die Ecke, den er so enthusiastisch auf der nächsten Tischecke ablegte, dass ein paar Blätter zu Boden segelten, während der Rest sich zuerst langsam gen Kante neigte und dann schließlich komplett abstürzte. Er besah sich den Schaden, ohne zu reagieren. »Ich würde mitkommen!«

»Erst mal aufsammeln.« Gerhard wies mit ernstem Blick auf den Boden, dann ging er davon.

***

»Das war jetzt aber schon ein bisschen fies«, bemerkte Eva, als sie auf den Dienstwagen zusteuerten.

»Willst du den Neuen allen Ernstes mitnehmen? Nachher gefährden wir ihn noch bei diesen Rockern!« Gerhard musterte sie mit entschlossenem Blick. Das war wahrscheinlich sein voller Ernst, er hatte tatsächlich Angst um den jungen Mann.

»Oder er gefährdet uns.« Eva verdrehte die Augen. »Übereifrig wie ein junger Welpe.«

»Und genauso tappig. Andererseits – denkt eigentlich mal jemand an meinen Rücken?« Gerhard hielt sich mit dramatischer Geste am Türrahmen fest, um langsam in den Sitz zu gleiten.

»Beim Kartonsortieren mit den alten Kollegen vom Betrug wären deine Rückenschmerzen bestimmt sofort wie von Zauberhand verschwunden.« Eva scherte aus dem Parkplatz aus. »Ein Ausflug nach Ellwangen ist doch nett. Da ist es immer so ruhig.«

»Haha.« Gerhard lachte mit gespielter Freude auf. »Ruhig, in Ellwangen? Seit die LEA da ist, bestimmt nicht mehr.«

Sie fuhren die Daimlerstraße entlang Richtung Holbach, bis sie schließlich ein Stück außerhalb Ellwangens das Clubheim am Straßenrand entdeckten.

»Die Klosterbesichtigung wär mir lieber. Die Redemptoristen interessieren mich schon lange.« Gerhard nickte den Schönenberg hinauf, auf dessen Gipfel die barocke, weithin sichtbare zitronengelbe Wallfahrtskirche thronte.

»Oder das Schloss.« Eva sah hinauf. Auf dieser Seite der Stadt schaute man tatsächlich auf beides, Schloss und Klosterkirche. Was für ein wunderschöner Ausblick.

Ganz anders die Seite, auf der das Clubhaus stand. »EFFE« – bis auf die Straße waren die Aufkleber auf den Fenstern zu sehen. Schön war anders und kreativ erst recht. Ob die Abkürzung die gleiche Funktion hatte wie AFFA bei den Hells Angels? »Angels forever, forever Angels«. Kindisch, dass alle MCs diese Formel kopierten.

»Kann ich helfen?« Ein hagerer Typ im Blaumann kam über den Hof, die Ärmel hochgekrempelt und die Hände ölverschmiert.

»KHK Brenner, guten Tag. Wir möchten zum Vorstand.«

»Gerhard Vollrath, hallo«, wählte Gerhard einen lockereren Umgangston.

»Hat jemand was verbrochen?« Der junge Mann ging die Stufen zum Eingang hoch, dann rief er ins Innere des Hauses gegen die Musik an: »Kippe, komm mal!«

»Kippe?«, fragte Gerhard.

»Unser President.« Damit schlappte der Blaumannträger wieder davon. Einen Moment später polterten Schritte eine Treppe herunter.

Eva und Gerhard sahen eine massige Gestalt näher kommen, die gefühlt den kompletten Flur ausfüllte. Fehlendes Haupthaar glich der President durch korrekt rasierten, bereits ergrauenden Bartwuchs aus. Der Kopf saß auf einem breiten Hals, die Arme, die aus dem T-Shirt ragten, bestanden wie der Rest des massiven Körpers aus Muskeln. Durch das Übergewicht des Trägers wurde der bullige Eindruck noch verstärkt. Tattoos schien er keine zu haben, erstaunlicherweise. Dieser Typ würde Willner gefallen; er wirkte wie eine Steroidversion des Chefs.

»Ja?« Der Blick war misstrauisch. Gleichzeitig hatte er etwas Hypnotisches, zog einen durch diese leuchtend blauen Augen auf eigenartige Weise in seinen Bann.

»Hallo, Herr … Kippe. Wir sind vom Präsidium Aalen und haben ein paar Fragen. Hätten Sie einen Moment Zeit für uns?«

Seine Mimik verriet weder Überraschung noch Abneigung, als er knurrte: »Was will die Polizei hier?«

Interessant, dass er seinen korrekten Namen schuldig geblieben war. Wenn Eva sich richtig erinnerte, hatte sie auf der Homepage »Holger Kipp« gelesen. »Die Polizei hat ein paar Fragen. Nicht recht?«, fragte sie und hielt seinem Blick stand.

Er starrte noch einen Moment lang zurück, dann nickte er. »Natürlich hab ich Zeit. Für euch doch immer.« Er legte Eva eine Hand auf die Schulter und schob sie in den Gang.

Sie widerstand dem Impuls, die Hand wegzuwischen, und drehte sich unter seiner Berührung weg, als ob sie nichts gespürt hätte. Eine erste Machtdemonstration. Gerhard schien der Clubchef komplett zu ignorieren. Die Sache fing schon spannender an, als sie es bei einem örtlichen Motorradclub erwartet hatte.

Kipp überholte die beiden, die ihm ins Clubhaus folgten. Die Musik wurde lauter, als sie den Hauptraum erreichten, der so groß wie ein Lokal und auch so aufgebaut war. Vereinzelt standen ein paar Männer herum. Zwei an einem frei stehenden Billardtisch inmitten des Raums, ein südländisch Aussehender hinter einer Theke, der sie als Einziger wahrzunehmen schien und freundlich grüßte, zwei weitere im rückwärtigen Bereich, die nicht mal den Kopf hoben. Was machten die Männer an einem stinknormalen Arbeitstag hier im Clubhaus? Hatten sie nichts anderes zu tun? Oder waren sie vielleicht beim MC angestellt?

Evas Nackenhärchen sträubten sich. Sie waren nur zum Schauen hier, sagte sie sich. Ihr Hinweis stützte sich auf einen einzigen – noch dazu nicht sehr zuverlässigen – Zeugen, den grünhaarigen Jungen am Bahnhof, der Paul mit dem MC gesehen haben wollte. Oder noch besser, der einen Freund namens Steve hatte, der Paul mit den Kollegen hier gesehen haben wollte.

»Ich muss noch mein Telefonat beenden. Wenn Sie nicht warten wollen, Sie wissen, wo die Tür ist.« Damit sprang Kipp dynamisch die Treppe ins Obergeschoss hoch.

Während Eva ihm kopfschüttelnd nachsah und die Billardspieler weiterspielten, als ob die Beamten gar nicht hier wären, schob sich Gerhard interessiert zur Bilderwand. Eva schaute sich um in dem großen, komplett mit Holz verkleideten Raum, der bestimmt fünfzig Personen fasste, wie eine Kneipe, in der die Zeit stehen geblieben war. Gemütlich und urig. Wenn nicht überall an den Wänden Waffen ausgestellt gewesen wären und insgesamt eine eher martialische Bildsprache vorgeherrscht hätte.

Ihr fröstelte, und sie gesellte sich zu Gerhard. Schnell wurde klar, um was es ging. Auf den Fotos stand immer eins im Vordergrund: die Gemeinschaft. Bilder von Ausfahrten, Bilder von Mitgliedern, dazwischen immer wieder Kipp, der offensichtlich auch wohltätig unterwegs war und auf mehreren Aufnahmen Schecks überreichte. Früher hatte Eva einige Gesichter aus der Szene gekannt, aber Kipp war ihr komplett unbekannt.

Auch Frauen waren auf den Fotos zu sehen, aber offensichtlich waren sie bloßes Beiwerk. Auf einem Bild trug eine der Damen ein T-Shirt mit der Aufschrift »Property of Eastriders MC«. Schwarzer Humor schien nicht ihr Ding zu sein, das war vermutlich voller Ernst. Ein Miteinander, das streng abgrenzte. Verschränkte Arme, sturer Blick, der Außenstehende einschüchtern sollte. Wir gegen die anderen.

Neben dem Ausgang fand sich eine Art Ehrengalerie mit schwarz-weißen Bildern von Mitgliedern, ein schwarzes Band an der oberen linken Ecke wies darauf hin, dass sie verstorben waren. Auf einem seltsam unpassend wirkenden, bunt gestickten Bild stand: »Nur die besten sterben jung«.

Eva hörte ein Schlurfen und bemerkte, dass einer der Männer sich zu Gerhard gesellt hatte. Wenn die Situation nicht so eigenartig gewesen wäre, hätte man meinen können, die beiden sähen sich gemeinsam Fotos an. Der kleine, bullige Typ rückte Gerhard ziemlich auf die Pelle, doch der lange, dürre Kollege ließ sich nichts anmerken. Vielleicht war er auch tatsächlich in die Fotos der historischen Motorräder vertieft, bei ihm wusste man nie. Eva blieb wachsam, konnte sich aber ein Grinsen nicht verkneifen.

Der Eastrider neben ihm war nicht sonderlich trainiert, machte fehlende Muskeln aber mit Fett, brutal anmutenden Tattoos und Aufnähern von Totenköpfen auf seiner Jeansjacke wett, bei der die Ärmel abgeschnitten waren. Bleiche, dicke, ebenfalls volltätowierte Arme und dann noch dieses eine Tattoo in Form eines Blitzes, das über dem Nacken durch den Millimeterschnitt seines dunklen Haars schien. Jetzt stieß er Gerhard in die Rippen. Offensichtlich hatte er sich etwas mehr Aufmerksamkeit erwartet.

»Hey!« Gerhard schaute überrascht auf den deutlich kleineren Mann hinunter, während im Hintergrund die Akkorde von »Highway to Hell« aus den Boxen dröhnten.

Eva lehnte sich gegen eine Säule. Das schien so ein Männerding zu sein, das sollte Gerhard mal schön selbst ausfechten. Der Kleinere erinnerte sie an einen Terrier, der die Dogge ankläffte und wenigstens so tat, als würde er sein Revier verteidigen. Zugegeben, vielleicht war sie auch ein bisschen neugierig, wie Gerhard, dessen schärfste Waffe das Wort und nicht tumbes Gorillagetrommel war, sich in diesem Milieu behaupten würde – gegen derart massive, rohe und ziemlich einfältig verstandene Männlichkeit.

Der Bullige blieb mit verschränkten Armen dicht neben

Gerhard stehen und starrte ihn an, bis der notgedrungen einen Schritt zur Seite machte. Dann schloss der Typ wieder zu ihm auf. Kein Blättchen Papier trennte die beiden. Wieder trat Gerhard zu Seite. Mal sehen, wann es ihm zu viel wurde.

»Stulli, lass deine Spielchen mit dem armen Kommissar«, rief der Südländer vom Tresen herüber.

Eva fiel auf, dass der breitschultrige Barkeeper eine ganz andere Wirkung hatte als sein Chef. Er besaß ein offenes Lächeln, und er schien gesprächsbereit. Stulli knurrte und ging wieder hinüber zum Billard. Wenigstens keine falsche Freundlichkeit. Wenn die hier Kriminelles taten, sahen sie keinen Grund zur Vertuschung.

Eva war nicht der Typ Mensch, der andere nach ihrem Aussehen beurteilte. Im Gegenteil, ihrer Erfahrung nach waren es gerade die Unauffälligen, die, die sich perfekt in die Menge einfügten, die den meisten Dreck am Stecken hatten. Die, die man leicht übersah. Doch in diesem Clubhaus wiesen so viele riesige Ausrufezeichen geradezu darauf hin, dass man es mit dem Gesetz nicht so genau nahm. Es waren die Details, die Beobachter stutzig werden lassen konnten. Diese zur Schau gestellte Männlichkeit, diese archaischen Posen hatte jemand, der seine weiße Weste gern trug, überhaupt nicht nötig.

Über die Pubertät waren alle Anwesenden deutlich hinaus. Warum also mussten sie sich so offensichtlich abgrenzen und diesen Outlaw-Status pflegen? Einer gegen alle, alle gegen einen? Hatten sie es mit wirtschaftlichen Verlierern zu tun? Wohl kaum, wenn man wusste, was eine der draußen geparkten Harleys kostete. Was also mochte dahinterstecken? Andererseits war der MC strafrechtlich noch nicht in Erscheinung getreten. Alles doch nur Show? Eva entschied sich, ein paar Worte mit dem Mann hinter der Bar zu wechseln.

»Welchen Posten begleiten Sie hier?«, begann sie.

Wie auf Kommando kam nun auch Kipp mit schnellen Schritten die Treppe herunter. »Immer noch da?«, fragte er mit halb amüsiertem, halb abweisendem Blick, sodass Eva die Antwort auf ihre Frage nicht hörte.

Die Ablehnung, die der President zur Schau stellte, war das ungewöhnlichste Verhalten, das sie bei einem einheimischen, unbescholtenen Bürger über fünfzig bei einer Befragung bisher erlebt hatte.

Sie waren mit vagem Anfangsverdacht hergekommen, und jetzt rasten Evas Gedanken. Warum? Wie viele grundehrliche Motorradfahrer kannte sie, bei denen niemand auf den Gedanken kam, dass sie Dreck am Stecken haben könnten?

Höflich bleiben und beobachten. Und nicht den kleinsten Verdacht in den Jungs keimen lassen, dass sie bereits im Fokus einer Ermittlung standen.

Kipp zog sich unterdessen einen Barhocker an den Tresen. »Bier kann ich nicht anbieten. Wir trinken nicht.«

»Nie?«, fragte Eva und setzte sich ebenfalls auf einen der Hocker. Die drei Zapfhähne sprachen eine ganz andere Sprache. Gerhard warf derweil einen bösen Blick zu Stulli hinüber, der wiederum gelangweilt zurückschaute.

»Nur mit Erlaubnis und zu besonderen Festen. Alles würde aus dem Ruder laufen, wenn jeder hier morgens schon mit dem Kolben in der Hand unterwegs wäre. Wir geben den Jungs hier Halt. Manche hatten schon Probleme mit dem Alk.«

Eva beobachtete den Südländer hinterm Tresen mit seinem an den Seiten ausrasierten Haar und dem kleinen schwarzen Zopf, der irgendwie nicht in die Szenerie passte. Kaum war Kipp gekommen, war er artig zurückgetreten und beschäftigte sich wieder mit seiner Arbeit. Seinem Chef stand er in Größe, Kraft und Fettanteil nur wenig nach. Seelenruhig und konzentriert polierte er Gläser, bis er dann unvermittelt den Regler der Musikanlage aufdrehte. Harte, kurze Gitarrenriffs kreischten in den Ohren.

Sofort fuhr Kipps wuchtiger Schädel herum. »Mach die Scheiße aus!«

Gerhard zog die Augenbrauen hoch, und Eva beobachtete den anderen, der sich beim Polieren des nächsten Glases sichtlich Zeit ließ, bevor er seine Hand in Zeitlupe nach der Anlage ausstreckte.

»Mirza, alles heil in deinem Hirn? So eine Drecksmusik bei einem Motorradclub?«

Hoppla. Eva schaute zu Gerhard. Mirza Arslanlar, der Vice President. Hätte sie sich nur das Organigramm im Vorfeld genauer angeschaut, um mehr über die Hintergründe zu wissen.

Nun lief wieder die Art von Rockmusik, die nach Kipps Vorstellung wohl zu einem Clubhaus wie diesem passte.

»Die Drecksmusik von euch Alten ist besser, wa?« Mirza grinste, seine Augen fokussierten die beiden Beamten. Erst dann blieb sein Blick am Boss hängen. Als der Ältere nichts erwiderte, wandte er sich wieder ab.

Nicht unschwer herauszuhören war an Mirzas Dialekt, dass er aus Berlin stammen musste. Eva schätzte ihn auf etwa dreißig, also deutlich jünger als Kipp. Ein offener Angriff auf den Chef, wenn die Polizei im Haus war. Was war der Zweck? Sie zu täuschen – oder eine echte Provokation?

Eva beobachtete die beiden verstohlen. Kipp war aufgestanden und schien sich neu zu sortieren. Weiter drüben schleppten Stulli und sein Kamerad Kisten in einen Nebenraum. Sprudelkisten. Nein, hier war nichts gespielt. Hinter den Kulissen brodelte es. Dieser Besuch hatte sich schon gelohnt. Aber so langsam mussten sie die Dinge nicht nur laufen lassen, sondern auch etwas erfahren.

»Wozu braucht man so ein großes Clubhaus?«, fragte Eva.

Gerhards Frage kam parallel: »Was macht man so in einem Motorradclub?«

Kipp lachte breit mit seinen allzu weißen Zähnen. Der Mann hatte Charisma, aber das eines Krokodils. »Frage zwei: Motorrad fahren. Frage eins …« Er nickte Eva zu. »Wir alle verdienen gutes Geld mit legaler Arbeit, die unserem Staat zugutekommt. Und hier in diesen Räumen geben wir etwas zurück. Viele unserer Hangarounds sind Jugendliche von der Straße, die nicht viel Glück im Leben hatten. Denen wollen wir hier eine Aufgabe geben. Wir schaffen es, sie wieder ins Berufsleben einzugliedern. Wer will, bekommt hier auch ein Zimmer auf Zeit.« Kipp legte die Hände ineinander.

Na, das waren ja richtige Samariter. Eine Undercover-Hilfsorganisation.

Die Atmosphäre war jetzt freundlich. Zu freundlich. Kipp lächelte wie beim Fernsehinterview, hatte offenbar seine Strategie geändert und zeigte sich offen in Worten und Körperhaltung, während über dem ganzen Raum eine wachsame Stimmung lag und die anderen Members sie genau beobachteten.

Alle bis auf Mirza, der sich kein Stück weit zu verstellen schien. Mit ihm hätte sie lieber gesprochen. Aber warum? Hatte er weniger zu verstecken? Genau wie Kipp verfügte er über Charisma, konnte blenden. Nur gab es einen Unterschied zwischen den beiden: Kipp ließ einen zuerst auflaufen, dann vermittelte er plötzlich, man treffe einen alten Freund. Nur passte sein Lachen nicht zu den kalten Augen, die sie taxierten. Mirza hinter dem Tresen spielte nicht, er war, wie er sich präsentierte. Kein Trick. Für den Moment schien er den Revoluzzer in sich abgeschaltet zu haben und polierte still seine Gläser.

»Wenn Sie mehr über unsere Aufgaben und Mitglieder wissen wollen, wir haben eine Homepage. Demnächst sponsern wir ein Kinderfest in Ellwangen. Dazu sind Sie herzlich eingeladen. Kann ich Ihnen sonst irgendwie weiterhelfen?« Der President war im Begriff, von seinem Barhocker aufzustehen.

»Wir haben einen Toten. Der Mann wurde von Zeugen bei Ihrem Verein gesehen«, rückte Gerhard heraus mit dem Grund ihres Besuchs.

Kipp nickte betroffen. »Und der Name? Wir vermissen zurzeit niemanden, bis auf die Oma von Kalli.« Und schon zog sich wieder ein Grinsen über sein Gesicht.

Manipulativ. Das war das Wort, das Eva bisher gefehlt hatte. Seine Mimik einzuschätzen brachte sogar erfahrene Ermittler an ihre Grenzen. Bei ihm mussten sie mehr als wachsam bleiben.

Was konnte ein kleines Rädchen wie Paul Deutz mit diesen gestandenen Typen zu tun gehabt haben? Ein Hangaround mit schwierigem Hintergrund, dem der MC »auf die rechte Spur helfen« wollte. Klar. Paul hatte den Braten vielleicht gerochen, sich versprochen, mit dreckigen Geschäften mehr Geld zu verdienen als zuvor.

Doch auf die Nennung seines Namens reagierte Kipp – nicht unerwartet – mit Verneinung. Auch Arslanlar zuckte mit den Schultern.

Nun gut, das würden sie herausfinden. Supporter, Hangarounds oder Prospects, also Interessenten für eine Mitgliedschaft, liefen nur leider nicht mit den Club-Insignien herum. Einen ersten Eindruck hatten sie sich jedenfalls verschafft.

Über den Hof gingen sie zum Auto zurück. Eva wurde das Gefühl nicht los, dass sie immer noch unter Beobachtung standen. Sogar eine Visitenkarte hatte Kipp ihnen in die Hand gedrückt. Wie professionell.

Mit Gerhard schien derweil eine Metamorphose vonstattengegangen zu sein. Aufrecht marschierte er über den Beton, die Schultern zurückgeworfen, den Kiefer nach vorn geschoben. Übte er seine neue Männlichkeit? Mal sehen, wie lange er diesen Gang mit seinem Rücken durchhielt.

Kurz bevor sie durchs Tor gingen, hörten sie Geschrei beim Anbau. Einen Moment später stob der Blaumannträger, den sie zu Anfang getroffen hatten, an ihnen vorbei. Seine Lippen formten ein kaum hörbares »Arschloch«, die Hände waren zu Fäusten geballt. Er gehörte eindeutig zu den Jüngeren, war vielleicht Anfang zwanzig.

»Komm zurück!« Kipps Kopf erschien in einem der Fenster.

»Leck mich!«, brüllte der Junge über die Schulter und verließ das Gelände.

Eva und Gerhard warteten, bis sie hinter der Mauer nicht mehr zu sehen waren, dann folgten sie dem Blaumannträger, der gerade den Helm aufsetzte und seine Maschine, eine Enduro, startete. Gerhard stellte sich breitbeinig vor ihm auf die Straße, den Arm ausgestreckt und die Hand nach oben gerichtet, als der Junge den Motor aufheulen ließ. Eva staunte über das neue Durchsetzungsvermögen ihres Kollegen, dem das Dominanzverhalten der Herren Motorradfahrer offenbar so auf die Nerven ging, dass er es kopierte. Es funktionierte, der Typ nahm seinen Helm ab.

»Was?«

»Gibt es ein Problem?«, fragte Eva.

»Nichts, was euch was angeht«, keifte der Junge und setzte seinen Helm wieder auf.

»Wir können helfen.« Sie kramte ihre Karte hervor und streckte sie ihm entgegen. »Wenn Sie irgendetwas zu sagen haben, wir behandeln alles vertraulich.«

Hinter dem Helm erklang ein hohles Lachen. »Dein Freund und Helfer. Ha!« Damit ließ er den Motor erneut aufjaulen und fuhr los.

Gerhard rettete sich mit einem Satz auf den Gehweg und schrie vor Schmerz auf. »Verdammte Rocker!«

Eva beobachtete, wie der Mann davonstob und den Arm mit der Karte nach oben hielt, um sie in den Wind zu schnipsen.

»Durch und durch sympathisch, die Jungs«, knurrte Gerhard.

»Komm, das Auto hat im Gegensatz zu der Maschine Sitzheizung.« Sie zwinkerte ihm zu. Das Erste, was sie im Präsidium tun würde, wäre, das Ellwanger Revier nach Auffälligkeiten zu fragen.

»Dieses Spiel hab ich schon früher auf dem Schulhof nicht beherrscht«, murmelte Gerhard mit leiser Klage in der Stimme.

Eva tätschelte seine Schulter. »Du gefällst mir viel besser so, wie du bist.«

Im Eingangsbereich des Präsidiums trafen sie auf Jens Gergle, der sie mit verwirrtem Blick musterte. »Suchen Sie etwas?«, fragte Eva.

Der junge Mann druckste herum. »Ich … soll etwas aus dem Archiv holen.«

Gerhard zog die Augenbraue hoch. »Und?«

»Das gibt's dort irgendwie nicht. Die im Archiv haben mit oben telefoniert und wollen mich jetzt aufs Aalener Revier schicken. Aber ich bin doch mit dem Bus …«

Eva musterte Gerhard und schüttelte unmerklich den Kopf. »Was sollten Sie denn holen?«, fragte sie.

»Ein Verkehrstopradar.«

Verkehrstopradar? Das Wort klang moderner als alles, was sie sonst so als Ausstattung bekamen. Um Gottes willen. So unbrauchbar der Neue war, die Spielchen, die die Kollegen sonst mit Auszubildenden spielten, gingen zu weit. »Ich gebe oben Bescheid. Das ist ein Fall für die Verkehrsüberwachung und nicht für Sie als Kriminalpolizisten.«

Gergle nickte dankbar und lief gleich wieder zu gewohnter Form auf. »Die Schnappfalle kann ich aber noch …«

Eine Schnappfalle hätten sie allerdings für ihn brauchen können! »Hoch, zweiter Stock«, ordnete Eva an und biss sich auf die Zunge, um nicht laut loszulachen.

Als der Kollege davontrabte, atmete sie einmal durch und sah, dass sich Gerhards Mund ebenfalls zu einem Lächeln in die Breite gezogen hatte.

»Sag mal, wenn der junge Deutz krumme Dinger gedreht hat und wirklich für die Eastriders unterwegs war … Wurde sein Auto eigentlich nach entsprechenden Spuren untersucht?«, fragte er. »Ich meine, klar, das macht die Spurensicherung standardmäßig. Aber wenn es nicht seins, sondern das seiner Mutter war … Nicht dass uns hier was durchgeht.«

»Würde ich noch mal nachhaken, ja. Und gegebenenfalls eine zweite, genauere Untersuchung anordnen. Da muss es was geben. Falls er überhaupt Geld für ein Auto hatte.«

»Übernimmst du das?«

»Machst du jetzt Feierabend?«

Gerhard war schon auf dem Weg zu seinem Wagen. Er schaute zu Boden und schob die Schuhspitze in den Asphalt. »Ich glaub, ich fahre einen kleinen Umweg.«

»Den Motoradführerschein machen?«, konnte sich Eva die Anspielung nicht verkneifen.

»Zu Frau Deutz. Da kann ich auch gleich nach ihrem Auto fragen.« Damit trabte er davon.

Sein Rücken schien ja schnell genesen zu sein.

***

Gergle bot Eva oben gleich seine Hilfe an, vermutlich aus Dankbarkeit wegen des Topradars, und so durfte er aus ihren Notizen den Bericht tippen. Wenn er sich an ihre Notizen hielt, musste sie auch nicht so viel korrigieren. Zur Sicherheit erwähnte sie es noch mal. Beim konzentrierten Arbeiten schob sich seine Zungenspitze zwischen die Lippen wie bei einem Siebenjährigen, und auf diese Art hielt er wenigstens den Mund. Gut, dann konnte Eva die nochmalige Untersuchung von Deutz' Fahrzeug anordnen, sollte es eines geben, und in der Datenbank weiter nach einschlägig Bekannten aus dem Umfeld des Motorradclubs suchen. Parallel bat sie beim Ellwanger Revier um die schnelle Zusendung möglicher Eastriders-Akten.

Als sie die Liste einiger kleinerer MCs durchging, die in der Region gemeldet waren, fand sie tatsächlich Ansätze. Es gab Informationen zu Prozessen und Strafbefehlen, die bei den Eastriders, bei denen sie es durchaus erwartet hätte, allerdings auf wundersame Weise fehlten.

Worum ging es denn da? Drogen, Nötigung, Prostitution, Waffen. Auffälligkeiten gab es vor allem beim Skullz MC, einem kleinen Club aus der Göppinger Ecke. Gleich das erste Mitglied hier in der Liste fünf Jahre Haft für schwere räuberische Erpressung. Natürlich hatte er angegeben, auf eigene Faust gehandelt zu haben.

Dieser hier saß leider noch. Eva fröstelte. Auf dem Bild hatte er eine Träne unter dem Auge tätowiert. Das Erkennungszeichen für einen Mörder. Wer setzte denn heute noch auf diese martialischen Symbole? Vermutlich hatte er auch das Patch »1%er« auf seiner Kutte – das eine Prozent innerhalb eines Clubs, das bis zum Äußersten ging. Was auch bedeuten konnte, dass man ein Menschenleben auf dem Gewissen hatte. Und auch noch stolz darauf war.

Ihr Blick verharrte auf einem anderen Bild. Das charakteristische Maori-Tattoo über dem Auge. Das war ihr Mann. »Tibor Harani«, las sie leise. Dahinter stand: »Skullz MC/Eastriders? Zugehörigkeit unbekannt«. Er wirkte auf diesem Bild deutlich jünger als kürzlich im Belinda, also musste er schon lange dabei sein. Polizeirechtlich erfasst worden war er letztmals wegen einer länger zurückliegenden Demonstration, bei der es eine Messerstecherei gegeben hatte.

Eva klickte sich durch die spärlichen Unterlagen. Laut Bericht war er damals, vor drei Jahren, von den Kollegen als Security-Mann des Eastriders MC eingeschätzt worden, er aber hatte zu Protokoll gegeben, einfach zu einer nicht beteiligten Gruppe junger Männer gehört zu haben, die in die Schlägerei verwickelt worden war. Security bei einer öffentlich angemeldeten Demonstration? Wurde ja immer schöner.

Leider fand Eva nicht mehr Informationen, denn nachgewiesen werden konnte ihm offensichtlich nichts. »Zeugenaussage nicht überprüfbar«. Diese Information las sie immer wieder, egal, um welche Frage es ging.

Auch der Rückruf der Ellwanger Kollegen fiel kurz aus, das System hatte nichts anderes über den MC ausgespuckt als das, was sie selbst vorliegen hatte. Eine kleine Spendenaktion für die örtlichen Kulturgüter und ein Straßenfest im Vorjahr; mit negativen Aktionen seien die Motorradfahrer nicht aufgefallen.

Eva druckte sich Haranis schmale Akte aus und steckte sie in eine Folie. Mal sehen, ob sich das so bestätigte.

***

»In Pauls Zimmer haben wir geringe Spuren verschiedener Rauschmittel gefunden«, erklärte einer der Spurensicherer, als am Donnerstagmorgen endlich die ersten Informationen ausgegeben werden konnten. Das Beamerbild an der Wand zeigte einen Tisch mit verschiedenen Beutelchen. »Cannabinode, ferner legale Drogen, sogenannte *legal highs*, die man rauchen kann, oft allerdings mit unkalkulierbarer Wirkung – von leichtem Schwindel über Vergiftungserscheinungen bis hin zum Tod. Dazu winzigste Spuren von Kokain und Opioiden. Die Rückstände im Teppich scheinen allerdings alt zu sein.«

»Was will uns das sagen? Dass er in letzter Zeit keine harten Drogen mehr konsumiert hat?«, fragte Eva.

»Schwer zu sagen«, antwortete der Spurensicherer. »Die ebenfalls aufgefundenen, unbenutzten Beutelchen deuten auf Verkauf hin, ich würde nicht direkt auf Eigenkonsum schließen. Auch die Mengen an *legal highs* waren wohl nicht nur für den Eigenbedarf.«

Willner nickte. »Was kann uns die Rechtsmedizin dazu berichten?«

Der füllige Dr. Gantner schnaufte, als er die Blätter aufnahm, die vor ihm lagen. »In Pauls Körper finden sich deutliche Spuren regelmäßigen Cannabiskonsums. Hier können im Blut bis zu einen Monat nach dem letzten Konsum Spuren gefunden werden – sollte derjenige regelmäßig konsumiert haben.«

»Und das hat er?«, fragte Gerhard.

»Allerdings.« Gantner nickte zufrieden.

»Und das Kokain?«, hakte Eva ein.

»Hier finden sich geringe Spuren im Haar des Opfers. Der Profi würde davon ausgehen …«

Bei Ganters Erwähnung des Wortes »Profi« schnaubte Willner leise. Eine kleine Spitze gegen seinen Kollegen konnte der Chef sich wohl nicht entgehen lassen.

»… dass er es ein paarmal in der Vergangenheit konsumiert hatte. Ist auch keine Droge für den kleinen Geldbeutel.« Gantner hob die Schultern.

»Spuren an der Leiche, Todeszeitpunkt?« Willner schien das Drogenthema für beendet zu halten.

»Vermisst wurde Paul seit einer Woche, zumindest ist die Vermisstenmeldung der Mutter am Mittwoch vor einer Woche eingegangen«, erklärte Kollege Färber.

»Dann hat er da unten noch einige Tage ausgeharrt, bis ihn Wasser oder Entkräftung das Leben gekostet hat«, ergänzte der Spurensicherer.

»Das Hochwasser«, bestätigte Gantner. »Wir haben Wasser in der Lunge gefunden und gehen davon aus, dass der junge Mann zum Todeszeitpunkt schon vollkommen entkräftet gewesen sein muss. Zur Spurenlage am Opfer lässt sich leider nicht viel sagen, da hat die Rems ihren Anteil gehabt. Aber am Tor beziehungsweise an den Dornen der Brombeeren konnten wir Faserspuren feststellen, an denen wiederum geringe Mengen menschlicher DNA extrahiert werden konnten. Ein Haar, das wir am Boden gefunden haben, passt übrigens dazu.« Er schnalzte, als sei er sehr zufrieden mit der Art, wie er den Spannungsbogen geführt hatte. »Jetzt hoffen wir mal, dass es von unserem Täter ist.«

»Bisher laut Computer keine Übereinstimmung«, las Willner von seiner Berichtskopie ab.

Eva wandte sich an den Spurensicherer, der inzwischen Platz genommen hatte. »Nochmals zu den Drogen. Wenn Sie sagen, die Spuren der harten Drogen seien eher älteren Datums, was könnte dies bedeuten?«

»Gute Frage.« Der Mann wiegte den Kopf. »Eine Möglichkeit wäre, dass er den Entzug geschafft hat. Für eigenen Konsum sind aber laut Rechtsmedizin zu wenige Spuren in seinem Haar. Vielleicht hat er vor längerer Zeit nur mal damit gedealt, zuletzt aber nicht mehr?«

»Könnte sein.« Ein älterer Kollege der Drogenfahndung übernahm, den die Spurensicherer vermutlich bei der Durchsuchung hinzugezogen hatten. »Normalerweise finden wir bei Dealern größere Mengen Rauschmittel als bei Herrn Deutz. Alt waren diese Drogen allerdings nicht. Nur etwas wenig für einen lukrativen Job, wenn Sie mich fragen.«

Eva dachte an das Gespräch mit dem Grünhaarigen. »Wäre es auch denkbar, dass er nicht mehr selbst verkauft hat?«

»Wie meinen Sie das?« Willner zog die Augenbrauen zusammen. »Hängt Ihre Vermutung mit dem Motorradclub zusammen, bei dem Sie und Herr Vollrath gestern waren?«

»Ein Bekannter von Paul hat gemeint, er hätte ihn in letzter Zeit bei den Eastriders gesehen. Was auch immer davon zu halten ist.«

»Belege dafür wurden in der Wohnung nicht gefunden«, klinkte sich der Spurensicherer ein.

»Aber es könnte hinkommen«, bestätigte Gerhard. »Bei meinen Anrufen und Gesprächen mit den Jugendlichen und jungen Erwachsenen haben noch zwei weitere bestätigt, dass Paul in letzter Zeit nicht mehr mit ihnen – Zitat – ›herumgehangen‹ hat. Weil er irgendwas Lukrativeres gefunden hat. Genaueres wusste aber keiner.«

»Soso. Der Eastriders MC also.« Über Willners Miene hatte sich ein Schleier gelegt. Als ob er sich über eine unerwartete Möglichkeit freute, die Gelegenheit zu bekommen, bei derartigen Gesellen einmal aufräumen zu können.

Nun waren Eva und Gerhard an der Reihe. Sie gaben den Kollegen einen kurzen Abriss über das Gespräch mit der Mutter des Toten, die Befragungen der Jugendlichen am Bahnhof sowie den Besuch bei besagtem Eastriders MC.

»Was haben Sie bei denen herausgefunden?« Jens Gergle mischte sich endlich auch einmal ein, allerdings mit eher beleidigter Miene, da er sie ja nicht hatte begleiten dürfen.

»Nichts.« Eva machte eine kleine Pause. »Noch nicht. Aber die Struktur des Clubs legt nahe, dass da nicht alles mit rechten Dingen zugeht. Ich würde denen auf alle Fälle auf die Finger schauen.«

»Auf alle Fälle!«, wiederholte Gerhard. »Und nicht nur wegen des Mordes. Vielleicht können auch die Kollegen vom Betrug dort nach dem Rechten sehen.«

Auf Willners schmalen Lippen lag ein zufriedenes Lächeln, als er sich etwas notierte.

Nach der ersten offiziellen Besprechung der Sonderkommission Fluchtgang beorderte der Sokoleiter Eva und Gerhard in sein Büro, um mehr über den Motorradclub zu erfahren. Ein Wunsch, den Gerhard ihm in aller Ausführlichkeit erfüllte. Und mit allen Details, wie fürchterlich archaisch und rückständig diese patriarchalischen Strukturen unter Ausschluss der Öffentlichkeit vor sich hinwalten konnten. Auch wenn archaische, patriarchalische Strukturen Willner normalerweise wenig störten, stieß Gerhard da beim Chef auf offene Ohren. Denn das waren nicht die Strukturen, die er kannte und schätzte, sprich der altbekannte Universitäts-Verbindungsklüngel.

Während die beiden Männer sich ereiferten, hielt Eva sich zurück. Sie wusste zu wenig über Bandenkriminalität, um sich verfrüht festlegen zu wollen. Ihrem Bauchgefühl nach passte das Verhalten, das sie von kriminellen MCs aus der Presse kannte, nicht unbedingt zum Mord an Paul. Entweder die Morde verliefen diskret und unter dem Radar oder öffentlich, um sichtbare Zeichen zu setzen. War der Tod in einem Fluchtgang öffentlich genug für eine bewusste Drohgebärde? Wenn ja, wen sollte sie erreichen? Dass die Beamten mit Bildern des Toten an die Öffentlichkeit gingen, war auch für den dümmsten der Rocker nicht zu erwarten.

An wem hast du dir die Finger verbrannt, Paul Deutz?

VIER

Thorsten nahm den blauen Schein entgegen und steckte ihn in seine Tasche. Dann gab er dem Schüler das Beutelchen, nickte ihm zu und wandte sich um. Vorn am Parkplatz stand sein kleiner Halbbruder.

»Hey, Kurzer!«

Tim reagierte gar nicht, er hatte den Eiswagen entdeckt, der auf der anderen Seite der Rektor-Klaus-Straße an einer Ampel hielt. Als der große Halbbruder sich in sein Sichtfeld schob, schaute er ihn kurz irritiert an, doch dann ging sein Blick gleich wieder zur Straße. »Hallo, Thorsten«, piepste er. »Was machst du hier?«

Thorsten legte einen Arm um den Halben und schob ihn langsam zurück Richtung Schulhof. »Dich abholen, Kumpel. Deine Mama muss länger arbeiten und hat gefragt, ob ich dich mitbringen kann.«

»Musst du nicht studieren?«

»Heute ist Freitag. Da sollten wir uns ein Eis holen und dann ein bisschen im Garten kicken.« Er senkte seine Stimme. »Ich weiß auch, wo der Eiswagen als Nächstes hinfährt.«

Mit dieser Antwort gab sich der Halbe zufrieden und schob seine kleinen, von was auch immer klebrigen Finger zwischen Thorstens.

Ein paar hundert Meter weiter oben in der Rektor-Klaus-Straße erklomm Gerhard gerade die Steintreppe der altehrwürdigen Fachhochschule für Gestaltung Schwäbisch Gmünd. Über dem Eingang, einer zweiflügligen Holztür, war das Gmünder Stadtwappen in Stein gemeißelt, ein stolzes Einhorn bäumte sich auf. In der dunklen Vorhalle mit ihren Steinnischen umfing ihn eine eigenartige Kühle. Das massive Historismus-Gebäude besaß zweifelsohne seinen eigenen Charme.

Mit der Akte von Paul Deutz in der Hand verirrte Gerhard

sich erst in die Mensa und fand das Sekretariat schließlich gegenüber. An den Wänden hingen Arbeiten der Studenten. Studien und Fotografien, hauptsächlich in Schwarzweiß. Bauhaus, das wurde hier immer noch gelebt. Gerhard erinnerte sich an den letzten Ausflug zur Stuttgarter Weißenhofsiedlung vor ein paar Jahren. Bezahlbarer Wohnraum für alle, *form follows function*. Die Ideen von vor hundert Jahren immer noch aktuell – und weiter von der Realität entfernt als zuvor, wenn man in Ballungsgebieten auf bezahlbaren Wohnraum wartete. Gerhard klopfte gegen die weiße Tür. Als niemand reagierte, trat er ein.

»Sie wünschen?«, fragte die dunkelhaarige Frau vom Kopierer her freundlich.

»Vollrath, Kriminalpolizei Aalen. Ich brauche Informationen zu einem Ihrer ehemaligen Studenten. Sagt Ihnen der Name Paul Deutz etwas?«

Die Frau schüttelte den Kopf und kam herüber. »Wann hat er seinen Abschluss gemacht?«

»Er war wohl nur zwei Semester bei Ihnen. Vor etwa ein bis zwei Jahren. Können Sie das überprüfen?«

»Deutz mit tz?«

Gerhard nickte, und die Frau tippte etwas in den Computer. Kurz darauf brummte der Drucker.

Etwas enttäuscht schaute Gerhard auf den Anmeldebogen. »Das ist alles?«

»Professor Behrenheim wird mehr über ihn wissen. Er hat die Gruppe damals betreut. Müsste jetzt gerade in der Metallwerkstatt sein mit seinen Viertsemestern.« Die Frau schaute auf die Uhr. »Möchten Sie hier warten?«

Gerhard bedankte sich. »Nicht nötig.«

Im zweiten Anlauf fand Gerhard die Metallwerkstatt, nachdem er erst in den Werkstätten der Kellerräume gelandet war. Hier eine breite repräsentative Treppe, da ein verstecktes Hintertreppchen … Das Haus war noch verzweigter, als es schon von außen den Anschein hatte.

Er verbrachte die Zeit bis zur Pause mit dem Betrachten der letztjährigen Diplomarbeiten und Gedanken zum Toten.

Wie hatte Paul so abrutschen können? Warum nur hatte der Junge seine Chance, hier zu studieren, nicht genutzt? Die Fachhochschule hatte einen sehr guten Ruf und musste bestimmt mit deutlich mehr Bewerbungen leben, als Plätze vorhanden waren.

Am Vorabend hatte Gerhard gehofft, dass Magdalena Deutz sich in Bezug auf Paul ihm gegenüber öffnen würde. Doch sie schob Pauls Straftaten zur Seite, behauptete, nichts über die Gründe seines Studienabbruchs zu wissen, wollte offensichtlich nicht über die dunklen Kapitel sprechen. Sie hatte den Jungen in höchsten Tönen gelobt, aber bei jeder konkreten Nachfrage die Schotten dichtgemacht. Nun, die Frau war es vermutlich gewohnt, Probleme mit sich selbst auszumachen. Alles, was er tun konnte, war, seine Hilfe anzubieten.

Gerhard öffnete die Tür des gegenüberliegenden Raums, in dem neben den typischen Werkbänken unter anderem auch ein Sandstrahlgerät stand. Solche Arbeiten übernahm bei ihnen zu Hause üblicherweise seine Frau Carola, die ein besseres Händchen fürs Praktische hatte. Aber hier juckte es sogar Gerhard in den Fingern – Bohr-, Drehmaschinen, dazu Teller-, Bandschleifer und eine Menge Maschinen mehr, die Carola vermutlich eher zuordnen können würde als er.

Weiter hinten gab es noch einen weiteren Bereich für Galvanik, dieser war allerdings abgegrenzt und anscheinend nicht der Fachhochschule angegliedert. Endlich ging die Tür des Werkstattkurses auf, und eine Horde Studenten ergoss sich in den Flur.

Als der größte Pulk junger Menschen in den Gang geströmt war, wagte Gerhard einen Blick ins Innere. Professor Behrenheim, ein groß gewachsener Mann mit roten Locken, schwarzer Brille und einem lässig über die Schultern geworfenen Seidenschal, stand mit ein paar Studenten über ein Blatt gebeugt. Gerhard wartete eine Weile, doch der Professor schien sehr gefragt.

Kein besonders schöner Mann, aber groß war er. Und er besaß eine Ausstrahlung, die durch den Raum spürbar war. Langsam trat Gerhard näher und räusperte sich. Als Behrenheim sich umschaute, trafen sich ihre Blicke. Der erfahrene Ermittler nahm die Reste des weißen Pulvers unter der Professorennase sofort wahr. Dank seiner üblichen Verdächtigen beim Dezernat Betrug war er besser mit der Substanz vertraut gewesen, als es ein Mordermittler jemals sein würde. Einen richtigen Kokser erkannte Gerhard immer noch mit einem Blick. Er versuchte, sich nichts anmerken zu lassen.

»Eine schön ausgestattete Werkstatt haben Sie hier«, lobte er. Frische Line gezogen, also war der Professor aktuell voller Tatendrang, euphorisch ohne jeden Selbstzweifel. Perfekt für Gerhards Zwecke.

Der Dozent kam auf ihn zu und bedeutete seinen Studenten mit schneller Geste, zu warten. »Sind Sie der Neuzugang?«

Gerhard fühlte sich geschmeichelt. »So jung sehe ich jetzt auch nicht mehr aus.«

Behrenheim hielt ihm die Hand hin. »Professor Konstantin Behrenheim, gestatten!« Er lachte laut. »Täuschen Sie sich nicht! Wir haben oft Gaststudenten hier, die nach dem aktiven Arbeitsleben noch mal Studienluft schnuppern wollen.«

Gerhards Lächeln erstarb auf seinem Gesicht. Nach dem aktiven Arbeitsleben – so alt war er wiederum auch noch nicht geschätzt worden. Eher jünger, üblicherweise. »Vollrath, Kripo Aalen«, kam er knapp zum Punkt. »Wir haben einen Todesfall, und im Sekretariat wurde mir gesagt, dass der junge Mann ein paar Semester bei Ihnen studiert hat.«

»Ach ja?« Launig hakte Behrenheim Gerhard unter und zog ihn hinaus in den Flur. »Kommen Sie mit in mein Büro! Dann sehen wir, ob ich Ihnen helfen kann.«

Gerhard entwand sich dem Griff bei der nächsten Gelegenheit. Diese überhöhte Hybris, die fehlende Distanz, typisches Kokserproblem.

»Seit kurz nach der Jahrtausendwende hat die Hochschule ihren Fokus mehr auf die Wirtschaft gelegt. Mehr Internationalität bei gleichbleibend hochwertiger Theorie. So bin ich dem Ruf der Hochschule gefolgt und von Basel aus über Kapstadt schließlich hier gelandet. Was die Lehrmethoden angeht, können die europäischen Hauptstädte gegen das kleine Schwäbisch Gmünd nicht anstinken. Vielleicht noch Erfurt. Die Bauhauslehre muss man leben, man muss sie atmen. In allen Bereichen!«

Behrenheims Büro lag zum Glück auf demselben Flur, so konnte er nicht allzu lang die Meriten der Fachhochschule und seiner selbst aufzählen. »Können Sie mir etwas zu Paul Deutz sagen?«, fragte Gerhard, sobald sie das Büro betreten hatten.

»So heißt das Opfer? Welches Semester?«

Gerhard drückte Behrenheim die Kopie aus dem Sekretariat in die Hand. Bei der Nennung des Namens hatte der Professor einen Moment lang nachgedacht. Seine Reaktion schien nicht geschauspielert oder aufgesetzt. Aber wer wusste schon genau, wie gut ein intelligenter Mann wie er die Kunst der Täuschung beherrschte.

Der Mann schob sich die Hornbrille in seine Locken und begann in einem Ordner zu blättern. Als er so neben ihm stand, fiel Gerhard auf, dass der Professor fast genauso groß war wie er selbst, nur etwas beleibter. Der Speckring um die Hüften war ebenfalls nicht unüblich für Kokainabhängige.

»Deutz, sagen Sie? Wissen Sie, Abbrecher gibt es immer wieder. Aber die Plätze sind natürlich sehr begehrt. Ah hier, Sommersemester vor zwei Jahren …«

Gerhard schaute ihm über die Schulter. Eine simple Liste, nicht besonders aufschlussreich. Der Zeigefinger des Profs flog übers Papier und verharrte mit einem Mal. Dann suchte er weiter und brummelte, als ob nichts gewesen wäre. Zufall? Ihm war etwas aufgefallen, kein Zweifel.

»Ah ja. Dunkel erinnere ich mich. Ein höflicher junger Mann, der schlecht bei der Sache bleiben konnte. Hat irgendwas geklaut, glaube ich. Und war dann weg.« Behrenheims Finger zupften an seiner Nase. Vermutlich juckte das Kokain. Er schnäuzte sich in ein Stofftaschentuch, dann vollführte er eine Drehung zu einem der vollgestopften Bücherregale hinüber. »Das Pappbecherprojekt!«, hauchte er.

Pappbecherprojekt, aha. Gerhard nickte, einfach um irgendwas zu tun. Behrenheim griff sich ein gebundenes Buch heraus und blätterte. Zu sehen waren Fotos von … Pappbechern. Vielen

Pappbechern. Sie waren angeordnet zu mehrstöckigen Blumenvasen, zu einer Art Schrank, zu einer Lampe, zu irgendetwas Modularem. »So was macht man beim Produktdesign?«, fragte er.

»Es geht darum, den Ideenreichtum zu fördern. Gedankliche Mauern einzureißen.« Behrenheim öffnete beide Arme, in seinem Blick lag fast kindliche Begeisterung. »Jeden Werkstoff als Ausgangspunkt von etwas ganz Neuem zu sehen.« Seine Hand griff nach etwas in der Luft, das nur in seiner Phantasie existierte.

»Und Herr Deutz?«, erinnerte Gerhard an den Grund seines Besuchs. »Was hat er gestohlen?«

»Ah ja.« Der Professor blätterte weiter. »Geld wollte er mitgehen lassen. Bei uns!« Doch das Thema schien ihn nicht besonders zu interessieren. »Das hier ist sein Projekt.«

Er betrachtete eine Seite, auf der Pappbecher, nun ja, irgendwie nichts zu tun schienen, als aneinandergereiht zu stehen. Mit Schwung klatschte er den Band auf den Tisch. »Sehen Sie das?«

Gerhard wagte nicht, zu antworten. Was sollte er sehen? Weitere Pappbecher? Die Antwort kam ihm nicht genügend vor.

»Sehen Sie das«, wiederholte Behrenheim, und sein Satz klang nicht wie eine Frage. »Nicht die kleinste Inspiration!«

Vielleicht war Deutz die Aufgabe auch zu blöd gewesen? Vasen aus Pappbechern, Schränke aus Pappbechern, das hatte doch alles keine Zukunft. Vielleicht noch die Lampe aus Pappbechern, aber das hatten junge Leute in den Siebzigern schon selbst gebaut.

»Also hat ihm das Talent gefehlt?«, half Gerhard auf die Sprünge.

Behrenheim wiegte den Kopf. »Talent … Einfühlungsvermögen … Was weiß ich. Begeisterungsfähigkeit! Er war nicht schlecht, wenn ich mich recht erinnere. Selber denken ist keine Sünde, verstehen Sie mich nicht falsch. Aber sich den Aufgaben von Anfang an zu widersetzen, das kommt im ersten Semester nicht gut an. Man muss sich in eine Gruppe einfinden und Regeln kennenlernen, bevor man sie dann brechen kann.« Er ballte die

Faust und schnäuzte sich wieder in sein kariertes Taschentuch. »Und jetzt ist er … tot?«

Gerhard nickte und bedankte sich, um durch die Tür zu treten, bevor Behrenheim seine Hand wieder kumpelhaft auf seinen Arm legen konnte.

***

Auf dem Gang kam Eva ein schlaksiger Mann entgegen, der etwas verzagt dreinschaute. Sein hellbraunes Haar war kurz und stand trotzig in alle möglichen Richtungen ab. Hier im Präsidium hatte sie ihn noch nie gesehen.

»Kann ich Ihnen helfen?«, fragte sie.

»Schlecht, Felix. LKA Stuttgart, Bandenkriminalität. Ich suche Kriminaloberrat Willner.« Sein Blick streifte sie, dann ging er zurück zum Eingang, als ob er eine Fluchtmöglichkeit prüfte.

Eva wies ihm den Weg zum Büro und schaute ihm kopfschüttelnd nach.

Gerhard gesellte sich zu ihr. Gemeinsam schauten sie zu, wie Schlecht von Willner freudig begrüßt wurde.

»Dann hält der Chef eine Verstrickung der Eastriders also tatsächlich für möglich«, stellte sie fest.

»Klingt das nicht am wahrscheinlichsten, dass die dahinterstecken? Die Fachhochschule Gmünd war nicht sehr ergiebig. Ganz im Gegensatz zum Clubhaus.«

Eva war es ja recht, dass sie da genauer hinschauen würden, nicht zuletzt wegen Regina. Sie runzelte die Stirn. »Die haben alles Mögliche auf dem Kerbholz, mit Sicherheit. Aber den Mord? Ich kann's mir nicht vorstellen. Ist ja nicht Köln oder Hamburg hier, oder? Zum Glück.«

Eine halbe Stunde später fanden sie sich im Besprechungsraum vor einer Beamerpräsentation wieder. Zum Glück hatte Frau Schloh, die gute Seele, die Zeit gefunden, auch Kekse einzudecken. Ob Schlecht nur heute zu Besuch im Präsidium war?

Das hing vermutlich stark von der weiteren Entwicklung des Falls ab. Zumindest hatte er schon Informationsmaterial dabei.

»Bandenkriminalität ist in weiten Teilen der Republik zu einem ernst zu nehmenden Problem geworden«, dozierte Schlecht gerade mit monotoner Stimme, während ein Bild der Bundesländer mit verschiedenen Einfärbungen an die Wand projiziert wurde. Waren Baden-Württemberg und Bayern in einem hübschen Grünton eingefärbt, leuchteten die Bundesländer Nordrhein-Westfalen, Hamburg, Berlin in aggressivem Rot.

»Hier haben wir Schießereien am helllichten Tag und auf öffentlichen Plätzen. Woran liegt das?«

Evas Mundwinkel zogen sich unwillkürlich in die Breite. »Unser Lehrer Dr. Schlecht«, flüsterte sie.

Gergle kicherte, etwas zu laut. Schon wünschte Eva sich, nichts gesagt zu haben.

»Daran, dass wir dort im Gegensatz zu Baden-Württemberg stark rivalisierende Gruppen haben«, rief Gerhard ernst in den Raum.

Schlecht musterte ihn, auf seinem Gesicht zeigte sich zum ersten Mal so etwas wie ein Lächeln. »Genau. Zumindest ein Problem, das hier in Baden-Württemberg nicht für die Öffentlichkeit präsent ist. Bis auf ein paar Ausschreitungen in den Neunzigern, als die Rockerbanden mit ihren damals meist jugendlichen Mitgliedern versuchten, amerikanische Vorbilder zu kopieren. Dies alles jedoch auf ganz anderem Niveau als heute und in den genannten Bundesländern.«

Schlecht beamte das Logo des Eastriders Motorradclubs Ellwangen an die Wand, den Biker vor aufgehender Sonne. Dann folgte die Organisationsgrafik mit zugehörigen Fotos, die Eva bereits in Augenschein genommen hatte. Sie erkannte President Holger Kipp. Er und Sergeant at Arms Dennis Faulhans aka Stulli stammten beide aus der Gegend. Stulli war der Typ, der Gerhard im Clubhaus auf die Pelle gerückt war.

Keine Spur von Reginas Freund Harani auf der Liste. Das wäre wohl zu einfach gewesen. Er war laut Akte dem Umfeld der Eastriders zuzurechnen, gehörte aber offensichtlich nicht zu ihnen. Oder hatte damals schon nicht zu ihnen gehört. Es war jedoch etwas anderes, das Evas Aufmerksamkeit weckte. »Mirza Arslanlar kommt also tatsächlich aus Berlin?«

»Der Mann ist interessant. Wir vermuten, dass er über einen der sogenannten Araberclans eingeschleust wurde. Also einer von denen«, Schlecht schaute grimmig drein, »die wir in unseren Akten als Möchtegern-Rocker titulieren.«

»Wie die Osmanen Germania?«, fragte Frau Schloh. »Das sind doch alles Rockerbanden.«

»Im Betrug hatten wir den Eindruck, dass sich die Osmanen-Boxclubs nur in Details von den klassischen Rockerbanden unterscheiden.« Gerhard runzelte die Stirn.

»Da hat sich viel vermischt, auch in der Berichterstattung.« Willner klinkte sich ein und schüttelte energisch den Kopf. »Das Einzige, was sie gemeinsam haben, sind Auftreten und Kutten. In ihren Motiven unterscheiden sie sich erheblich.«

Schlecht, der eigentlich gerade zu einer Rede über die Führungsstruktur der Eastriders hatte ansetzen wollen, lächelte gequält, schloss für einen Moment die Augen, dann lehnte er sich gegen den Tisch.

»Okay. Noch mal allgemein zur Einführung, obwohl es hier nicht um die Osmanen geht. Es gibt dort, wie auch bei den klassischen MCs wie den Hells Angels oder Bandidos, einen Weltvorstand und Ortsvereine, denen jeweils Presidents vorstehen und die wie ein Franchise funktionieren. Wer sich an die Regeln hält, kann seine Geschäfte frei regeln. Die da lauten: Drogen, Schutzgeld, Prostitution, Menschenhandel, Waffen. Ganz genau wie bei den echten Motorradclubs eben.« Er holte kurz Luft.

»Wobei man die Betätigungsfelder bei Bandenkriminalität nicht eingrenzen kann«, warf Gerhard ein. »Verdient man gerade Geld mit Baugrundstücken, passen sie sich an. Verdient man das meiste mit Müll, wechseln sie in die Abfallbeseitigungsbranche. Die Organisierte Kriminalität ist gut vernetzt, findig und zu schnellem Umbau fähig.«

»Während die üblichen kleinkriminellen Banden bei ihrem Hauptgeschäftsfeld bleiben«, nickte Schlecht, offensichtlich nicht ganz glücklich über Gerhards Einmischung. »Trotzdem gelten die klassischen MCs als eher geschäftsfeldtreu.«

Sokoleiter Willner hielt sich indes auffällig zurück und blätterte in seinen Unterlagen. Mit Sicherheit hatte er sich mit dem Thema bereits beschäftigt.

»Und die politischen Ziele?«, fragte Gerhard.

»Genau. Da haben wir den ersten und wichtigsten Unterschied. Die Osmanen sind eine türkisch-nationalistische Gruppierung mit deutlich anderen Strukturen. Sie wurden vermutlich aus der Türkei von der AKP finanziert, um hier die Ziele der dortigen Regierung durchzusetzen – mit legalen oder eben auch weniger legalen Mitteln. Dumm sind die Hintermänner nicht, der Prozess konnte nichts Handfestes nachweisen. Auf diesem Gebiet. Nicht aber, was die Gewalttaten betrifft, zum Glück. Die Möchtegerns treffen sich mit rechtsextremen türkischen Gruppen wie den Grauen Wölfen. Ihre erklärten Feinde sind die Kurden. Sie foltern, sie erpressen, sie setzen unter Druck. Fortsetzung der offiziellen Politik mit illegalen Mitteln und auf fremdem Territorium.«

»So als ob unsere Regierung den Rockern Geld geben würde, damit sie unliebsame Gegner auslöschen«, bemerkte Gergle, vermutlich, um auch etwas beizutragen.

»So in etwa. Unsere bekanntesten Problemclubs heißen Hells Angels, Bandidos, Outlaws und Gremium. Das sind die Gruppen, mit denen wir in der Bundesrepublik, aber auch in den Grenzgebieten zu tun haben, hier im Süden massiv auch in der Schweiz und in Frankreich. Wir in Baden-Württemberg sind – größtenteils – eine Insel der Glückseligen, zumindest an der Oberfläche. Unsere Beamten haben nicht ansatzweise mit den Problemen zu tun, die sich anderswo in der Republik auftun. Schutzgelderpressung, Drogen, Prostitution, Geldwäsche. Dort überlassen wir Bereiche, die wir im Blick behalten sollten, leider in weiten Teilen noch der Organisierten Kriminalität, den mafiösen Strukturen. Teils ersetzen die Gruppen selbst sogar die Polizeiarbeit.«

»Das ist doch überhaupt nicht möglich! Wir leben hier

schließlich in Deutschland und nicht in irgendeinem Bananenstaat«, empörte sich Frau Schloh.

Schlecht streifte sie mit einem kurzen Blick. »Das Beispiel habe ich mir keineswegs ausgedacht«, antwortete er knapp.

Eva nickte. Wenn man las, dass die Polizei den Hannoveraner Kiez nachts den Hells Angels überlassen hatte, der sogenannten »Nachtpolizei«, weil die Kriminellen das unter sich vermutlich am besten regelten, war Deutschland nicht mehr ganz so weit von einem solchen Szenario entfernt. Zudem dachte man aktuell erst über Gesetze gegen die Clans nach, die ihre Terrorherrschaft schon lange ausübten und sich immer weiter durch den Rechtsstaat arbeiteten. Arbeiten konnten.

Im Gegensatz zu den älteren deutschstämmigen Führungskadern schienen Mirza Arslanlar und die anderen jüngeren Mitglieder die traditionellen Strukturen der Clubs eher zu belächeln. Eben weil sie aus dem Clanmilieu stammten? Weil sich die Arabergangs in Berlin von den Strukturen des Motorradclubs unterschieden?

»Wie kommt ein Berliner Junge wie Mirza Arslanlar dazu, hier in Ellwangen Vice President einer klassischen Rockervereinigung zu werden?«, fragte sie. Postengeschacher unter Kriminellen? Fehleinschätzung innerhalb der Eastriders-Gruppe oder eher Neuausrichtung? Vielleicht brachten Leute wie Arslanlar den hiesigen Traditionalisten die Regeln der Neuzeit nahe.

»Wir kannten diese Dynamik bisher nur von Banden aus anderen Regionen. Berlin und Nordrhein-Westfalen zum Beispiel. Der deutsche Nachwuchs ist zuletzt ausgeblieben, und so haben die Charter junge, gewaltbereite Ausländer als Hangarounds und Supporter rekrutiert. Jungs, die zu allem fähig und willig sind. Und die vor allem aufs Gesetz pfeifen. Die haben die Jobs noch effizienter erledigt als die vorher. Dass die Jungs irgendwann mächtig werden, allein von der Zahl her, und ihre Pfründe fordern, ist ja klar.« Schlecht verschränkte die Arme.

»Also rekrutieren streng hierarchisch organisierte, deutsche Gruppen junge Ausländer für die Drecksarbeit und werden sie dann nicht mehr los«, folgerte Gerhard.

»Haben Sie vom Muçuk-Mord in Nordrhein-Westfalen gehört? Man geht davon aus, dass der Vice des Hells-Angels-Charters bei einer Beerdigung von seinen eigenen Leuten erschossen wurde, weil er dem Chef immer wieder ans Bein gepinkelt hat. Die Jungen halten sich an keine Regel.«

»Und die Alten kommen nicht hinterher.« Eva dachte an die Spannung zwischen Mirza und Kipp.

»Genau, das Problem kriegen sie nur noch schwer in den Griff. Die stehen da und staunen, zu was ihre jungen Kollegen fähig sind. Auch an Gewalttaten. Und wenn einer aufgegriffen wird, sagt er vielleicht gegen seinen eigenen Club aus. So was kennen die alten Garden nicht, so etwas gibt es bisher nicht im Verhaltenskodex. Da hat die neue Generation ein großes Druckmittel in der Hand.«

»Kaum zu glauben, dass die alten Kriminellen mal ins Hintertreffen kommen.« Gerhard fand den Umstand offenbar amüsant.

»Die Gewaltbereitschaft überfordert sogar die Beamten, die sich im Milieu mehr als auskennen.« Schlecht fand die Sache überhaupt nicht zum Lachen.

»Und sind die Osmanen noch aktiv?«, fragte Gergle und goss sich Tee aus einer mitgebrachten Thermoskanne ein.

Eva und Gerhard wechselten einen Blick. Sein Hirn schien immer einen Argumentationszweig zurück zu sein. Beste Voraussetzung also, um ein funktionierender Beamter in ihrem Team zu werden.

Willner jedoch schaute interessiert auf ein Blatt, als ob er nichts gehört hätte. Sonst genügten ihm schon kleinere Verfehlungen, um an die Decke zu gehen. Warum also blieb er bei diesem Kollegen seelenruhig?

»Der Boxclub konnte wegen der Schwere der Taten sogar national aufgelöst werden«, erklärte Schlecht Gergle geduldig. »›Vom Verein geht eine schwerwiegende Gefährdung für individuelle Rechtsgüter und die Allgemeinheit aus‹, so das Innenministerium.« Er seufzte. »Ich wünschte, das würde auf unsere MCs auch öfter angewandt werden.«

»Aber da ist es manchmal schon ein Kraftakt, einzelne Chapter oder auch Charter aufzulösen.« Eva kannte die Gesetzeslage.

Schlecht nickte und ging zur Erklärung der Strukturen über. Doch viel wusste er nicht zu erzählen über die Eastriders. In Stuttgart, dem Sitz des LKA, lagen die Geschäfte seit Jahrzehnten fest in der Hand der Hells Angels, und laut Schlecht war alles ruhig. Wie immer, wenn es keine Revierstreitigkeiten gab. In Esslingen hatten es kleine Gangs seit den neunziger Jahren immer wieder probiert, waren dabei aber so stümperhaft und dilettantisch vorgegangen, dass die gut vorbereitete Polizei leichtes Spiel gehabt hatte.

Eva spielte mit ihrem Stift. »Hat das LKA Stuttgart überhaupt keine weiteren Informationen zu den Eastriders Ellwangen?«

Es wurde still im Raum. Schlecht, der offensichtlich lieber in der allgemeinen Bandentheorie geblieben wäre, kratzte sich hinterm Ohr. »Die Eastriders sind bisher tatsächlich unauffällig geblieben. Bei meiner Recherche habe ich eine Anzeige wegen Erpressung gefunden, die allerdings wohl erfunden war, um eins der Mitglieder privat zu diskreditieren.« Er überlegte einen Moment. »Ich müsste nachschauen, aber soweit ich weiß, gibt es fünf Vermisste, die mit diesem oder anderen Clubs in benachbarten Städten Kontakt hatten. Noch haben wir jedoch keine Hinweise, dass das Verschwinden dieser Personen auf die Clubs zurückzuführen ist. Leider.«

»Bandenkriminalität darf man nicht unterschätzen.« Nun erwachte Willner aus seiner Starre. »Diesen Club habe ich schon lange auf der Liste.«

Eva kannte den Blick des Chefs. Er hatte seinen Favoriten für die Täterschaft womöglich schon gefunden. Willners Bauchgefühl war meistens brauchbar, aber diesmal stand es konträr zu ihrem.

Nun, der Chef war es auch, der ihnen beständig einimpfte, bis zum Ende objektiv zu bleiben.

Nach der Besprechung trafen Eva und Gerhard den Kollegen vom LKA an der Kaffeemaschine im Flur. »Vielen Dank für die

Einführung. Mein Name ist Brenner. Bleiben Sie für die Ermittlungen der Soko Fluchtgang bei uns?«, fragte sie im Plauderton.

Während Schlecht Milch aus dem kleinen Kühlschrank nahm, sie genau betrachtete, dann aufdrehte und daran roch, nahm Eva sich ihre Hasen-Tasse, bevor er noch Gefallen daran fand.

»Meine Aufgabe sind seit Jahren die Statistiken zur Bandenkriminalität im Land. Ich kann mit einiger Zufriedenheit sagen, dass wir hier in Baden-Württemberg so viele Probleme nicht haben – woran wir auch unseren Anteil tragen. Und ich war letzte Woche erst zur Abstimmung der aktuellen Gefahrenlage in der Villa Reitzenstein.«

Eva kniff ein Auge zu. War es Absicht, dass er ihre Frage nicht beantwortet hatte?

»Mir ist bei unserem Besuch in Ellwangen aufgefallen, dass die Strukturen in der Gruppe ziemlich rigide sind«, warf Gerhard ein.

»Ein typisches Problem dieser Rockergruppen. Traditionalistisch, stark hierarchisch organisiert und sexistisch.« Schlecht entschied sich für eine schlichte weiße Tasse. Offensichtlich kannte er auch die hiesigen traditionellen Strukturen.

»Ein solches Chapter oder Charter ist Auffangbecken für allerlei gescheiterte Existenzen. Hier wird man viel mehr Sozialverlierer als Gewinner finden. Da ist eine derartige Ausrichtung kein Wunder, sondern eher natürlich.«

»Sehen Sie die Gruppen dann als positiv an? Also in dem Sinne, dass die Leute von der Straße weg sind?«, fragte Eva.

»So kann man das nicht sagen. Die meisten haben ja ihren Job und finden zusätzlich Struktur innerhalb der Gruppe. Was nicht heißt, dass wir nicht genau deshalb ein Auge auf die Kollegen haben sollten. Denn die Freizeitbeschäftigungen sind, nun ja, nicht die üblichen. Die mancher Clubs, wie gesagt. Ob die Kerle im Alleingang Straftaten begehen oder in der Gruppe, macht einen gewissen, sagen wir, qualitativen Unterschied. Doch seit jeher decken sie sich gegenseitig. Da durchzudringen ist quasi unmöglich.«

»Wie sind denn Ihre Erfahrungen, wenn man jemanden aus so einer Gruppe befragt?«

Schlecht lächelte schief. »Schon eigene Erlebnisse gehabt?«
Eva nickte. Nicht nur das Gespräch mit dem jungen Biker im Blaumann war gehörig in die Hose gegangen.

»Meiner Ansicht nach kommen Sie da kaum ran. Es herrscht ein Ehrenkodex zwischen den Mitgliedern, den oft nicht mal ein Mord erschüttert. Da sind sie sich leider alle gleich.«

Schlecht schnupperte am Kaffee und zog unmerklich eine Augenbraue nach oben. Doch der Gute schien schnell zu verstehen. Ein Schuss Milch dazu, die war ja offensichtlich für gut befunden worden, und runter mit der Plörre. »Die Gruppe schützt ihre Mitglieder und verlangt im Gegenzug absoluten Gehorsam.«

»Und das klappt?«

»In politisch rechts ausgerichteten Gruppen deutlich besser als in eher linken.« Er zuckte mit den Schultern. »Sie müssen es so sehen: Für nicht wenige sind die Rocker Familienersatz. Und als Hangaround und später als Prospect sammelt der Nachwuchs zuerst selbst genug Straftaten an, um hinterher keinem mehr an den Karren fahren zu können.«

»Aber die Eastriders sind doch bisher nicht –«

»Tut nichts zur Sache. Wenn sie denn kriminell wären, würde es genauso laufen. Und wenn nicht … Nun, eigentlich gehe ich nicht davon aus, dass sie nicht kriminell sind.«

»Und trotzdem ermitteln wir nicht.« Eva legte die Stirn in Falten. »Keine Hinweise auf ein Verbrechen, keine Ermittlungen?«

Schlechts Lippen formten ein schwaches Lächeln. »Ich sehe, Sie haben schon aus meinem Vortrag gelernt.« Er senkte die Stimme und schaute von Eva zu Gerhard. »Ihr Chef sieht das offensichtlich anders, sonst wäre ich ja nicht hier. Wann, denken Sie, kann ich wieder an meinen Schreibtisch?«

Er meinte wohl seinen eigenen in der Taubenheimstraße in Stuttgart, nicht den in der Soko Fluchtgang hier in Aalen.

»Vermutlich wird der Chef Sie nicht mehr brauchen, wenn sich herausgestellt hat, dass der Eastriders MC nichts mit dem Mord zu tun haben sollte.« Eva goss sich ebenfalls einen Kaffee ein und achtete auf einen beifälligen Tonfall, als sie fragte:

»Arbeiten Sie eigentlich mit der Kollegin Wernhaupt zusammen?«

»Bitte wegräumen.« Schlecht drückte dem vorbeieilenden Gergle seine halb leere Tasse in die Hand und dachte nach. »Regina Wernhaupt? Nachbarabteilung, Intensivtäter, glaube ich.«

Der Stuttgarter Kollege hoffte umsonst, schnell an seinen Schreibtisch zurückzukommen. Kurt Willner schien nicht bereit, die Spur nach Ellwangen anderen Hinweisen unterzuordnen. Er fegte durchs Büro, sodass Eva ihren Papierstapel festhalten musste.

»Alle Akten der letzten Jahre durchsuchen! Einen Platz für Herrn Schlecht frei machen! Vollrath, Vermisstenfälle prüfen! Was habe ich eine Lust, diesen Gaunern an den Karren zu fahren!«

»Aha, daher weht also der Wind. Nennt man das galoppierenden Wahnsinn oder zu frühe Festlegung auf einen Verdächtigen?« Eva zog die Stirn kraus und beobachtete, wie Gergle auf der anderen Seite des Raums Willner mit kaum verhohlenem Entsetzen nachschaute.

»Wenn du mich fragst, die Spur ist am vielversprechendsten.« Gerhard kniff ein Auge zu. Der Angriff der Biker auf seine Männlichkeit hatte ihm wohl einen größeren Schlag versetzt als vermutet.

»Konntest du Frau Deutz eigentlich helfen?« Erst jetzt erinnerte sich Eva daran, dass er ja am Vorabend zur Mutter des Toten gefahren war.

»Magdalena hat mich gebeten, ihr beim Ausfüllen der Formulare unter die Arme zu greifen.« Gerhards Miene hellte sich in Windeseile auf. »Die treiben ganz schön Schindluder mit ihr auf dem Arbeitsamt. Du solltest mal hören, was für ein …«

Dann waren sie also schon beim Vornamen.

Sie hörte ihm schon gar nicht mehr zu, denn Gerhards helfende Art erinnerte Eva unangenehm an ihre eigenen Aufgaben. Der Chef umrundete gerade ihren Schreibtisch auf dem Weg zu Schlecht. Die perfekte Gelegenheit. »Herr Willner?«

Der Kriminaloberrat streifte sie mit einem hastigen Blick.

»Haben Sie ... also liegt das Thema Björn Fuchs zurzeit auf Ihrem Schreibtisch?«

Die Miene des Chefs war so verschlossen wie immer. Er schob die Unterlippe vor und schüttelte dann den Kopf. Kein Hinweis, ob er nun etwas wusste oder nicht.

***

»Hallo, Jägi.«

Nur ein paar schwarze Sicherheitsschuhe ragten unter dem Mustang heraus, als Eva in die kleine Werkstatt kam, die auf dem Grundstück neben dem Elternhaus von Michael Jäger stand.

Langsam schob sich der Rollwagen unter dem Chassis des Fords hervor.

Jägi zog seine Schutzbrille ab. An der Stelle, wo der Riemen in die Haut gedrückt hatte, zog sich ein dicker Striemen über seine Schläfen. Ansonsten war sein braunes Haar strubbelig wie immer, einzig an den Seiten zeigten sich die ersten grauen Stellen.

»Sieht man dich auch mal wieder.« Er zog eine beleidigte Schnute, doch während er sich langsam aufrichtete, erhellte ein breites Strahlen mehr und mehr sein Gesicht.

»Du klingst wie meine Mutter.« Eva lachte und drückte den ölbeschmierten Freund an sich. Wie lange hatten sie sich nicht mehr gesehen?

Er reinigte die Hände und schaute sie immer wieder an. »Gut schaust aus, Frau Kommissarin.«

»Hauptkommissarin bitte, Herr Schrauber. Seit zwei Jahren.«

Er stemmte die Arme in die Seiten. »Schrauber? Mechatroniker oder wie das heutzutage heißt, bitte schön, Frau Hauptkommissarin seit zwei Jahren.«

Sie lachten. Mit neuen Technologien hatte Jägi so viel am Hut wie der Staat mit einer modernen Ausstattung der Polizeibehörden. Die Werkstatt hatte er vor ein paar Jahren von seinem Vater übernommen, der nur auf einen Nachfolger gewartet hatte, um mit seiner Frau in die Toskana zur Tochter zu ziehen.

Jägi war Mechaniker aus ganzem Herzen. Ohne digitalen Schnickschnack erweckte er jeden noch so abgewrackten Motor auf hin und wieder unkonventionelle Art zu neuem Leben. Weit über die Region hinaus war er unter Old- und Youngtimerbesitzern schon lange kein Geheimtipp mehr, da er mit einfachen Mitteln und kleinen Preisen jedes Problem behob und mittels bester Kontakte nicht nur seltene Weißwandreifen besorgen konnte.

Vor etwa zehn Jahren hatte sie ihren Vater mit seiner orangefarbenen NSU zu ihm geschickt, die Jägi aus alter Freundschaft zum Nulltarif repariert hatte. Seitdem stand er bei Evas Vater hoch im Kurs; mindestens einmal im Jahr fragte er, ob er den talentierten Freund seiner Tochter nicht als Lebensgefährten begrüßen dürfe. Die Fragerei hatte sich spätestens erledigt, als Tom in ihr Leben getreten war, aber Eva wusste, dass der bei ihrem Vater frühestens überzeugen konnte, wenn er den Neuaufbau der vermoderten Gartenhütte übernahm.

Jägi kam mit zwei geöffneten Bierflaschen aus einem Kabuff und hielt eine davon Eva hin. Gemeinsam setzten sie sich auf den Stamm hinter der Werkstatt, der hier vermutlich schon als Sitzgelegenheit diente, seit es das Haus gab.

Langsam zog klamme Abendluft über die mit Krokussen durchsetzte Wiese hinter dem Hof. Jägi zündete das Holz im Feuerkorb an. Eva spürte, wie beim Betrachten des jungen Frühlingsgrüns um sie herum die Spannung des Tages von ihr abfiel. Alle Büsche, alle Bäume investierten nach den kalten Wintermonaten ihre Kraft ins Austreiben. In den nahen Weiden summten sogar schon die Bienen.

»Und?«, fragte Jägi.

Eva schaute in die Flammen. »Geht so. Bei dir?«

»Geht so.«

Eine Weile genossen sie die stille Vertrautheit, dann tastete sie sich vor. »Bist du noch in der Szene unterwegs?«

Sein Lächeln war etwas bitter, als er antwortete. »Hätte ich mir ja denken können, dass du nicht einfach so vorbeikommst.«

Eva lehnte ihren Kopf gegen seine Schulter. »Tut mir leid.«

»Wie früher.« Er seufzte und nahm einen Schluck. »Welche Szene?«

»Du weißt schon. Die örtlichen MCs. Bist du noch bei den Devils Iggingen?«

Jägi grinste. »Einmal MC, immer MC. Wieso, willst du dir 'ne Harley anschaffen für die zweite Lebenshälfte?«

Evas Blick verlor sich im Dunkel des Waldes auf der gegenüberliegenden Hügelseite. Sie seufzte. »Toter Kleinkrimineller in Gmünd. Die Kids am Bahnhof meinen, sie hätten ihn bei den Eastriders gesehen.«

»Oha.« Jägi zog eine Augenbraue hoch.

»Weiß nicht, ob das zu irgendetwas führt. Der hatte seine Finger in jeder Straftat drin, die noch als kleinkriminell gilt.« Sie schwieg einen Moment lang. »Aber ich war im Clubhaus.«

Jägi legte den Kopf schief und schien mit einem Mal hellwach. »Allein?«

»Mit meinem Kollegen. Wieso?«

Er legte einen Holzscheit nach. »Du kennst ja das Frauenbild in der Szene.«

Ein Lächeln zog sich über Evas Lippen. »Machst du dir etwa Sorgen?«

»Um dich?« Für einen Moment schien er abzuwägen, dann schüttelte er entschieden den Kopf.

Eva zog eine Schnute. »Jetzt sag schon, was weißt du über die Eastriders?«

»Besser nichts.«

»Wir haben auch nichts über sie im Strafregister.«

»Vermutlich gibt es auch nichts.« Jägis Blick war lauernd. »Wenn du denkst, dass sie den Kerl auf dem Gewissen haben, du wirst es ihnen nicht nachweisen können. Selbst wenn es so wäre.«

»Meinst du, es gibt Zusammenhänge? Hast du was gehört?«

Jägi lachte. »Da kennst du echte MCs schlecht. Wenn man was hört, läuft was falsch.«

»Macht ihr manchmal Ausfahrten mit denen?«

»Eva, wir sind keine Supporter! Mit krummen Geschichten haben wir nichts zu tun.«

Sie konnte die Mimik des alten Freundes nicht recht einschätzen. Wusste er mehr oder einfach nur genug, um sich nicht die Finger zu verbrennen? Jägis Kunden kamen schließlich aus der ganzen Region.

Seinen MC kannte Eva, allesamt Männer zwischen fünfunddreißig und sechzig, Familienväter in Festanstellung und ohne Vorstrafenregister, ein paar Frauen waren auch dabei. Alle mit stabiler Kindheit. Unauffällig. Als sie alle noch jünger gewesen waren, war sie ein paarmal bei Feiern und Ausfahrten dabei gewesen. Das Gruppengefühl war immer etwas ganz Besonderes, aber die Polizeiarbeit fraß viel Freizeit.

Jägi seufzte. »Falls der Kerl was mit ihnen zu tun hatte und niedrige Arbeiten verrichtet hat, war er allenfalls Hangaround, muss sich durch Drecksarbeit also erst mal beweisen.«

»Das habe ich gehört. Um hinterher nichts auszuplaudern. Gibt es denn viel auszuplaudern?«

»Ist ja ein offenes Geheimnis. Alles, was Geld bringt.«

»Ja, das Übliche. Weiß man ja.« Eva fühlte sich ein bisschen beleidigt. Meinte er tatsächlich, sie damit abspeisen zu können? Dabei musste sie zugeben: Sie kannte sich wirklich überhaupt nicht aus. Das Präsidium hatte mit solchen Fällen normalerweise nichts zu tun. Bei OK-Bandenkriminalität griffen LKA oder je nach Schwere sogar das BKA ein. Klar, die Horrorgeschichten um die Machtkämpfe in den anderen Bundesländern waren bekannt.

»Die Supporter und Hangarounds sind also keine Clubmitglieder?«, fragte sie.

»Genau. Den ›Member‹ muss man sich schwer verdienen.« Jägi stand auf, um im Haus zu verschwinden. Einen Moment später drückte er ihr ein Buch in die Hand. »Basislektüre.«

»›No Angel‹, Jay Dobyns«, las sie.

Jägi nickte. »Der Undercoverermittler, der in den USA einen Mord vortäuschte, um bei den Angels aufgenommen zu werden. Erklärt 'ne Menge über die Strukturen. Die Gruppen funktionieren hier nicht viel anders.«

»Du meinst, Auftragsmorde?«

Schnell wiegelte er ab. »Du weißt ja, nichts zu wissen ist unsere Lebensversicherung.«

Eva musterte ihn lange. Was ging in seinem Kopf vor? Würde er sie belügen? Ihr Bauchgefühl sagte ihr etwas anderes. Sie und Jägi kannten sich gut genug, dass sie nicht fragen musste, ob er ihr die wirklich wichtigen Dinge sagte. Oder ob er sie zumindest andeutete.

Ein Schmunzeln zog sich über Jägis Gesicht, als er Evas Blick erwiderte. Zwischen ihnen war es fast genau wie bei den MCs. Man wusste so viel über den anderen und er über einen selbst, dass man nicht mehr viel sprechen musste. Dass man sich blind vertraute. In ihrem Fall: als Freunde einander vertrauen wollte, im Fall der MCs: als Kriminelle einander vertrauen musste.

»Manchmal denke ich noch an die Sache damals mit Jakob.«

»Jakob?« Eva kniff ein Auge zu.

Jakob … Schulzeit. Die Reicheren machten den Rollerführerschein, die anderen fuhren weiter mit Bus oder Fahrrad. Jakob hatte immer zu den Coolen gehört, Partys organisiert, mit Älteren geklüngelt, sich ein Netzwerk aufgebaut. Mitschüler munkelten, bei ihm könne man kaufen, was man eben so brauchte. Woher er die Kontakte hatte, wusste keiner. Zumindest keiner, der nicht gut mit ihm befreundet war.

Irgendwann, kurz vor dem Abi, hatte Jakob zu viel gewollt, ein Stück vom Kuchen der Großen. Er wollte nicht länger nur das kleine Rädchen sein, der Abnehmer vor dem Endabnehmer. Er war cool, so cool, dass die Lehrer Angst vor ihm hatten – und nicht wenige Schüler ebenso. Er hatte was zu sagen. Er war der König auf dem Schulhof. Nur eben nicht außerhalb seiner Schule. Noch vor Weihnachten hatte man ihn in der Rems gefunden, Gesicht nach unten. Sein Mofa hing in den Büschen, das Frontlicht war noch an. Ein Unfall bei trockener Fahrbahn, keine Kurve, keine Bremsspuren. Und wie jeder gute Dealer hatte Jakob nicht die winzigste Spur illegaler Drogen im Blut gehabt.

»Die Polizei hat den Fall nach ein paar Wochen als normalen Verkehrsunfall zu den Akten gelegt.«

Jägi nickte. »Wenn es Hinweise gegeben hätte, wäre es eine Leiche mehr geworden.«

»Warst du damals schon in der Szene?«

»Weißt du doch … Ist lange her, was?«

Lange her … Was war lange? Fünfzehn Jahre, zwanzig? Kaum hatten sie sich ans Feuer gesetzt, war alles wie früher gewesen, keine Gespräche über das Dazwischen nötig. Die Jahre einfach weggewischt. Und nun krachte das Jetzt wie eine Betonmauer in die friedliche Idylle.

Eva schob das schale Gefühl zur Seite, trank ihr Bier aus und erhob sich. »Ich muss dann mal heim, so langsam.«

»Lohnt es sich bei dir?« Jägi schaute Eva an. »Das Heimfahren?«

Sie zögerte einen Moment, dann dachte sie an Tom. »Ja, es lohnt sich. Inzwischen. Wenn du was hörst, meldest du dich?«

Der Freund schüttelte spöttisch seinen Kopf. »Wenn jemand wie ich ›was hört‹, kannst du mich auch aus der Rems ziehen.«

Hinter Lorch setzte Eva den Blinker rechts und fuhr auf die B 29 Richtung Stuttgart auf. Ein kleiner Abstecher, nur mal schauen. Es wurde ohnehin schon dunkel, und sie rechnete nicht damit, etwas zu sehen. Trotzdem … die Gelegenheit war günstig. Tom wollte nach der Arbeit mit einem Kollegen zum Badminton, vor acht Uhr würde er auch nicht da sein. Vielleicht würde er heute auch überhaupt nicht vorbeikommen und direkt zu sich fahren. Sie nahm die zweite Schorndorfer Ausfahrt, laut Navi war diese Strecke schneller.

Eva fand das gelbe Mehrfamilienhaus sofort, als sie von der Ratgebstraße in die Stuttgarter Straße abgebogen war. Es lag direkt neben einer Grünfläche und einem Spielplatz. Reginas roter MX5 parkte etwas weiter hinten in der Straße, Eva erkannte ihn sofort wieder. Warum hatte sie das Auto am Dienstag auf dem großen Parkplatz vom Belinda nicht entdeckt? Die Farbe stach sofort ins Auge.

Langsam ließ sie ihren Fiat vorbeirollen, doch natürlich war Regina nicht zu sehen. Was hatte sie auch erwartet?

Das schlechte Gewissen klopfte an. Eva schob es schnell beiseite. Sie konnte auch zufällig hier sein, und, mal ehrlich, es war doch reichlich unwahrscheinlich, dass sie heute tatsächlich etwas über Reginas Umtriebe erfuhr. Und trotzdem … Besonders kollegial war ihr Verhalten nicht.

In einem Verdachtsfall hatte man sich umgehend an den Vorgesetzten zu wenden. Aber was für ein Verdacht sollte das sein? Und Kameradenschwein des Monats wollte keiner von ihnen werden. Zudem ließ Willners persönliches Verhältnis zu Regina nicht mal den leisesten Zweifel an der Kollegin zu. Da würde Eva sich mit einem einzigen unbedachten Satz ins Abseits befördern. Und das, wo die Stimmung im Büro nach über einem Jahr Misstrauen endlich wiederhergestellt war.

Eine ältere Frau und ein etwa zehnjähriger Junge, beide mit satt dunklem Haar, kamen vom Spielplatz und gingen auf das Haus zu, während der Junge einen Fußball vor sich herkickte. Eva wendete den Wagen und fuhr noch einmal vorbei. Die Haustür schloss sich langsam. Nein, sie musste sich ihre Informationen irgendwie anders beschaffen. Die Hausbewohner konnte sie schlecht nach ihrer Nachbarin befragen.

Als sie den Blinker zurück in Richtung Bundesstraße gesetzt hatte, fiel ihr beim Abbiegen eine Frau auf einem der Balkone auf, die Wäsche aufhängte. Das schwarze, asymmetrisch kurz geschnittene Haar ließ sie innehalten. Regina. Kein Zweifel. Vor Eva hupte jemand. Mitten auf der Straße hatte sie einfach angehalten. Sie zuckte zusammen, hob die Hand zur Entschuldigung und fuhr rechts ran. Hatte Regina etwas bemerkt? Zum Glück nicht. Sollte sie einfach klingeln und die Karten auf den Tisch legen?

Bevor Eva über das weitere Vorgehen nachdenken konnte, öffnete sich die Balkontür. Der Junge vom Spielplatz stürmte auf Regina zu und zog sie an sich. Die LKA-Kollegin wandte Eva den Rücken zu, als sie den Kleinen an sich drückte. Eva stutzte. Hatte Regina bei den letzten gemeinsamen Ermittlungen ein Kind erwähnt? Oder eine Familie? Nein, im Gegenteil. Ihr Verhalten im Fall war so draufgängerisch und rücksichtslos gewesen, dass Eva automatisch davon ausgegangen war, diese

Frau könne kein Kind haben. Und jetzt diese intime Situation. Die ältere Frau, die im Türrahmen stand, war vermutlich die Oma. Diese Ähnlichkeit, jetzt war sie klar zu erkennen.

Und jetzt? Was fing sie mit dieser Erkenntnis an? Die Bilder aus dem Club unlöschbar im Kopf, fragte sich Eva, wie diese Szenen zusammenpassten. Führte Regina ein Doppelleben? Wohnte sie mit ihrer Familie hier in einer schönen Wohnung, würde bald der Papa heimkommen? Vater, Mutter, Kind, Oma?

Eva wurde sich bewusst, dass sie nichts über ihre Kollegin wusste, außer dass sie beim Lösen ihres gemeinsamen Falles allein aufgrund ihres Starrsinns in die Fänge eines Psychopathen geraten war – und dies alles offensichtlich in dem Wissen, ein Kind zu Hause zu haben, das notfalls ohne Mutter zurechtkommen musste. Das schlechte Gefühl, zu spionieren, war wie weggeblasen. Regina war ja wahnsinnig, ihre Familie mit solchen Alleingängen zu gefährden.

Da passte dieser Tibor Harani nur allzu gut ins Bild. Ob er der Vater des Jungen war? Aber nein, unmöglich. Die Haut des Jungen war hell, und zudem erinnerte sich Eva an die kurze Affäre, die die Kollegin mit dem jüngeren Torben gehabt hatte. Beziehungsfähigkeit schien nicht so Reginas Ding zu sein. Genauso wenig wie Teamfähigkeit.

Eva setzte den Blinker, dann warf sie einen letzten Blick zurück. Der Balkon, auf dem sich die Wäsche träge auf ihrem Ständer im Wind bewegte, war leer, die kleine Familie verschwunden. Was auch immer Regina tat, Eva musste sie im Blick behalten. Ihr Bauchgefühl hatte recht behalten. Es war bestimmt kein Zufall, dass die Kollegin mit diesen Typen abhing. Eine undichte Stelle gab es immer. Vielleicht brauchte sie Geld. Im schlimmsten Fall verriet sie geheime Operationen der Polizei an die Rocker. Und vermutlich nicht nur im schlimmsten Fall.

***

Die Männer saßen mit ernstem Blick um den Tisch herum. Özlem Ibrahim spähte durch den Türschlitz und entschied sich, den

Boden später zu wischen. Kein gutes Zeichen, dass die jungen Kerle vorhin in den Laden gekommen waren. Überhaupt kein gutes Zeichen. Und dann die Motorräder, die sie direkt vor dem Laden geparkt hatten. Die mussten vor nichts Angst haben. Bei denen fragte keiner nach, was sie den ganzen Tag so trieben, was sie arbeiteten. Ob sie kriminell waren.

Sarafina schlug die Tür zu ihrem Zimmer demonstrativ zu. Özlems Tochter hatte die Männer kommen hören und war in den Gastraum gerannt, um ihrem Vater beizustehen. Der hatte sie zuerst gebeten zu gehen, dann hatte er ihr eine Ohrfeige verpasst. Warum lehnte das Mädchen sich so auf? Das Kind verstand einfach nicht, dass für sie andere Regeln galten als für andere, diskutierte sogar laut mit ihren Eltern darüber. Tat sie das auch in der Schule?

Sie behauptete allen Ernstes, dass Gregorios Eltern kein Geld bezahlen mussten, dass Familie und Restaurant vom Staat beschützt würden. Vom Staat, ha! Und dass sie, Sarafina, zur Polizei gehen würde, damit ihr Vater auch keines mehr bezahlen müsste.

Waren die Männer deshalb heute da? Es waren nicht die, die sonst kamen, die einen Döner und darunter einen dicken Umschlag mitnahmen. Kein gutes Zeichen, dass sie ganz junge geschickt hatten. Ihre Schwägerin hatte gemurmelt, dass die immer die Drecksarbeit machten.

Özlem drehte den Anhänger, der um ihren Hals baumelte, zwischen den Fingerspitzen. Muhammad war nervös, das sah sie auch, wenn sie nur seinen Rücken beobachtete. Sein Nacken war angespannt, sein Kopf bewegte sich ruckartig. Wollten sie mehr Geld? Setzten sie ihn mit der Ausbildung der Kinder unter Druck? Wie viel wollten sie noch aus diesem kleinen Dönerladen pressen? Sie brauchten die überschüssigen Euro dringend, nicht nur, um einen Teil davon nach Anatolien zu schicken und Özlems Mutter finanziell zu unterstützen. Erst recht nach der Operation. Mehr ging nicht.

Muhammad hatte ja recht, man durfte sie nicht gegen sich aufbringen, sie beschützten die Familie, den Laden. Özlem Ibrahim seufzte und stellte einen großen Vorspeisenteller zusammen, den sie an den Tisch brachte.

Als sie die Teller vor die Männer hinstellte, sah sie den schmalen Dolch, der in der Hand ihres Mannes steckte. Dieser saß stocksteif, ziemlich bleich und aufrecht da, nur eine feine Blutspur deutete auf die Verletzung hin. Sie legte die Hand auf seinen Arm, ihr Herz pochte so laut, dass sie es hören konnte. Doch er machte nur eine abfällige Geste mit der Hand, die nicht am Tisch fixiert war.

Sie wünschte den Männern guten Appetit und ging zitternd zurück in die Küche. Dann schloss sie die Tür und brach leise schluchzend zusammen.

***

Eva passierte den alten Südbahnhof an der Gmünder Radtrasse. Sie schloss die Wohnungstür auf und hörte schon das Rauschen der Dusche. Sie warf Jägis Buch auf den Tisch, und ihr Mund verzog sich zu einem unwillkürlichen Lächeln. Tom war da, obwohl sie nicht mit ihm gerechnet hatte. Mehr und mehr wurde das zum Dauerzustand. Sie musste sich eingestehen, es gefiel ihr.

Leise ging sie in die Küche und schob den Auflauf vom Vortag in den Ofen. Bestimmt hatte er nach dem Sport Hunger, ihr Magen knurrte auf alle Fälle. Kurz darauf tappten leise Schritte über den Flur. Wer sich solche Mühe gab, nicht gehört zu werden, verdiente es, dass sie zumindest so tat, als bemerke sie ihn nicht.

Eva stellte den Orangensaft auf den Tisch und öffnete den Schrank, um Teller herauszuholen. Toms warme, kräftige Hände umfassten ihre Hüften, sein unrasiertes Kinn schob sich ihren Hals entlang. Sie schloss die Augen und spürte, wie sich Gänsehaut über ihren ganzen Körper ausbreitete.

»Hallo, Schatz.« Seine Hände verringerten den Druck, er schnupperte hörbar. »Wie riechst du?«

Eva kräuselte die Stirn. »Was soll das heißen, wie rieche ich?«

»Nach Rauch.« Er zog die Luft tief ein.

Sie lächelte. »Du weißt, ich bin Nichtraucherin.«

»Nicht so ein Rauch. Eher wie … Lagerfeuer. Grillen. Auf keinen Fall Büro.«

Ach so, natürlich. Jägi. »Ich habe recherchiert«, erklärte sie.

»Und deshalb kommst du so spät?« Tom atmete genüsslich ein. »Und riechst so lecker? Und hast … so interessante Bücher dabei?« Sein Blick fiel auf das Buch von Dobyns, nach dem er auch sofort griff.

»Es geht um den Fall.« Eva drehte sich um und streichelte über seinen Arm. Das um die Hüfte geschlungene Handtuch stand ihm gut.

Er zog eine Schnute. »Den aus Wasseralfingen, die Messerstecherei? Dazu musst du zu jemandem, bei dem es nach Holz und Öl riecht? Kerl oder Mädel?«

Eva grinste. »Ermittlungen sind oft wildromantisch. Deshalb duften Ermittlerinnen auch gerne mal nach Lagerfeuer.«

Er vergrub den Kopf in ihrem Haar.

»Nein, wir haben einen neuen Fall, in dem die Organisierte Kriminalität ihre Finger im Spiel haben könnte. Ich war nach der Arbeit kurz bei einem alten Freund. Er hat seine Ohren überall und kennt sich auch in der Motorradszene gut aus. Vermutlich.« Bei diesem Thema wurde jeder allgemein, der etwas zu verlieren hatte. Sogar der gradlinige Jägi. Sie drehte sich wieder um und verteilte die Teller.

»Und mit dem grillst du, während ich hier hungere?« Er setzte einen beleidigten Blick auf. »Eigentlich wollte ich Pizza bestellen und bin extra früher los.«

Eva tippte ihm amüsiert auf die Brust. »Hätte dieser Freund lieber gegrillt, als Badminton zu spielen? Ich muss dich enttäuschen, ich war nur eine halbe Stunde dort, also keine Zeit für ein Steak.«

»Ist auch gut so. Das solltest du eher mit dem attraktiven Mann, der hier schon stundenlang auf dich wartet, verzehren.« Er zog eine Augenbraue hoch. Ein Kunststück, das Eva unter normalen Umständen immer bewunderte.

»Das Gute ist, dass dieser Mann von sich behauptet, überhaupt nicht eifersüchtig zu sein.« Sie linste auf die Uhr. »Und von lange warten kann wohl auch nicht die Rede sein.«

»Ertappt, Frau Kommissarin.« Er grinste und begann, Besteck und Teller auf dem Tisch zu verteilen. »Was steht aktuell an?«

Eva nahm eine Flasche Rotwein vom Regal. Sollte sie ihm von ihren halbgaren Überlegungen den Fall betreffend erzählen? »Wir haben einen Mord. Der Tote ist in einem historischen Fluchtweg in Schwäbisch Gmünd gefunden worden.«

Tom nahm ihr die Flasche ab, um sie zu entkorken.

»Er … war wohl schon ein paar Tage tot. Keine Ahnung, ob die, die ihn eingesperrt haben, ihn da wieder lebend rausholen wollten. Vielleicht war es auch nur eine Bestrafung. Das Hochwasser war dann leider schneller. Er ist ertrunken.«

»Oha! Dann treib dich in Zukunft lieber mit Ingenieuren wie mir rum als mit so halbseidenen Kriminellen, die sich alte Freunde nennen.« Er goss den dunklen Corbières ins Glas und reichte Eva eines davon. »Euer Toter hatte also Verbindungen zu einem MC? Klingt auf alle Fälle nach Abenteuer, in dem Milieu zu recherchieren.«

Sie stießen an. »Komm doch mit zum Season Opening morgen Abend nach Iggingen, wenn du Abenteuer willst«, schlug Eva vor. »Dann lernst du auch Jägi kennen.«

Seine Augen glänzten wie die eines kleinen Jungen. »Wow, ich als verdeckter Ermittler! Cool.« Überschwänglich griff er sich das Weinglas.

»Bitte nicht noch einer, der nicht mit offenen Karten spielt.« Eva beugte sich zu ihm hinüber und küsste die Falte auf seiner Stirn, die dem verschlagenen Blick geschuldet war, den Tom aufgesetzt hatte.

»Du weißt es vielleicht noch nicht, aber ich bin ein ganz harter Hund. Wie Clint Eastwood.« Er stellte das Glas ab und spähte verwegen zum Ofen. »Und Clint hat Hunger.«

»Clint scheint es auch kein bisschen kalt zu sein, nur mit einem Handtuch bekleidet.« Eva lachte. Ihr Blick fiel auf die Zeitung, die am Rand des Esstischs lag. Die aufgeschlagene Seite zeigte die Wohnungsanzeigen.

»Darüber wollte ich heute Abend mit dir reden.« Tom musterte sie erwartungsvoll, als er den Auflauf in die Tischmitte stellte. »Ich habe dir ja erzählt, dass mein Vermieter mir wegen Eigenbedarfs gekündigt hat. Wie wäre es, wenn wir zusammenziehen?«

Evas Hand blieb mit dem Glas in der Luft hängen. Jetzt musste sie also Stellung beziehen, und aufgrund des turbulenten Falles hatte sie bisher überhaupt keine Zeit gefunden, auch nur darüber nachzudenken.

Ihre Gmünder Zwei-Zimmer-Wohnung war definitiv zu klein für sie beide. Und wie sie ihre Vermieter kannte, hatten die bestimmt eine Klausel im Vertrag: keine dauerhaften Untermieter. So nett sie waren, bei der Besichtigung hatten sie gleich auf die »Ruhe des Hauses« verwiesen und nach Evas Familienplanung gefragt. Schließlich waren deren zwei Kinder längst aus dem Haus, da wurde man lärmempfindlich bei den Blagen anderer. Und eine klare Aussage zur Familienplanung konnte man doch schon verlangen von seinen Mietern, auch wenn sie zum Zeitpunkt des Einzugs Single waren!

»Das sieht jetzt nicht begeistert aus.« Tom kniff ein Auge zu und musterte sie. »Ist irgendwie auch ein bisschen früh, oder?«

»Du würdest hier einziehen wollen? Ist Böbingen nicht besser gelegen für deinen Weg zur Arbeit?« Eva biss sich auf die Zunge.

Da war sie wieder, ihre Panik vor Lebensentscheidungen, die sie schon die letzte Beziehung gekostet hatte. Über jeden Schritt musste sie so lange nachdenken, dass der andere zwangsläufig annahm, sie wollte eigentlich nicht. Dabei stimmte das doch gar nicht, also zumindest nicht so ganz … Sie atmete tief durch und versuchte sich an einem Lächeln.

FÜNF

Das erste Motorradtreffen des Jahres stand unter einem guten Stern. Nicht nur das Wetter zeigte sich von seiner besten Seite. Es war trocken, und ein warmer Wind aus Südwesten wehte sanft übers Feld, sodass das große Festzelt gegen Spätnachmittag nur von Hungrigen und Durstigen besiedelt wurde, während alle anderen Besucher die gebotenen Spektakel wie Mofa-Weitwurf und die Ausstellung historischer Maschinen würdigten.

Insgesamt schien das von den Devils organisierte Season Opening genauso lustig und kriminell unspektakulär zu sein wie die Treffen, die Eva zu ihrer aktiven Zeit als Fahrerin mit der Clique besucht hatte. Ob sie hier mehr über die Eastriders erfahren würde? Ob die überhaupt bei so einer Veranstaltung auftauchten?

Sie schaute sich um, während Tom ausstieg und weiter drüben auf dem Feld Gerdas Golf einparkte. Schön, dass ihre Freundin trotz der drei Kinder so kurzfristig Zeit gefunden hatte. Wie es aussah, hatte sie ihren neuen Freund Maik dabei, den Eva bisher nur kurz auf einer Wohnungseinweihung kennengelernt hatte.

Die Kuttendichte war so hoch wie immer bei ähnlichen Veranstaltungen. Viele der Biker waren klassische Freizeitrocker, oft Daddys mit kleinen Kindern, die eher Van als Motorrad fuhren und mit Motorradaufklebern auf den Familienkutschen, schütterem Haar und Bauchansatz alten Zeiten nachtrauerten.

Eva entdeckte in einer kleinen Gruppe neben einem Bierstand weiter oben auf der Wiese Jägi. Er und die anderen trugen die Kutten ihres kleinen Motorradclubs Devils Iggingen. Einzelne der langsam alternden Gesichter meinte sie zu erkennen. Es war einfach zu lange her, Jägis und ihr Freundeskreis waren unterschiedlich gewesen, obwohl Eva sich in seiner Gruppe immer wohlgefühlt hatte. Wie oft hatte sie im Privaten gespürt, dass sich die Leute einer Polizistin gegenüber anders, vorsichtiger verhielten. Bei Jägis Freunden war das anders, hier hatten alle ihren Beruf akzeptiert. Diese Biker waren so vollkommen normal im Gegensatz zu den Typen um Kipp und Arslanlar. Sie alle fuhren gern Motorrad, gingen zur Arbeit, hatten Partner, manche Kinder. Kriminelles Potenzial gleich null.

Was verband also die eingeschworene Gemeinschaft der Eastriders, was lief dort anders? Wusste man gleich, zu welchem MC man gehen musste, wenn man eine kriminelle Laufbahn anstrebte? Dass dort ein anderer Wind wehte, hatten sie schließlich gleich beim Betreten des Grundstücks gespürt.

Gerda und Maik kamen eng umschlungen zu ihnen herüber. Ihre Freundin hatte dieses glückliche Lächeln auf ihrem sommersprossigen Gesicht, die Korkenzieherlocken wehten um ihre Wangen, und mit den schweren Stiefeln zum bunten Rock wirkte sie wie ein Hippiemädchen. Gerda ignorierte geschriebene und ungeschriebene Kleiderordnungen konsequent; auf einer Party im Gmünder Einhorntunnel genauso wie bei einer Straßenhocketse – oder eben bei einem Motorradfest. Maik war offenbar die eindeutig ruhigere Partie, was vielleicht auch gut war im Hinblick auf Gerdas vergangene, meist eher unkonventionelle Beziehungen.

Eva begrüßte die beiden und stellte Tom Maik vor, dann schaute sie aufs Handy. Wo blieb Felix Schlecht denn? Gestern hatte sie ihm von dem Treffen erzählt und, nachdem die Begeisterung ausgeblieben war, erwähnt, dass sie ihn als Fachmann auf dem Gebiet der Rockergruppen gern dabeihaben würde. Mit dem bereits bekannten gequälten Gesichtsausdruck hatte er auf sein Wochenende und die Anwesenheitspflicht bei seiner Familie verwiesen, aber schließlich doch noch für eine kurze Stippvisite zugesagt.

Sie grinste. Vielleicht fand er nichts zum Anziehen? Dass ein Typ wie er eine Lederjacke im Schrank hängen hatte, war eher unwahrscheinlich. Oder er hatte es sich schlichtweg doch anders überlegt, so, wie er ihren Fragen ausgewichen war. Dass sie Gerhard nicht mit einem Besuch bei einem Motorradfestival locken konnte, war klar. Aber Schlecht als Bandenkriminalist sollte sich doch von Berufs wegen schon dafür interessieren, oder?

Im Zelt setzte die Musik ein, kantige Gitarrenklänge und ein etwas eingerostet vor sich hin klackendes Schlagzeug. »Jetzt ein Bier«, erklärte Maik.

Der Vorschlag wurde vor allem von Tom zustimmend aufgenommen. Mit Gerdas Freund schien er sich hier gleich daheim zu fühlen. Eva lehnte ab, immerhin fühlte sie sich zumindest halbwegs im Dienst. Gemeinsam schritten sie über die frischgrüne Wiese.

Eva wich dem ersten Betrunkenen aus, und während Tom und Maik den Gerstensaft organisierten, machte sie einen Abstecher zu Jägi und begrüßte die anderen, von denen sie erstaunlich viele noch von früher kannte, mehr, als sie aus der Ferne geschätzt hatte.

»Auch mal wieder Zeit für deine alten Freunde?« Der inzwischen korpulente Bär hieb ihr seine massive Pranke in den Rücken. Und bevor sie es sich versah, hatte sie einen Plastikbecher mit Bier in der Hand. Dabei hatte sie sich eigentlich vorgenommen, stocknüchtern zu bleiben. Na ja, Tom war bei Gerda und Maik gut aufgehoben; einen Moment lang konnte sie ja über alte Zeiten klönen.

»Weißt du noch, damals an der Ardèche, als Uwe in der Öllache ausgerutscht ist?« Viktors tiefe Stimme bebte vor Lachen. Mit seiner Glatze hätte ihn Eva fast nicht erkannt. Seine Tina, die er mit fünfzehn kennengelernt hatte, fiel mit ein.

Eva grinste und nahm einen großen Schluck des kühlen Biers. Wie immer, wenn sich in einem Kreis die meisten schon Ewigkeiten kannten, wiederholten sich auch hier die Anekdoten und zauberten jedes Mal, wenn sie wieder hochgeholt wurden, ein breiteres Lachen auf die Gesichter der Anwesenden.

»Hast du deine speziellen Freunde schon gesehen?« Jägi schob sich an ihre Seite. Für einen Moment musste Eva tatsächlich nachdenken, dann kam ihr ihre eigentliche Aufgabe des heutigen Abends wieder in den Sinn.

»Der President und ein paar seiner Lakaien sind im Zelt«, flüsterte Jägi. »Schaut für mich aus wie eine Promo-Tour. Und die dummen Supporter des Clingon MC. Das ist mal ein Haufen blöder Säcke. Keiner über zwanzig, saufen wie die Löcher und bringen sonst nix auf die Reihe. Die Eastriders täten gut daran, sich für die Drecksarbeit nicht auf diese Idioten zu verlassen.«

Eva bedachte ihn mit einem langen Blick. »Weißt du mehr?«

Der Freund beschwichtigte schnell. »Die Dichte an Supportern und Prospects nimmt zu. Aber du weißt ja: Hörensagen und Beweise sind zwei Paar Stiefel.«

»Und die Aufträge der Kundschaft sollte man auch nicht unterschätzen, was?«

Jägi lächelte sein typisches Lächeln, das alles bedeuten konnte.

Eva ließ den Blick über das weitläufige Gelände und den angrenzenden Wald gleiten. »Woran erkennst du, dass die Supporter mehr werden?«

»Man erkennt die, die nicht dazugehören. Also zu den normalen.«

Als Bär mit seiner erstaunlich hohen Stimme anhob, über die letzte Ausfahrt nach Passau zu berichten, spürte Eva die Vibration ihres Handys. Hoppla, ein verpasster Anruf von Schlecht. Wo waren überhaupt die anderen? Sie wollte Tom doch Jägi vorstellen.

Eva sichtete ihren Freund weiter unten vor dem Zelt im Gespräch mit Maik. Und dann endlich die Nachricht von Schlecht: »Bin jetzt auf dem Parkplatz.« Auf dem Weg zu Tom konnte sie ihn aufsammeln.

Was gar nicht nötig war, denn auf halber Strecke kam ihr eine eigenartige Gestalt entgegen, die irgendwie überhaupt nicht hierherzupassen schien. Der Typ trug eine nagelneue tiefschwarze Lederjacke mit ein paar Nieten hier und da, der Optik nach eine ebenfalls neue und ungetragene Jeans und eigenartige Schuhe, die vorn spitz zuliefen. Insgesamt hätte er besser auf ein Gothic-Festival gepasst. Dazu eine verspiegelte Sonnenbrille und Gel gießkannenartig über das helmartige Haar verteilt.

Eva konnte ein Grinsen nicht unterdrücken, als sie den Kollegen begrüßte. »Na, heute inkognito?«

»Bringen wir es hinter uns«, seufzte er anstelle eines Hallos. Obwohl es nicht zu erkennen war, hatte Eva das Gefühl, dass seine griesgrämige Miene auf ihren Bierbecher gerichtet war.

»Auch eins?«, fragte sie gut gelaunt, als sie Richtung Zelt gingen.

»Aus solchen Bechern trinke ich nicht mal Wasser«, kam es pampig zurück.

Der Mann brauchte schleunigst Beschäftigung, sonst würde er innerhalb der nächsten fünf Minuten gleich wieder das Weite suchen. Die bierselige Stimmung der Anwesenden war da bestimmt nicht zuträglich.

Von Kipp und seinen Eastriders war weit und breit immer noch nichts zu sehen. Tom und die anderen standen inzwischen beim Mofa-Weitwurf. Hier hatte eben die zweite Runde begonnen.

Eva stellte ihren Kollegen vor, während Gerda es ebenfalls nicht schaffte, ihr Amüsement ob dessen Auftritt zu unterdrücken. »Heiß!«, kicherte sie, was Schlecht eine leichte Röte auf die Neurocker-Wangen trieb.

Sie sahen einem kleinen, breiter als hoch gebauten Mann zu, wie er ein Mofa mühelos in die Luft stemmte, um es unter lautem Stöhnen fast zwei Meter weiter in den Dreck zu schmettern. Die Umstehenden quittierten seine Leistung mit ausgelassenem Johlen.

»Nachher gibt's noch Traktorpulling«, verkündete Tom mit leuchtenden Augen, während er einen Flyer inspizierte. Na, immerhin hatten die drei ihren Spaß.

»Jetzt also doch Bier?« Ihr Freund warf Eva einen fragenden Blick zu. Er hatte den Becher entdeckt.

»Gehört zur Verkleidung.« Sie zwinkerte und schaute zu dem auffällig leisen Schlecht hinüber. »Haben Sie schon etwas entdeckt?«

Er nickte in Richtung des Zelts. »Da drüben stehen ein paar Packs, Clingons und Skullz, allesamt mutmaßliche Supporter der Eastriders. Speziell die Skullz gelten als die, die bei Drogen- und Schutzgeld die Drecksarbeit erledigen. Handfestes ist auch hier Fehlanzeige. Ich wüsste übrigens immer noch nicht, wie uns der Besuch hier weiterbringen soll.«

»Sind Sie nicht begeistert, so viele Anschauungsobjekte direkt vor die Linse zu bekommen?«, fragte Eva mit vom Bier gelöster Stimme, dabei war der Becher noch nicht einmal halb leer. Sie vertrug wirklich nichts.

»Ich weiß an meinen Wochenenden Besseres zu tun«, moserte er. »Einer Straftat überführen werden wir hier niemanden, und daheim warten eine übermüdete, gereizte Frau und ein süßes, nachts außerordentlich waches Baby auf mich.«

Dann war er also vor Kurzem Vater geworden, der steife Herr Kollege. Aber trotz allem – ein bisschen Interesse an der beruflichen Kundschaft konnte man doch eigentlich erwarten. Auch an einem Samstag. Eva beglückwünschte ihn zur Geburt und ging allein hinüber zum Zelt. Vielleicht fand Schlecht mit der immer gut gelaunten Gerda, Tom und Maik doch noch etwas Freude an seinen Überstunden. Mit ihm im Schlepptau würde sie nur unangenehm auffallen.

Von drinnen strömte einem schon die Hitze entgegen. Der Schweiß Hunderter Menschen lag in der Luft. Die Leute standen oder hatten auf Bierbänken Platz genommen, klönten oder lauschten den Bands. Mit Sicherheit würde das Zelt am späteren Abend brechend voll werden.

Die Gruppe von Packs, die gleich am Eingang stand, bestand wie der Clingons MC eher aus Jungs denn aus gestandenen Männern. Selbstredend machten sie einen auf gefährlich, dabei lief noch nicht einmal der Bartwuchs richtig an, die Pubertätspickel waren nicht bei allen verheilt. Alles in allem hatte die Männlichkeit deutlich Raum nach oben, egal, wie breitbeinig sie versuchten, sich ihre Position hier unter den gestandenen Rockern zu sichern. Diese Jungs verhielten sich auffällig wie Rotlichtlampen und sprachen dem Alkohol eindeutig in Mengen zu, die unternehmerische Entscheidungen der unreifen Members nicht gerade verbessern würden. Insofern hatte Kipp schon recht, seine Männer nur zu bestimmten Anlässen trinken zu lassen. Professionelle Kriminelle gaben sich mit denen doch niemals ab.

Die Band legte nun eine Pause ein und animierte zum Entern der Bar. Draußen sank die Sonne langsam hinter den Wald, der Lärm aus Gesprächen und Gelächter schwoll mehr und mehr an.

»Na, Biene, ein Bier?«, lallte ein Untersetzter, der im Gegensatz zu ihrem Kollegen keine nagelneue Lederjacke, sondern eine zerschlissene, mehr als abgetragene Kluft zur Schau stellte. Mit zugehörigem Aroma.

»Schon versorgt.« Eva hielt den Becher hoch und entdeckte hinter ihm eine eher unauffällige Gruppe, die in der Zeltecke zusammenstand.

Einer der Männer trug einen grauen Zopf und hatte auch etwa die Größe von Kipp, aber mehr war bei den Lichtverhältnissen nicht zu erkennen. Ein anderer in der Runde trug das Eastriders-Logo auf dem Rücken. Aber Eva war viel zu weit weg, um zwanglos zu observieren oder einfach mal zu hören, über was man sich so unterhielt als Member eines verdächtigen MC auf einem Motorradtreff. Lachen und Gesten zufolge ähnelten sich die Gespräche denen von Jägis Truppe. Was sollten sie hier in der Öffentlichkeit auch besprechen?

Aber näher kam Eva auch wirklich nicht ran, außerdem würde sie im schlimmsten Fall einer erkennen, selbst wenn sie das Haar heute offen trug. Sie musste sich an dem Untersetzten vorbeidrücken, der gleich die Gunst der Stunde nutzte und die Lücke zu seinem Vordermann schnell noch weiter verengte. Da musste er früher aufstehen.

Eva hob den Bierbecher mit bedrohlich schwankendem Inhalt etwa in Brusthöhe des Untersetzten, was diesen dazu bewog, doch besser einen Schritt nach hinten zu treten. Bei dem Dunst, den er verströmte, hätte das bisschen Bier zwar nichts mehr ausgemacht, aber diesen Schluss hatte er zum Glück selbst noch nicht gezogen.

Draußen heulten Motoren auf. Die massiven Maschinen fürs Traktorpulling fuhren auf einem Acker vor. Scheinwerfer beleuchteten einen großen, abgesperrten Bereich. Gerda hielt zwei Kurze, in jeder Hand einen, während Tom und Maik sich Steakbrötchen schmecken ließen. Über Maiks Hand lief schon die Soße, was ihn jedoch nicht zu stören schien. Nur Felix Schlecht stand etwas abgewandt. Was hinter seiner verspiegelten Brille passierte, ließ sich nicht mal erahnen.

»Würden Sie mich zum Auto begleiten?«, kam er auch gleich zum Punkt, als er Eva entdeckte.

Sie ging neben ihm her die Wiese hinunter und fragte sich, ob sie ihn irgendwie verärgert hatte. »Was denken Sie zum Fall?«, fragte sie unverbindlich.

»Ob die Eastriders in den Mordfall verwickelt sind, finden wir auf so einer Festivität nicht heraus. Ich muss jetzt auch dringend nach Hause.« Höflich formuliert, aber das Wort »dilettantisch« hörte sie deutlich heraus. »Ich bin vollkommen im Hintertreffen mit meinen Auswertungen.«

Eva nickte, ohne etwas zu verstehen. Was wollte er denn zu diesem Zeitpunkt der Ermittlungen schon auswerten? Meinte er etwa seinen eigentlichen Job beim LKA? War er eher in der Theorie beheimatet? Das würde sein Verhalten besser erklären. Sie fragte nicht nach.

Inzwischen war die Dunkelheit komplett hereingebrochen. Eva fragte sich, wieso sie Schlecht eigentlich zum Auto begleiten sollte. Zum Smalltalken offensichtlich nicht. Hatte er etwa Angst zwischen den ganzen Leuten? In dem Fall sicherte sie ihren LKA-Kollegen doch gern. Zum Glück sah er ihr Grinsen nicht.

Am Auto verabschiedete er sich dann auch nur knapp und schob sich schnell hinters Steuer. Eva verkniff sich den Kommentar, dass er auch daran denken sollte, Jacke und Jeans innerhalb der Umtauschfrist zurückzugeben.

Als sie sich umdrehte, fiel ihr Blick sofort auf die Eastriderskutte. Der Typ knutschte an der Zeltrückwand mit einem Mädel. Eigentlich keine schlechte Idee, mit Liebemachen kamen die Jungs vielleicht weniger auf schlechte Ideen. Sie wollte schon wieder wegschauen, da entdeckte sie das Tattoo. Ein Maori-Tribal, das die rechte Augenbraue ersetzte. Mitten im Schritt hielt sie an.

Er hatte ausrasiertes dunkles Haar, sie kurzes schwarzes Haar. Regina und dieser Typ, Tibor Harani. Kein Zweifel. Die zwei waren so beschäftigt mit sich, dass sie sie nicht bemerkten. Was sich aber jeden Moment ändern konnte, wenn sie weiter so dastand und glotzte wie ein Hammel.

Felix Schlecht fuhr an ihr vorbei und hob die Hand zum Abschied. Als Eva sich wieder zu Regina und dem Typen umdrehte, blinkte ihr nur die weiße Zeltwand entgegen. Keine Spur mehr von den beiden. War sie aufgeflogen? Doch da entdeckte sie Regina und Tibor Harani bei den parkenden Autos. Fuhren die beiden weg? Und wo war sein Motorrad? Und vor allem, wo stand schon wieder ihr markanter MX5? Vielleicht hatte sie auch auf Motorrad umgesattelt. Es war ja eigentlich naheliegend.

Die Knutscherei ging zwischen den parkenden Autos weiter. Ein Detail ließ Evas Atem stocken. Regina hielt einen weißen Umschlag in der Hand. Vorher war er ihr nicht aufgefallen. Hatte sie für Harani Informationen kopiert? Genau danach sah es aus, warum sollte sie sonst einen dicken A4-Umschlag auf einem Motorradfestival herumtragen?

Jetzt musste Eva aber wirklich weg hier, wenn sie nicht gesehen werden wollte. Nicht auszudenken, wenn Regina sie entdeckte. So schwer es ihr fiel, denn die Zeichen verdichteten sich immer mehr: Ihre LKA-Kollegin flirtete mit der dunklen Seite. Ach was, flirtete, sie steckte knietief selbst drin. Was das bedeutete, brauchte man sich nicht mal mehr auszumalen. Da konnte der feine Herr Schlecht Tabellen auswerten, so viel er wollte. Wenn einer Informationen kopierte, wenn es eine Lücke in ihren Reihen gab, war es keine Frage, warum man den Rockern um Holger Kipp nichts nachweisen konnte und ihnen die Szene immer einen Schritt voraus war.

Nach ein paar Metern drehte Eva sich noch mal um. Das Licht, das aus dem Zelt drang, war zu schwach, um von hier aus mehr zu erkennen. Und trotzdem, es wirkte, als säße Harani in dem schwarzen Coupé und Regina stünde draußen. Sie verabschiedeten sich. Oh Mann, ihre Chance! Sie durfte keine Zeit verlieren. Eva sprintete zu Jägi.

»Kannst du mich kurz wohin fahren?«, fragte sie außer Atem. »Es ist eilig!«

Jägi hatte noch nie viel getrunken. Und wenn sie ihr Auto hierließ, würde Tom damit heimkommen, falls sich die Observation in die Länge zog. Wer wusste, was sie entdecken würde.

Vielleicht hatten sie hier mit Harani schon den Schlüssel. Wenn nicht zum Mordfall, dann zu den kriminellen Umtrieben um die Eastriders.

»Willst du mir mal erklären, was wir vorhaben?« Jägi schüttelte amüsiert den Kopf und versuchte zu ihr aufzuschließen, während im Hintergrund die Traktoren dröhnten, die unter schwarzen Rauchschwaden andere schwere Landmaschinen hinter sich über den Acker zogen.

»Tom!« Eva rannte zu ihrem Freund hinüber und drückte ihm einen Kuss auf die Wange. »Hier, der Autoschlüssel. Ich muss kurz weg. Wenn ich in einer halben Stunde nicht da bin, kannst du ohne mich fahren.«

Tom grinste. »Nicht mal Zeit, mich vorzustellen?«

Eva brauchte einen Moment. »Ach klar, das hier ist übrigens Jägi. Jägi, das ist Tom.«

Die beiden Männer klatschten kurz ab, bevor Gerda Jägi zur Begrüßung fest an sich drückte.

Tom legte den Kopf schief. »Und mit dem kann ich dich allein lassen, ja?«

»Immer.« Eva zwinkerte und bemerkte, wie Gerdas neuer Freund ihren Fahrer in ein Gespräch verwickelte. Die Zeit rannte ihnen davon, Gerda konnte ihm Maik an jedem anderen Tag vorstellen, verdammt noch mal. »Komm, Jägi, wir müssen! Wo stehst du?« Damit sprintete sie los.

Sie erreichten Jägis Auto, als Reginas Lover seine Flamme mit einem letzten Kuss durchs Autofenster verabschiedete. Wo war der weiße Umschlag hin? Gott, wie auffällig. Einen USB-Stick hätte Eva nicht mal bemerkt. Sie schob sich vor, so weit sie es sich traute, aber kein Blick ins Innere des Wagens war zu erhaschen. Zu dunkel.

Einen Moment später schoss Harani mit seinem Sportcoupé bereits über den Feldweg, dass kleine Steinchen flogen. Ihre Kollegin selbst war verschwunden. Hoffentlich hatte sie Eva nicht entdeckt und beobachtete sie jetzt.

Ein paar Typen standen hinterm Zelt und entleerten ihre Blasen. Weiter hinten lärmte eine größere Gruppe, sonst spielte sich alles auf der anderen Seite ab. Eva hatte keine Zeit, sich Gedanken zu machen.

»Schnell«, drängte sie, als sie sich hoch in den Sitz zog. »Der Defender heute? Steigt ihr jetzt alle auf Vierrad um?«

Jägi zog die Mundwinkel in die Breite und steckte sich eine Zigarette an. »Ich hab einen Parkplatz voller Karren zur Auswahl, und einzig mein Maschinchen braucht neue Bereifung. So, was heißt jetzt schnell?«

»Dem schwarzen BMW Coupé hinterher!« Sie deutete auf die Lichtpunkte, die sich der Straße näherten.

»Eine Verfolgungsjagd?« Jägi nahm einen Zug und streifte Eva mit einem amüsierten Blick, als der Wagen brummend Fahrt aufnahm. »Ernsthaft? Mit dem Defender?«

»Nein«, wiegelte Eva ab.

»Nein? Was gibt das dann?« Er kniff das rechte Auge zu.

»Schau halt, dass du dranbleibst.«

Sie hatten die Straße erreicht. Das Coupé verschwand schon hinter einer Kurve Richtung Brainkofen. Eva schnaufte.

»Entspann dich. Der Motor kann mehr als Feldwege. Den hab ja auch ich überarbeitet.« Jägi schien ob der sportlichen Herausforderung seine Fragerei vergessen zu haben und konzentrierte sich endlich auf das, was seine Aufgabe war: Gas geben.

Auf der nächsten Geraden waren sie tatsächlich ein Stück an Harani rangekommen. Warum hatte die Datenbank nur so verdammt wenig über ihn ausgespuckt? War er wirklich so unbescholten? Er bog nach Täferrot ab.

»Nicht so nah ran. Sonst merkt er was.«

Jägi drehte den Kopf und schaute Eva mit dem typischen leicht genervten Blick an, den sie so gut kannte. »Echt jetzt?«

Sie lehnte sich zurück und hustete, ihr Hals kratzte. Wie lange war sie mit niemandem mehr mitgefahren, der rauchte? Oder lag es am Ruß der Traktoren vorhin?

»Also? Für wen fahren wir diesen Aufwand?« Jägi zog an der Zigarette und legte sie dann in den kleinen Aschenbecher in der Mittelkonsole.

Verdammt. Das konnte sie ihm doch alles nicht verraten. Aber wenn nicht, würde er sie für komplett durchgeknallt halten. In knappen Worten erzählte Eva also von ihrer Beobachtung und ließ auch Reginas Rolle nicht aus.

Sie schloss die Augen, während es sie in einer Kurve in den Gurt drückte, und wartete auf sein Urteil. Jägi nahm kein Blatt vor den Mund und würde ihr sagen, wenn sie sich in etwas hineinsteigerte. Doch er räusperte sich nur und schwieg.

Eva öffnete die Augen. Der Abstand zu ihrem Vordermann betrug nach wie vor gut dreihundert Meter. Alles sicher. Niemand unterwegs, er würde sie nicht als Verfolger sehen. Einen Defender mit Sicherheit nicht. Wahrscheinlich fuhr er nach Hause. Dann hatte sie die Adresse. Oder noch besser zur Führungsriege, die hatten sich nicht blicken lassen auf dem Opening.

An einer roten Ampel kamen sie ihm nahe genug, um einen Blick ins Innere des Wagens zu erhaschen. Der Typ tippte auf seinem Handy herum. »Er ist allein«, flüsterte Eva. Sie notierte das Nummernschild. Als es grün wurde, ließen sie sich zurückfallen.

An der Abbiegung hinter Ruppertshofen passierte etwas Unerwartetes. Von jetzt auf nachher beschleunigte der Wagen, um dann von weit links plötzlich an der ersten Ausfahrt herauszuschießen. Was wollte er denn jetzt im Wald? Wenn er Richtung Spraitbach musste, hätte er die B 298 über Mutlangen genommen.

»Schneller!« Evas Blick folgte dem Wagen, dessen Rücklichter zwischen den Stämmen in der Senke verschwanden.

Zuerst setzte Jägi ihm noch nach, doch nach der ersten Kurve drosselte er die Geschwindigkeit. »Der hat was gemerkt.«

»Meinst du?«

»Ganz anderer Fahrstil als bisher. Das ist ein Manöver.«

»Siehst du ihn überhaupt noch?« Die lange Kurve lag komplett im Dunkeln.

»Vielleicht hat er irgendwo unten an der Rot geparkt und das Licht ausgemacht«, meinte Jägi düster.

»Das hieße wirklich, er weiß Bescheid.«

»Du hast keine Ahnung, worauf wir uns da einlassen. Ich fahr jetzt ganz normal weiter, und vorn an der Kreuzung biegen wir links ab.«

Eva nickte. Das Restrisiko war zu groß. Wenn sie hier drehten, und der Verdächtige sah sie von einem möglichen Versteck aus, kam das einem Eingeständnis der Verfolgung gleich. Jägi träfe es noch viel schlimmer als sie, wenn sie aufflogen.

»Zum Glück kennen sie das Auto nicht.«

Allerdings. Nicht nur Glück, sondern eine Lebensversicherung.

Was sie betraf … »Kannst du mich heimbringen?«, fragte Eva. Ob die anderen noch auf dem Fest waren?

Jägi ließ Eva schließlich am Ende der Rektor-Klaus-Straße aussteigen. »Dein Freund … wirkt sympathisch.«

Bilder von früher drängten sich in ihre Erinnerung. Sie drückte ihm zum Abschied einen Kuss auf die Wange. »Danke.«

***

»Wo ist eigentlich unsere Verstärkung?« Gerhard drückte die Tür zum Döner-Imbiss in der Ellwanger City auf. Sonntagnachmittag. Ein kühler Wind wehte, die Stadt lag wie ausgestorben da. Eine Klingel meldete ihren Besuch.

»Du meinst Gergle?« Eva lachte.

»Verstärkung, hab ich gesagt.«

»Schlecht? Der hat Wochenende. Darauf hat er gestern extra noch mal hingewiesen.«

»Und wir haben Wochenende *und* einen ungelösten Mordfall … Mahlzeit!«, grüßte Gerhard den älteren Mann mit Bart, der die Auslage mit einem Lappen reinigte.

»Immerhin konnte ich ihn überreden, morgen Abend mit auf die Erstiparty an der Fachhochschule zu kommen. Er hat vermutlich nur zugesagt, weil Willner direkt neben uns stand.« Geschah ihm ganz recht, dem Erbsenzähler.

»Sehr großzügig von dir, dass ich gestern nicht auf dieses Motorraddingens musste.«

»Dabei hätte ich dich auch gern in Motorradkluft gesehen.«

Schade, dass Eva kein Foto von Schlecht gemacht hatte. Es hätte bestimmt zur allgemeinen Erheiterung auf dem Präsidium beigetragen.

»Dauert noch einen Moment.« Der Besitzer, Herr Ibrahim, verschwand im Nebenraum. »Der Ofen heizt erst auf.«

»Wir wollten nur etwas fragen. Hätten Sie einen Moment Zeit für uns?«, fragte Eva.

Der Mann blieb verschwunden.

»Bist du denn morgen Abend an der FH dabei?«, flüsterte sie Gerhard zu.

»Bei der Erstsemesterparty?« Gerhard zögerte kurz. »Das wird zeitlich nicht gehen. Ich hab noch einen Termin in der Rechtsmedizin. Könnte länger dauern.«

Eva schaute ihn fragend an, was ihn veranlasste, schnell nachzuschieben: »… und außerdem ist es besser, wenn Behrenheim mich nicht sieht. Der zieht sonst gleich die richtigen Schlüsse.«

Einen Abendtermin in der Rechtsmedizin? Eigenartig.

Evas Gedanken gingen zurück zu Tom. War er sauer auf sie? Gestern Nacht hatte er nicht in der Wohnung auf sie gewartet, sondern ihren Fiat vor dem Haus abgestellt, den Schlüssel in den Briefkasten geworfen und war dann mit seinem Auto heimgefahren. Es war ja auch nicht die feine Art gewesen, ihn auf dem Motorradtreff stehen zu lassen. Sie würde ihm was Schönes kochen und die Sache erklären.

»So, jetzt. Wie kann ich helfen?« Der etwa sechzigjährige Mann schüttete frischen Eisbergsalat in die vorhandene Box. Eva bemerkte den Verband an seiner linken Hand. Sauber, aber eher selbst bandagiert als von einem Arzt versorgt. Bei der Erwähnung der Kriminalpolizei zuckten die Lider seiner schwarzen Augen.

»Wir haben Hinweise, dass Sie Schutzgeld bezahlen. An wen?« Gerhard fixierte den Mann, doch der zog nur seelenruhig eine weitere Box aus der Vertiefung und schüttelte den Kopf.

Auf weitere Spielchen hatte Eva überhaupt keine Lust. »Kennen Sie die Herren? Oder einen dieser jungen Männer hier?« Sie schob Fotos der beiden Russlanddeutschen über den Tresen, die vor der Tankstelle verprügelt worden waren. Aufgrund früherer Straftaten der beiden Männer konnten sie auf gute Bilder aus der Datenbank zurückgreifen. Auf aktuellen Abbildungen hätte man die beiden wohl nicht erkannt.

Gut, vermutlich waren sie auch die Falschen. Die Durchsuchung der Räume der Bande hatte ergeben, dass sie es offensichtlich auf die Läden abgesehen hatten, die aktuell von den großen Unbekannten, wenn man es denn so sagen wollte, beschützt wurden. Wenn Schlecht und Willner recht hatten, handelte es sich um Supporterclubs der Eastriders.

»Glaube nicht, dass ich die schon mal gesehen habe.« Trotzdem kam Ibrahims Antwort einen Tick zu schnell.

»Wir wissen, dass Sie Schutzgeld bezahlen«, beharrte Gerhard.

Der Mann verschränkte seine Arme und schaute sie abschätzig an. »Eins der üblichen Vorurteile, nicht? Der ist Türke und hat einen Imbiss, der zahlt Schutzgeld.«

»Herr Ibrahim, wir können Ihnen nicht helfen, wenn –«

»Genau, Sie können mir nicht helfen. Sie nicht. Ich habe Familie. Ich muss allein zurechtkommen.«

»Das heißt dann wohl übersetzt, dass ihm andere sehr wohl helfen können, oder?«, schimpfte Gerhard, als sie draußen vor dem Laden standen.

Eva zuckte mit den Schultern. »Vermutlich ganz andere als unsere zwei Herren hier auf den Fotos. Schlecht geht davon aus, dass die Packs und die Skullz für die Eastriders Schutzgeld erpressen könnten, zumindest läuft es auf diese beiden Gruppen hinaus. Müsste man ihnen nur noch nachweisen.«

»Und die Packs sind …?«

»Supporter der Eastriders. Machen die gleiche Drecksarbeit wie Hangarounds und Prospects des Clubs. Die Skullz, die Clingons. Oder die Arbeit für andere Clubs, was weiß ich, wie die sich das aufteilen. Ist ja nix gemeldet, und die meisten der Bubis sind nicht mal in der Datenbank.«

»So kommen wir nicht weiter. Erst Härtler, dieser Tankstellenbesitzer, jetzt Ibrahim.«

»Härtler?«, fragte Eva.

»Das war der Zwischenfall an der Tankstelle mit unseren beiden Schwerverletzten. Ich habe ihn zufällig über Funk mitgehört, als wir Paul Deutz gefunden haben, und in einer ruhigen Minute noch mal beim zuständigen Revier nachgefasst. Üble Schlägerei hier am Ortsausgang. Der Besitzer gibt an, nicht die kleinste Kleinigkeit gesehen zu haben. Er habe die Verletzten zufällig gefunden, als er geschlossen hat. Behauptet er. Dabei zogen sich die Blutspuren über die ganze Anlage, an der Tür fanden sich Spuren eines versuchten Einbruchs, und daneben lagen Zähne eines der Opfer. Die zwei Russlanddeutschen kann man übrigens insoweit als Opfer einstufen, als ein Wolf Opfer eines Lamms werden könnte. Vorstrafenregister über mehrere Seiten, Gewalttaten vom Feinsten. Beide schon mehrfach in Haft. Da haben sie wohl ausnahmsweise ihre Meister gefunden.«

»Klingt nicht nach der Familie des Besitzers.« Eva hatte den Hintergrund der Durchsuchung nicht vollständig gekannt, aber nun war alles klar.

»Härtler ist ein schmächtiger, älterer Mann. Hat sich damit rausgeredet, dass er für ein paar Minuten abgeschlossen hätte und auf dem Klo war. Da müsste das passiert sein, hinten höre er nichts. Seine Frau hätte im angrenzenden Haus Fernsehen geschaut. Und die Kamera ist nur eine Attrappe. Na ja.«

»Meinst du, die beiden Verletzten könnten wir in die Zange nehmen?«

»Ist doch schon passiert. Die halten dicht. Die Räume der Bande sind nur deshalb kontrolliert worden, weil die Kollegen auf dem zuständigen Revier schon genug Meldungen über sie hatten. Damit hat sich die Gewalt gegen die beiden Mitglieder quasi doppelt negativ auf sie ausgewirkt. Ich habe die Sache mit Willner und dem Revierleiter durchgesprochen. Beide meinen, da es nicht unsere eigenen Leute waren, die Härtler angerufen hat, bleibt nur eine unbekannte, ortskundige Gruppe. Seine Kollegen bei der freiwilligen Feuerwehr werden wohl kaum derart durchgreifen.«

»Und er will partout nicht aussagen? Genauso wie die schwerverletzten Kriminellen?«

»Härtler hat Familie und wird den Teufel tun, Leute, die ihn beschützen, ans Messer zu liefern. Auch die Nummer, die natürlich zurückverfolgt wurde, führt ins Nichts.«

Eva nickte. Ähnliches hatten sie doch eben schon mal gehört. Es war so frustrierend. Sie hieb mit einer Faust in die Handfläche. Das System aus Schutz und Einschüchterung lief komplett an ihnen vorbei, bisher weitgehend unbemerkt. Wie lange ging das schon?

Gerhard schwieg eine Weile. »Vielleicht können wir sie wirklich nicht ausreichend schützen.«

»Ach, das ist doch …«, wollte Eva protestieren, hielt aber im Satz inne. Natürlich hatte er recht. Die neuen Gesetze halfen zwar, zum Beispiel bei Stalking. Aber sie konnten nur ein Anfang sein. Einschüchterungen waren nun mal dazu gedacht, dass die Leute Angst bekamen. Das machten sich diese Typen zunutze; Drohkulissen aufbauen und gerne auch umsetzen, das konnten sie. Und andererseits ihre Leute rausboxen, wenn sie in Schwierigkeiten steckten.

Den nötigen Schutz zu bieten vermochte der Staat so nicht. Deshalb waren die Menschen auch nicht dankbar oder gesprächsbereit, wenn man ihnen Hilfe anbot. Bis eine Schutzgelderpressung angezeigt war, stand der Laden schon lange in Flammen, lag der Besitzer oder seine Familie unter Umständen mit gebrochenem Kiefer bereits in einer dunklen Gasse. Und im schlimmsten Falle zogen die Polizisten mit ihrer Anwesenheit die Aufmerksamkeit der Kriminellen noch auf die kleinen Ladenbesitzer. Die Beamten waren für diese Leute keine echte Hilfe.

***

Am Abend schloss Eva die Tür ihrer Wohnung auf und genoss die absolute Ruhe, die ihr entgegenschlug. Die Veröffentlichung der ersten Untersuchungsergebnisse vom Tatort hatte wie immer zur Folge gehabt, dass im Dezernat Aktionismus ausbrach, der anhalten würde, bis man sich auf eine Richtung festlegen konnte. Der Chef dagegen hatte sich in seinem Büro verschanzt, wie er es zu Beginn von Ermittlungen gern tat, um ungestört zu recherchieren. Wobei er auch oftmals einen guten Riecher bewies. Eva hatte keinen Zweifel daran, dass Kurt Willner ihnen morgen mehr erzählen würde.

Tom hatte den Sonntag bei seiner Familie verbracht und würde erst spät direkt zu sich nach Hause fahren, was Eva ganz gelegen kam. Sie musste ihre Gedanken sortieren.

Sie legte die Pizza, die sie auf der Fahrt vom Italiener mitgenommen hatte, auf einen Teller, setzte sich mit einer warmen Tasse Cappuccino aufs Sofa und begann in dem Buch des verdeckten Ermittlers bei den Hells Angels zu blättern, das Jägi ihr mitgegeben hatte. Jay Dobyns war Anfang der 2000er bei den Hells Angels durch einen fingierten Mord an einem Kontrahenten aufgenommen worden.

Auch wenn Eva nur querlas, die Probleme, die Dobyns Undercovertätigkeit mit sich brachte, waren schnell zu erfassen und schwer zu ertragen. Persönlichkeitsveränderung, ständiger Druck, das Miterleben von Kapitalverbrechen und absolut verrohtes Gebaren. Und sicher gab es noch vieles, was nur zwischen den Zeilen stand, über das er gar nicht erst geschrieben hatte.

Nachdem ihr die Schilderungen den Appetit auf die zweite Hälfte der Pizza verdorben hatten, suchte Eva im Internet nach Informationen über den Mann. War es ein schlechtes Omen für Untersuchungen gegen die Eastriders, dass die Haftstrafen im Prozess aufgrund von Unstimmigkeiten zwischen den Behörden niedriger ausgefallen waren als erhofft? Und dass Dobyns und seine Familie aufgrund schlechter Schutzmaßnahmen fortan um ihr Leben fürchten mussten? Hoffentlich nicht.

SECHS

Holger Kipp sah Mirza schon von Weitem über den Hof kommen. Dieser breite Gang, die lächerliche fette Goldkette um seinen Hals, dieses weit geöffnete Poloshirt über dem schwarzen Gekräusel. Gucci-Sonnenbrille im gegelten Haar. Wie ein türkischer Versicherungsvertreter.

Kipp seufzte und ließ sich wieder hinter seine Maschine sinken. Wo war denn nur der Sechzehner?

Betont langsam näherte sich der Vice. Vice, pah. Der wusste nicht mal, was die Aufgaben eines Vice waren. Dazu noch die seltsamen Lackschuhe, die Kipp zwischen den Reifen glänzen sah.

»Stulli hat gesagt, du willst mich sprechen …« Mehr Aussage als Frage. Mal wieder reine Provokation, der Kerl.

Doch Kipp blieb locker und säuberte die Riemenabdeckung mit einem Baumwolltuch. »Sechzehner.«

Mirza schaute über den Sitz der Harley herunter. »Wat?«

Der Chef schnaufte und antwortete langsam und deutlich. »Gib den Sechzehner rüber. Ringmaul-Schlüssel, kapiert?«

»Woher soll ick wissen, was ein Sechzehner ist?« Etwas hilflos schaute Mirza über die aufgeklappten Werkzeugboxen. Dann kicherte er. »*Vallah!* Ringmaul-Schlüssel.«

Langsam stand Kipp auf, schnaufte abfällig und ging um sein Bike herum, um den Sechzehner eben selbst zu holen.

Der Türke stand wie gebannt daneben, dann ließ er ein abfälliges Lachen erklingen. »Ich bring meinen 911er in die Werkstatt.«

»Du«, Kipp ließ sich schwer auf den Boden fallen, »hast den Geist unseres Clubs nicht verstanden.«

»Und trotzdem bin ich Vice President.« Mirza zwinkerte. »Wie wollt ihr mit euren antiken Methoden Nachwuchs begeistern? Schaut euch mal an, ihr alten Säcke!«

Kipp spürte die Blicke aus dem Clubhaus in seinem Rücken. Wenn er den Gernegroß noch lang gewähren ließ, zeigte er Schwäche. Es brauchte eine Lösung für Mirza. Und einen Fingerzeig für seine Anhänger im Club. Oder sie entfernten die ganze Mischpoke gleich, das wäre die beste Lösung.

Leider waren die Jungen dafür zu stark. Eine Schande, dass es so weit gekommen war; es gab nicht mehr genug Freiwillige aus der Gegend. Alles Stullis Schuld. Lass die Ausländer den Dreck erledigen! Der Mirza aus Berlin bringt genug Erfahrung im Straßenkampf mit! Der macht Networking! Der geht mit der Zeit! In den anderen Bundesländern machen sie es auch so!

Kipp spuckte aus und setzte den Schlüssel an. »Warum sprichst du mit den Bullen?«

»Müssen wir uns gleich wie schlimme Jungs benehmen und das Misstrauen der Bullen durch unser Verhalten wecken?« Mirza stemmte die Hände in die Hüften und blickte amüsiert auf seinen President herunter.

Die Wut schnürte Kipp die Brust ein. Wie ein Dienstbote saß er vor seinem verdammten Vice im Dreck. Er hätte eine andere Verhandlungsposition wählen sollen. Warum fiel ihm das erst jetzt auf?

»Was ist dabei? Versuchen wir's doch mal mit Freundlichkeit, auch der Polizei gegenüber! Wir haben nix zu verstecken.« Mirza hob die Hände und ließ ein selbstsicheres Lachen erklingen, bei dem seine Goldzähne blinkten. »Sollen die denken.«

Kipp schluckte den Groll hinunter. »Bei uns im Club spricht keiner mit den Bullen«, knurrte er. »Noch nie.«

»Neuzeit, Alter.« Betont lässig legte Mirza seine Pranken auf den Ledersitz. »Vielleicht ist langsam 'n anderer Führungsstil gefragt.«

»Nimm die Finger weg«, knurrte Kipp. Seine Hand tastete nach dem Stichel.

Der Vice öffnete seinen Mund zu einem noch breiteren Lachen. »*Don't fuck my bike*, wa? Ein schicker Sportwagen ist doch was ganz anderes.« Betont langsam strich er übers Leder.

Kipp dachte keine Sekunde nach. Der Stichel schnellte nach

vorn und durchbohrte Mirzas Schuh, ohne auf die geringste Gegenwehr des dünnen Lackleders zu treffen. Keine Stahlkappe, kein bisschen Schutz. Trottel. Von oben erklang ein Japsen. Mirza hatte sich gut im Griff, das musste man ihm lassen. Kipp zog den Stichel heraus. Helles Blut zog sich in feinen Spuren über die Spitze. Er wischte es seelenruhig mit dem Baumwolltuch ab.

Kipp musste nicht nach oben schauen, um zu sehen, dass Mirza ihn mit schockgeweiteten Augen anstarrte. Und die anderen aus dem Clubhaus vermutlich auch. »Jetzt der Grund, warum ich dich gerufen habe: Starte das Projekt Skullz Hohenlohe. Lass die Wichser hochgehen. Da hast du endlich mal meinen Segen bei dem Geklüngel mit den Bullen.«

***

Gerhards Finger drückte auf den Klingelknopf. Die duftenden Narzissen in seiner rechten Hand kamen ihm mit einem Mal fehl am Platz vor. Wie sollten Blumen eine trauernde Mutter auch nur einen Moment lang aufmuntern? Andererseits, beim letzten Besuch hatte er nichts mitgebracht, was sich auch nicht richtig anfühlte. Und er hatte darauf geachtet, dass die Osterglocken nicht irgendwo aus einem Drittweltland importiert waren, sondern aus einem Gewächshaus der Region – genauer gesagt bei Mutlangen – stammten. Aber all seine Bemühungen würden ihr den Sohn nicht zurückbringen. Wenigstens hatte sie seine Hilfe angenommen.

Er klingelte noch mal. Zum Glück war er zeitig genug aus der Rechtsmedizin gekommen, um sie nicht allzu spät belästigen zu müssen.

Jetzt waren tatsächlich Schritte zu hören, und schließlich zeigte sich Magdalena Deutz' Gesicht hinter der Türkette. Sie sah müde und überrascht aus. War sie etwa eingeschlafen? Auf alle Fälle schien sie ihn vergessen zu haben. Vor Kummer fand sie bestimmt nachts keine Ruhe, da musste sie sich tagsüber hinlegen.

Gerhard zauberte ein Lächeln auf sein Gesicht und hielt den Narzissenstrauß hoch. »Hier kommt Ablenkung.«

***

»Motorradfestival am Samstag, Erstsemesterparty Montagabend. Meine Frau meint schon, ich rede mich nur raus, um mich nicht ums Baby kümmern zu müssen.« Felix Schlecht war nicht gerade gut gelaunt.

»Also ich find's prima!«, verkündete Jens Gergle, der sich mal wieder freiwillig zur Verfügung gestellt hatte. Optisch fügte er sich vermutlich am besten von ihnen ein, deshalb war Eva diesmal auf sein Angebot eingegangen. Viel kaputtmachen oder den Ärger Anwesender auf sich ziehen würde er hier nicht.

Sie ignorierte Schlechts anschuldigenden Blick, als sie an der Rems parkten. Natürlich war er nicht besonders angetan von der Idee, am heutigen Montagabend einen Abstecher zur Fachhochschule für Gestaltung in Gmünd zu machen. Ging die Stunde doch wieder von seiner Freizeit ab, genauso wie beim Season Opening am Samstag. Gute Güte, wie reagierten wohl seine Kollegen beim LKA auf diese Bräsigkeit, wenn sie Einsätze hatten?

Doch da er im Beisein des Sokoleiters wohl nicht hatte ablehnen wollen, moserte Schlecht nur in ihrer Gegenwart. Schließlich war er auch eher für das Bandenmilieu zuständig und nicht für studentische Umtriebe. Hier konnte er ausnahmsweise wirklich nichts beitragen. Aber allein, ob mit oder ohne Gergle, wollte Eva auch an der Fachhochschule nicht recherchieren.

Am liebsten wäre sie mit Gerhard zu dieser Party gefahren, aber der hatte seinen Termin in der Rechtsmedizin … Wirklich eigenartig, dass die Kollegen sich ausgerechnet montagabends mit ihm besprechen wollten. Ob es eine Spur gab, von der nicht alle wissen sollten?

Eva drückte die Tür des FH-Neubaus am Bahnhof auf und ließ die beiden vor sich eintreten. Neunzehn Uhr. Tatsächlich leuchteten ihnen im Vorraum schon die Farbblitze eines Strobos entgegen. In der Vorhalle des modernen Gebäudes zwischen Bahnhof und Stadtgarten hatten sich schon Feiernde eingefunden, wenn auch nicht viele. Schlecht befürchtete schon, dass sie bis in die Puppen würden bleiben müssen.

Einige der Anwesenden waren verkleidet. Das Motto war nicht auf den ersten Blick zu erkennen, aber die Plakate verrieten in Schwarz-Weiß und dicker, geradliniger Schrift: »Erleuchtung«. Die Studenten trugen offensichtlich, was ihnen in die Quere gekommen war, aber das mit großer Kreativität. Eine Studentin hatte LED-Ketten um ihr Kleid geschlungen, eine andere trug bunte Kugeln in den Haaren, ein junger Mann hatte eine Dornenkrone auf, drei weitere liefen als alte Zausel herum, man konnte sie vielleicht als die heiligen Könige aus dem Morgenland deuten.

Offensichtlich waren auch Ehemalige und vereinzelt Eltern dabei. Hier und da befand sich die Party noch im Aufbau. Hinter der Bar wuselten Studenten mit Bechern und Flaschen herum, einer schnitt Orangen klein. Dozenten strebten noch durch die Eingangshalle zu ihren Räumen, aber manche hatten auch schon ganz offiziell mit dem Feiern begonnen, und so fielen Eva und ihre Kollegen in ihrem gehobenen Alter tatsächlich nicht nennenswert auf in der bunten Mischung aus Menschen.

Schlecht fügte sich in diese Umgebung deutlich besser ein als auf dem Motorradtreff am Samstag, zumindest stand er nicht ganz so untätig herum, sondern beobachtete die Leute und las Aushänge. Das war doch schon mal was. Gergle hatte offensichtlich Bekannte getroffen. Eva stellte sich an die Bar und beobachtete das Treiben.

»Was darf's sein?« Ein junger Mann schob ihr eine Karte hin.

Sie schaute zu Schlecht hinüber, der sich auf eine Pinnwand konzentrierte. Sie hätte ja zu Alkohol tendiert, um ihn etwas aufzulockern, aber im Gegensatz zu ihm musste sie nur ein paar hundert Meter die Rektor-Klaus-Straße hochgehen bis nach Hause. Gergle hielt bereits eine Flasche in Händen.

»Einen Pantone 131 alkfrei und einen Frutiger bold.« Sie bezahlte. »Beginnen eure Partys immer so früh? Und warum montags?«

»Ausnahme wegen einer Veranstaltung.« Er lachte. »Sonst finden sie freitags statt. Die meisten hier gehen vor elf Uhr abends überhaupt nicht weg. Aber Erstipartys brauchen keinen festen Tag, um gut zu werden.« Wissend zog er die Augenbrauen hoch. »Alumni?«

»Was?« Eva nahm einen Schluck Frutiger und verschluckte sich. Ganz schön hochprozentig, das Zeug.

»Hast hier studiert oder nicht?«

»Lange her.« Eva lächelte vielsagend und brachte Felix Schlecht schnell seinen Cocktail. »Alkoholfrei«, sagte sie, bevor er fragen konnte.

»Hier ist die Dozentenliste. Mit Fotos.« Ohne Dank nahm er den Cocktail an sich. »Wo ist eigentlich der Praktikant?«

»Herr Gergle? Der ist eigentlich … ähm, da drüben. Und recherchiert.«

»Und warum ist der Kollege, der schon mit Behrenheim gesprochen hat, nicht dabei?« Er tippte auf das Foto auf der Liste. »Kommt der Professor?«

Oh Mann, hatte der wieder einen Stock im Hintern. Ob sie nachträglich einen Schuss Rum zum Auflockern in den Cocktail kippen sollte? »Gerhard Vollrath ist verhindert und meinte außerdem, dass es vielleicht besser ist, wenn Behrenheim ihn nicht erkennt.«

»Aus welchem Grund?« Schlecht sah sich das Foto auf der Dozentenliste an.

»Dass er Drogen nimmt, ist offensichtlich. Und Paul Deutz ist zumindest einmal als Dealer in Erscheinung getreten. Außerdem hat er zwei Semester hier studiert.« Eva dachte an die Eastriders, mit denen Paul offensichtlich auch geklüngelt hatte. Gegen die war das hier eine ziemlich kalte Spur. Aber nach wie vor durften sie sie nicht außer Acht lassen. Ihr Bauchgefühl, das gegen die Motorradgang sprach, schien sie im Moment jedenfalls eher in die Irre zu führen.

Fachhochschule und Motorradgang, weiter konnten zwei Welten hier auf der Ostalb nicht auseinanderliegen.

Neben ihnen stand ein Pulk Älterer im Gespräch mit Studenten. Den Fotos auf der Übersicht nach waren es zwei der Werkstattleiter, dazu eine Professorin für Digitales und ein Dozent für Soziologie. Von wegen Eltern. Der Zusammenhalt schien gut, das Verhältnis zwischen Studenten und Lehrkräften eng, wie es aussah. Vermutlich kein Wunder an einer familiären Fachhochschule wie der FH Gmünd.

Jemand hatte die Regler hochgedreht, und es wurde schwerer, Gesprächsfetzen zu verstehen. Ein Grüppchen Studenten mit glitzernder Verkleidung kam durch einen kleinen Eingang aus dem Park. Eva entdeckte den Swimmingpool, der draußen aufgebaut war. Ganz schön gewagt bei den frühlingshaften Temperaturen. Für einen Moment meinte sie, Behrenheim an der kleinen Bar daneben entdeckt zu haben.

Sie spähte zu Schlecht, dessen Augen schon wieder die Lehrkraftliste taxierten. Seine Schwäche für Theorie reizte sie zu einem Kommentar; das wahre Leben fand doch nicht in seinen Tabellen statt. Lieber ging sie allein in den Nebenraum, eine Art Aula. Volltreffer. Durch die großen, abgedunkelten Fenster konnte sie die Grasfläche überblicken, ohne Aufmerksamkeit zu erregen.

Ja, das da an der Bar musste Behrenheim sein. Der Professor hatte einen ziemlich durchsichtigen Cocktail vor sich. Eva tippte auf einen gut gemixten Mai Tai oder Zombie oder wie auch immer die kreativen Studenten die Cocktails hier eben genannt hatten. Umringt war der augenscheinliche Charmeur von zwei etwa zwanzigjährigen Schönheiten, die sich Mühe gaben, ihr Zahnpastalächeln aufblitzen zu lassen und dann und wann das lange Haar publikumswirksam zurückzuwerfen, was auch immer er ihnen da erzählte. Was für ein Gockel. Diese Mädels, eine attraktive Dunkelhaarige mit heller Haut und eine Blonde, die offensichtlich versuchte, in der Gunst des Professors mitzuhalten, hatten, wie es schien, einen ausgewachsenen Vaterkomplex.

Das also war Konstantin Behrenheim, der Paul Deutz zwei Semester lang betreut und sich laut Gerhard nicht sofort an ihn erinnert hatte. Gut, nicht unwahrscheinlich bei der Menge an

Studenten. Oder doch eine Finte? Kokain nahm er also – Gerhard lag mit seiner Einschätzung sicher richtig, er hatte beim Betrug wohl mehr mit Drogen zu tun gehabt als Eva bei ihren Mordopfern. Sie rief sich ihre Jobs als Kellnerin in Erinnerung. Ja, da hatte es solche Gäste gegeben, und ja, Behrenheim passte ins Schema. Großspuriger Typ mit Schlag bei den Frauen.

Gergle unterhielt sich derweil prächtig und, wie es aussah, über alles, nur nicht über den Fall. Was ihr auch ganz recht war, bevor er noch die falschen Leute auf ihre Mission aufmerksam machte. Doch Felix Schlecht, einen Moment unbeobachtet, befand sich schon in misslicher Lage. Eine Studentin hatte Witterung aufgenommen und rückte immer dichter an ihn heran. Der arme Mann war bereits in eine recht einseitige Konversation verwickelt. Bis auf eine Art Heiligenschein aus Alu trug das Mädchen keine Verkleidung, schien ein bisschen angeschickert und fand den ungelenken LKAler offensichtlich recht attraktiv.

Gut, Schlecht sah ganz annehmbar aus. Solange man ihn nicht näher kannte. Ob die junge Frau wirklich einen Mann mit dem Charakter einer verbeamteten Wanderdüne suchte? Eva beobachtete das Spektakel und nahm einen Schluck Frutiger, dessen Eis inzwischen geschmolzen war und die Wirkung auf diese Weise hoffentlich etwas abmilderte.

Das Mädel rückte noch näher. Schlecht drehte sich hilfesuchend um. Eva lehnte sich mit wachsender Schadenfreude an eine Wand und wartete ab. Bestimmt brachte er jetzt den Spruch, er müsse nach Hause zu seinem Baby. War ja auch schon fast acht Uhr. Doch was immer er antwortete, es konnte sie offenbar nicht bremsen.

Nun hielt sie ihm ihr Getränk unter die Nase. Er schnupperte pflichtbewusst und schob es dann mit spitzen Fingern von sich. Das versetzte ihr tatsächlich den ersten Dämpfer, und sie musterte ihn ihrerseits abschätzig. Aber nur für einen Moment. Ihr Kopf schob sich zu seinem Ohr, und sie rief etwas hinein, offensichtlich viel zu laut oder zu anstößig, denn er zuckte abrupt zurück. Eva kicherte.

In diesem Moment trat Behrenheim durch die Tür. Er war in ein hitziges Gespräch mit einem jungen Mann mit schütterem blondem Haar und einem Ledermantel vertieft. Doch kaum tauchten sie auf, waren sie auch schon wieder verschwunden. Wohin? Die Vorhalle war groß und übersichtlich. Vermutlich hatten sie die Treppe hinunter genommen.

Eva ging zu Schlecht, legte die Hand auf die Schulter ihres Kollegen und befreite ihn aus den Fängen der Heiligenscheinträgerin. »Hasi, kommst du mit?«

Er musterte sie unter zusammengezogenen Augenbrauen. Auf seiner Miene wechselte sich ein Anflug von Ärger über die allzu vertrauliche Anrede mit der Hoffnung ab, auf diese Weise die leidige Studentin loszuwerden.

»Hasi?«, fragte die auch gleich konsterniert und schloss sich ihnen trotzdem an – nicht nur zu Evas Verdruss.

Da Schlecht nicht so recht zu verstehen schien, was sie vorhatte, hakte Eva sich unter und zog ihn auf diese Art weiter Richtung Treppe. Die Studentin rief ihnen etwas hinterher und ließ sie endlich gehen.

Die Stufen führten hinunter zu weiteren Seminarräumen und Toiletten. Was wollte der Professor da unten? An der Sache war irgendwas faul.

Die Studentin entschied sich um und folgte ihnen nun doch. Dabei jammerte sie, dass Schlecht doch gleich hätte sagen können, dass er schon jemandes Hasi war. Eva entschied sich, so freundlich wie möglich mit der Wahrheit herauszurücken: dass Schlecht nicht ihr Hasi war und die Studentin ihn gern haben könne, wenn sie wieder oben seien. Aber zuerst hätten sie unten Wichtiges zu erledigen. Und zwar allein.

Mit dieser Version gab sich das junge Ding offensichtlich zufrieden, wobei ihr Heiligenschein und ihre Mundwinkel ziemlich durchhingen.

»Na, danke.« Schlecht funkelte Eva mit zusammengebissenen Zähnen an.

»Mit nix zufrieden, was? Sie können ruhig auch selbst etwas Engagement zeigen.«

Unten folgte ein weiterer Gang mit noch mehr Türen. Eine kleine Gruppe von Studenten stand mit Bierflaschen bewaffnet auf dem schmalen Flur. Keine Spur von Behrenheim und dem anderen. Eva und Schlecht prüften die Toiletten, aber auch hier Fehlanzeige.

Möglichst unauffällig und alumnimäßig pirschte Eva sich wieder an der Studentengruppe vorbei und spähte durch eine halb geöffnete Seminartür.

»Mir doch egal, ob du Schwierigkeiten hast, Thorsten!«, fauchte jemand. Unschlüssig blieb sie an der Wand stehen und bedeutete Schlecht, zu ihr aufzuschließen. Sie schob sich langsam vorwärts, hatte aber keine Chance auf bessere Sicht. Im Raum schienen sich nur die beiden Sprechenden zu befinden. Sie würden sich auf ihr Gehör verlassen müssen. Die Studenten auf dem Gang schwatzten leider auch nicht gerade leise.

Schlecht tippte ihr an die Schulter und wies auf einen weiter hinten liegenden Raum. Er drückte die Klinke herunter. Was wollte er denn dort? Widerwillig folgte sie ihm in das dunkle Zimmer. Volltreffer. Am anderen Ende deutete ein Lichtkegel darauf hin, dass es einen Durchgang zum vorderen Raum gab. Hier drinnen war es leise und die hintere Tür weit genug geöffnet, um zu verfolgen, was auf der anderen Seite vor sich ging. Wenn sie sich vorlehnten, konnten sie sogar hineinsehen.

Zwei Personen saßen beziehungsweise standen an einem Tisch. Sie spiegelten sich in der Scheibe. Wenn Eva sich nicht sehr täuschte, handelte es sich tatsächlich um Behrenheim, der am Tisch lehnte und Lässigkeit vorgab. In der Spiegelung fast nicht erkennbar, bemerkte Eva, dass seine Hände in den Hosentaschen zitterten.

»Hey! Versteh doch die Situation, Konstantin. Ich brauch erst mal neue, zuverlässige Lieferanten. Willst du dir irgendwas holen? Oder an verunreinigtem Coke abkratzen?«

»Was für einen Scheiß redest du? Morgen brauche ich zehn Gramm und keins weniger.«

Der Junge namens Thorsten schlug mit einer Faust gegen die Wand und hatte Mühe, seine Stimme ruhig zu halten. »Ich geb dir Cannabis! Sogar Pilze, von mir aus auch Amphetamin, für dich alles umsonst. Gib mir einfach ein paar Tage, okay?«

Behrenheim erhob sich. »Zwei Tage, hörst du? Übermorgen mache ich die Anmeldungen fürs Auslandssemester fertig. Bis dahin hast du was, oder du bist raus.«

Thorsten hob beschwichtigend die Hände. »Konstantin, das kannst du nicht –«

Der Professor baute sich vor ihm auf. Er hatte Mühe, seine Arme ruhig zu halten. Bloße Wut oder ein Zeichen von Entzug? Mit den Händen in den Hosentaschen sah es aus, als würde er sich gegen Sekundenkleber wehren. »Und glaubst du, dein Praxissemester bei Daimler ist sicher? Ein Satz von mir …« Die kühle Stimme des Professors schnitt durch den Raum.

Schlecht nestelte unruhig an seiner Jacke. Was hatte er vor? Sollten sie dazwischengehen und die beiden mitnehmen? Nein, auf diese Weise würden sie auch keine weiteren Hinweise bekommen.

»Wenn du glaubst, dass ich an den Bahnhof laufe …« Thorsten öffnete seine Tasche und zog eine kleine Tüte hervor. »Das ist das Letzte, was ich habe.«

»Jetzt Zugriff?«, flüsterte Eva nun doch.

Schlecht schüttelte nur den Kopf.

»Aber jetzt haben wir sie beide.«

»Unsichtbar bleiben«, zischte er.

Professor und Student mussten etwas gehört haben, denn beide verstummten. In der Scheibe war zu sehen, wie sie ihre Köpfe drehten. Eva und Schlecht warteten ab, bis die Lage sich beruhigt hatte und das Geflüster wieder anschwoll. Schließlich schien der Junge genug zu haben.

»Überlass das mir und droh mir nicht!« Damit stob er durch die Tür und war verschwunden. Schlecht wollte sich ebenfalls erheben, doch Eva nickte zum Türspalt. Auch Behrenheim war verschwunden. Aber wohin? Wenn er den Raum hinter Thorsten verlassen hätte, hätten sie es bemerkt. War dort hinten vielleicht noch ein Büro?

Eva ging zurück in den Gang und zögerte. Ob sie doch einen

Blick …? Schlecht schnaubte, er hatte die Treppe schon erreicht. Eva löste sich aus der Starre. Wenn sie jetzt gingen, war ihre Chance, unentdeckt zu bleiben, groß.

***

»Wer spielt eigentlich d'r Pinocchio?«

»Einer aus der Achten, glaub ich.«

»Pssst! Leise dahinten!«

Helen Borgutsky senkte die Stimme. »Übrigens, hasch du's schon gehört?«

»Was gehört?« Heiko Frank fing sich einen bösen Blick von der Frau zwei Reihen weiter vorn ein. »Was gehört?«, wiederholte er deutlich leiser.

»Es goht wieder los«, raunte Helen.

Heiko runzelte die Stirn. »Das kann nicht sein«, flüsterte er.

»Freilich. Die Tesara isch im Krankenhaus.« Sie senkte ihre Stimme weiter, während vorn auf der Bühne zum Glück ein Tumult von ihrem Geflüster ablenkte, denn Pinocchio traf in diesem Moment auf seinen Widersacher Lorenzini.

»Tesara aus der 10b?«

»Vergiftung«, ging Helen nicht weiter auf seine Frage ein.

»Vergiftung? Das kann alles sein«, wiegelte Heiko ab.

»Nix älles. Rauschmittel. Die Mutter vom Leon hat es der Mutter von Frikka erzählt. Und die hat es –«

Die Farbe wich aus Heikos Gesicht. »Aber das ist … unmöglich.« Seine Stimme war jetzt kaum mehr hörbar. Die Bühne wurde umgebaut.

Helen sah ihn ratlos an. »Ja. Eigentlich ausg'schlossa. Aber es goht wieder los. Wir müsset uns wieder treffen. Wir müsset wieder Patrouille laufa.«

»Weiß der Christian schon Bescheid?«

SIEBEN

»Und, was habt ihr bei der FH gestern rausgefunden? Falscher Alarm, oder?« Gerhard wirkte an diesem Morgen entspannt, geradezu fröhlich.

»Im Gegenteil. Aktuell beantragen wir zwei Hausdurchsuchungen.« Eva musterte ihn und entschied sich, zuerst die andere Frage zu klären, die ihr auf der Zunge brannte. »Du, ich hab vorhin Wurster auf dem Gang getroffen. Der meint, du warst gegen sechs in der Rechtsmedizin und bist etwa zehn Minuten später gegangen. Dann hättest du eigentlich mit in die Fachhochschule kommen können.«

»Aber Behrenheim hätte mich doch erkannt.« Um die Nase ihres Kollegen bildete sich eine feine Röte. Eva hielt seinen Blick, bis er etwas kleinlaut nachschob: »Und ich hatte einen Termin.«

»Soso.«

In diesem Moment poppte ein Fenster auf Evas Bildschirm auf. E-Mail von den Kollegen aus der IT, Betreff Kennzeichenerkennung.

»Ich habe der Mutter von Paul beim Ausfüllen von Papieren geholfen«, seufzte Gerhard. »Sie hat es ganz schön schwer. Vor allem jetzt. Die vom Amt legen ihr nur Steine in den Weg, und …«

Eva klickte auf die Mail. Jetzt doch mal sehen, ob … Tatsächlich, Treffer! Das Gesicht, das Eva vom Formular entgegenblickte, war tatsächlich das von Reginas Freund Tibor Harani. Geboren 1983 in Darmstadt, wohnhaft seit 2015 in Welzheim. War er zusammen mit Mirza in die Region gekommen? Zumindest eigenartig, dass beide nicht von hier stammten. Doch auch diese Anfrage brachte letztlich nicht mehr als die bereits bekannte Notiz, dass seine Daten bei der Demonstration mit Messerstecherei damals aufgenommen worden waren. Es musste doch etwas geben, verdammt.

Warum nur biss sie sich so an dieser Sache fest? Das Gefühl

sagte ihr, dass Pauls Mörder nicht bei den Rockern zu finden war. Und trotzdem, da war etwas. Vielleicht schätzte sie die Sache aber auch falsch ein und der MC hatte den Jungen doch um die Ecke bringen lassen, dilettantisch zwar, aber nichtsdestoweniger vielleicht ein Warnschuss an andere, der gesehen werden sollte. Vielleicht sogar an einen aus ihren Reihen. Also war die Recherche vollkommen legitim.

»… ich habe wegen der Umschulung, die sie beantragt hat, um mehr Zeit für ihr Kind zu haben, selbst nachgefragt. Und weißt du, was die mir erzählen? Das müsse abgelehnt werden! Begründung: Schichtarbeit sei kein Grund. Sie solle froh sein, dass sie einen Job hat. Gerade heute, wo jede Minderheit die unmöglichsten Anträge durchkriegt, muss eine alleinerziehende Frau mit solchen Problemen umgehen. Stell dir das mal vor! Da muss das Kind ja kriminell werden, um die Mutter über Wasser zu halten … Also, solch ein Verhalten wird jedenfalls durch fehlende Fürsorge nicht gerade unwahrscheinlicher …«

Eva musterte das finster dreinblickende Gesicht auf dem Foto. Was hast du auf dem Kerbholz, mein Freund? Haranis Tätowierung war schon deutlich verwaschen, also schlecht gestochen oder schlicht alt. Auf dem Foto war auch zu sehen, dass eine Narbe über dem Auge der Grund war, warum die Braue fehlte.

»Hörst du mir eigentlich zu?«, fragte Gerhard von der anderen Seite des Tisches. »Das sind Zustände, wie sie in Deutschland nicht –«

»Ja, da hast du recht«, antwortete Eva. Sie druckte die Informationen aus, dann öffnete sie die Intranet-Suchmaske. Wie passten Regina und er zusammen, wo hatten sie sich kennengelernt? Sei es, wie es wolle, für einen nachvollziehbaren Verdacht brauchte sie mehr Material über die beiden. Und woher –

»Wieso gibst du Regina in die Suchmaske ein?« Gerhard stand auf einmal hinter ihr.

»Was?«

»So unzufrieden mit unserem lieben Herrn Schlecht, dass du lieber die Kollegin vom letzten Fall zurückmöchtest?« Gerhard klopfte ihr lachend auf den Rücken und kehrte zu seinem Platz zurück.

Eva schloss das Fenster schnell und holte den Ausdruck aus dem Kopierer. Was war denn mit Gerhard los? Irgendetwas Wichtiges hatte er erzählt, aber ihre Gedanken waren um ihre Kollegin und diesen Typen gekreist … Sie schrieb Reginas Adresse neben die von Harani. Wenn sie etwas Zeit hatte, musste sie hier weiterbohren.

In knappen Worten berichtete sie Gerhard vom Besuch an der Fachhochschule und dem Disput zwischen Professor und Student, bei dem es offensichtlich um Drogen und fehlenden Nachschub ging.

»Ist es möglich, dass Pauls Tod das Ausbleiben der Lieferungen verursacht hat?«, überlegte Gerhard.

»Möglich. Was hat die Überprüfung seines Autos ergeben?«

»Die haben kein Auto mehr, wollte ich dir noch sagen. Pauls Führerschein hatten sie ihm eh abgenommen, nachdem sie ihn ein paarmal wegen irgendwelcher Sachen erwischt haben. Vielleicht war er mit den Autos von Freunden unterwegs, meinte Magda, aber ihr hätte er so etwas natürlich nicht erzählt.«

»Könnte es eigentlich sein, dass seine Mutter auch …?« Eva legte die Stirn in Falten.

»Auf keinen Fall!« Gerhard verschränkte seine Arme.

Eva lächelte und ließ die Hand von der Maus sinken. »Sind wir etwa verknallt, mein lieber Kollege?«

Auf Gerhards Wangen machte sich wieder die bereits bekannte Röte breit. Trotzdem schob er entrüstet die Unterlippe nach vorn. »Allerdings. In Carola. Seit fünfundzwanzig Jahren.«

Das war mehr als nachdrücklich. Warum lag ihm Magdalena Deutz so am Herzen? Löste sie einen Beschützerinstinkt in ihrem sonst so sachlichen Kollegen aus? Eva versuchte, die Gedanken abzuschütteln, und startete eine Suche nach Informationen zu Konstantin Behrenheim, doch hier spuckte das interne Netzwerk tatsächlich rein gar nichts aus.

Was für ein Dienstag.

Im Internet fand sie dann doch noch das ein oder andere,

wenn auch nichts Negatives. Behrenheim präsentierte seine eigene Agentur, dazu war er mit Beiträgen in größeren Designzeitschriften wie der »PAGE« und der »form« vertreten. Der Professor lächelte von einem Foto, das ihn beim Händeschütteln im Urwald zeigte. Er hatte ein Aufforstungsprogramm in Brasilien unterstützt und warb für fair erzeugte Papiere. Da schau her.

Nachhaltigkeit hatte in dem Streit gestern und überhaupt in seinem Auftreten jedenfalls keine Rolle gespielt. Eher schneller, weiter, höher. Image war eben alles bei einem Marketingprofi.

In einem Bericht fand sie Thorsten, dessen Projekt in der »novum« lobende Erwähnung fand. Sie erkannte ihn zum Glück eindeutig. Seinen langen Mantel trug der junge Mann immer, wie es schien. Häussler hieß er mit Nachnamen, und auf dem Foto mit einer Fahrzeugzeichnung, Rendering im Fachjargon, und einem kleinen Modell standen sowohl der Professor als auch das dunkelhaarige Mädchen, das Eva beim Schäkern mit Behrenheim gesehen hatte. »Professor Konstantin Behrenheim mit seinen Studenten Thorsten Häussler und Josefine von Trach und ihrem prämierten Projekt«, stand unter dem Bericht vom letzten Herbst.

Mit dieser Information müsste die Adresse des Jungen noch unauffälliger herauszufinden sein als mit einem Anruf bei der Fachhochschule. Schlecht und Eva waren einer Meinung gewesen, dass jetzt der richtige Zeitpunkt war, die Wohnungen der beiden zu durchsuchen, und damit bei Kurt Willner auf Einverständnis gestoßen.

***

Er setzte den Blinker und parkte hinter einem aufgeschütteten Erdhügel unterhalb der Wallfahrtskirche Schönenberg. Unwillkürlich verdrehte er die Augen. Seine Stiefmutter wäre vermutlich wieder in lautes Schwärmen ausgebrochen, so wie letztes Mal, als sie meinte, die gesamte Familie zu einem gemeinsamen Ausflug hierherschleppen zu müssen. Darauf hatte nicht mal der Halbe Lust gehabt, und Thorsten hatte ihm versprochen, daheim als Ausgleich Fortnite zu zocken.

Die nächsten Häuser lagen hinter Kirche und Tagungshaus. Nur eine Gartenhaussiedlung, der perfekte Ort eigentlich. Alles ruhig, die Leute waren bei der Arbeit.

Paul hatte nicht viel über seine Arbeit für den MC geredet. Überhaupt war ihr Verhältnis vor seinem Tod nicht mehr das gleiche gewesen. Was hatte sich sein Kumpel eigentlich gedacht? Dass er plötzlich was Besseres sei, bloß weil er die Drecksarbeit für diese Kriminellen verrichtete? Komm wieder an die FH, hatte Thorsten ihm gesagt, wir machen im kleinen Rahmen weiter, das reicht uns doch. Aber nein, Paul wollte das große Geld, um hier rauszukommen, um seiner Mutter unter die Arme zu greifen, um weiß Gott was damit zu tun. Was auch immer er sich in seinem kranken Kifferhirn ausgemalt hatte.

Thorsten selbst hielt es anders. Drogen nahmen nur die Loser. Auch Behrenheim war ein Loser, aber leider einer, den er brauchte. Nie hätte Thorsten den Fehler machen und selbst in Erscheinung treten sollen. Warum hatte er nicht Paul vorgeschickt, verdammt? Konstantin kannte sie beide von Anfang an, also wäre es kein Problem gewesen, wenn Paul ihm das Zeug verkauft hätte. Jetzt hatte er die Scheiße. Konstantin wollte mehr, und er konnte nicht liefern. Weil Paul weg war. Ja, Thorsten hatte einen Verdacht, wo die Rocker das Zeug versteckten, das sein Freund ihnen neuerdings geliefert hatte. Und je näher er kam, desto eher schien dieser Verdacht begründet. Pauls Anmerkung zum letzten Geschäft war zwar nicht präzise gewesen, vermutlich weil sie ihm selbst nicht gesagt hatten, wo er welche Drogen abzuholen hatte und vor allem wo genau sie hingebracht wurden. Aber wenn er geraucht hatte, war der letzte Rest Verstand weg, und so hatte Paul ihm wenigstens das wenige gesteckt, was er wusste.

Eigentlich hätte Thorsten die Finger von der Sache lassen sollen. Aber er hatte keine Wahl. Wenn der MC sein Zeug hier wirklich bunkerte, kam er leicht an eine größere Menge ran und hatte ein für alle Mal Ruhe vor Konstantin und seinen blöden Erpressungen. Nur ein kleiner Diebstahl, und er hatte ausgesorgt.

Thorsten brauchte das Praktikum und das Geld, das damit verbunden war. Und er wollte das Auslandssemester, weg von der FH, weg von der tollen Patchworkfamilie. Neue Impulse. Und weg von Fina, diesem Flittchen.

Da drüben, das musste es sein. Paul hatte sich damit gebrüstet, dass die Rocker ihm zwar nichts sagten, er aber trotzdem wisse, wo sie seine Waren bunkerten. Woher er das zu wissen glaubte? Thorsten hatte keine Ahnung.

Das schräge Wellblechdach wäre nicht weiter aufgefallen, wenn man nicht bewusst danach suchte. Thorsten stieg über den überwucherten Zaun und blieb an den Brombeerranken hängen. Er riss sie von seiner Kleidung und presste die Lippen zusammen, als er die kleinen Widerhaken aus seinen Armen zog. Bloß keine Aufmerksamkeit erregen, auch wenn sich um diese Zeit niemand hier aufhielt. Gebückt eilte er über das kurze, ansteigende Wiesenstück. Die hangarähnliche Wellblechkonstruktion war ursprünglich vermutlich als Lagerraum für irgendwelche Teile gedacht gewesen.

Das Schloss war massiv und wäre nur unter großem Aufwand zu knacken gewesen. Der linke Türflügel sah vielversprechender aus. Diese Platte war ebenfalls massiv, aber deutlich älter als die andere. Leider ging sie nach außen auf, sonst hätte er versuchen können, sie einzutreten. Thorsten umrundete den Bau. Kein Fenster, kein Gitter. Nichts zu machen. Metallplatten an der Rückseite, verschweißt, allerdings deuteten braune Kanten auf Rost hin. Vielleicht würde er hier Erfolg haben. Seine Finger griffen in die Kerbe an einer locker wirkenden Ecke, als eine Stimme ertönte.

»Was machst du hier?«

Der bullige, relativ kleine Mann mit raspelkurzem, dunklem Haar stand plötzlich auf dem Weg. Obwohl er nicht wirklich groß war, jagte er Thorsten einen riesigen Schrecken ein. Wo war der denn hergekommen? Er hatte kein Auto gehört. Was sollte er jetzt tun? Der Kerl war mit Sicherheit bewaffnet. Aber er musste erst durchs Tor, um ihn zu erwischen, und das war nach wie vor verschlossen. Genug Zeit also, zu flüchten. So schnell war der Typ bestimmt nicht.

Thorsten sprintete los, zurück zum hinteren Teil des Grundstücks, wo er über den Zaun geklettert war. Der Mann schloss das Tor auf und setzte ihm nach, erstaunlich wendig für seine Körpermasse. Völlig problemlos überwand er die Distanz, und wenn es schlecht lief, würde er ihn tatsächlich erwischen, noch bevor Thorsten über den Zaun geklettert war.

Er schlug einen Haken und rannte zur anderen Seite. Seine Lungen brannten, und doch hörte er schon den schnaubenden Atem des anderen hinter sich. Im Laufen sah er sich um. Es war knapp. Verdammt knapp. Der Typ war tatsächlich schneller als er. Bis zum Zaun waren es noch etwa zwanzig Meter. Einen Versuch war es wert. Thorsten beschleunigte weiter, wie besinnungslos gab er alles. Am Ziel die nächste Enttäuschung: Der Draht war nicht wie drüben von einer Hecke verstärkt, und als Thorsten seinen Schuh in die Masche drückte, bog sich der Zaun durch. Da kam er nie im Leben hoch.

»Stehen bleiben!«, brüllte der andere.

Thorsten entschied sich, das Vernünftigste zu tun. Vielleicht war es jetzt nach seiner Flucht schon zu spät, vielleicht aber auch nicht. Er hatte doch nichts getan. Also drehte er sich um und hob die Hände.

Der Mann kam schnaufend vor ihm zum Stehen. Er war fast doppelt so breit wie Thorsten. Die einschüchternde Aura, die ihn umgab, brachte Thorsten fast dazu, winselnd um Gnade zu bitten. Er biss sich auf die Zunge. Immerhin waren sie hier in Deutschland, hier konnte keiner den anderen umbringen, bloß weil er sich im Grundstück vertan hatte. Der Angreifer packte ihn so fest am Shirtkragen, dass Thorsten die Luft wegblieb. Er röchelte, doch der Typ zog nur noch stärker am Stoff.

»Was machst du auf meinem Grundstück?«, schrie er. Spucke flog um Thorstens Ohren, aber das war im Moment sein kleinstes Problem. Der Fiesling würde Ernst machen, keine Frage. Und hier hörte ihn keiner. Er japste nach Luft, und endlich lockerte der andere seinen Griff.

»Ich suche das Grundstück meiner Großeltern«, brachte Thorsten unter Husten heraus. Sein Adamsapfel schmerzte, und der Hals fühlte sich eigenartig trocken an.

Der Bullige verschränkte die muskulösen Arme und lächelte. »Soso.«

»Ich soll ...« Thorstens Blick wanderte hinüber zu den anderen Gärten und blieb an einem Apfelpflücker hängen, »... Geräte holen.«

»Aha.«

Der Typ schien halbwegs zufrieden mit der Antwort. Thorsten atmete tief durch, als ihn unvermittelt eine Faust an der Schulter traf und zu Boden schleuderte. »Und da dachtest du, du probierst es mal hier. Mit Diebstahl. Den Stuss kannst du deiner Oma erzählen.«

Thorsten drückte die Hände ins Gras, um sich hochzurappeln, als sich ein wuchtiger Stiefel über seine Finger senkte, einen Moment verharrte und dann mit Wucht herabstieß. Das dicke, feste Gummi der Absätze quetschte Haut und Sehnen zusammen, dann erhöhte der Typ den Druck, indem er sein Gewicht auf den Absatz verlagerte. Einen Moment lang sank Thorstens Hand in den weichen Untergrund ein, hielt stand, dann knackten seine Knochen, als ob trockene Ästchen brachen. Fassungslos starrte er auf den Stiefel und die weißen Fingerspitzen, die darunter hervorragten. Erst als der Druck nachließ, durchzuckte ihn der spitze Schmerz. Er schrie auf, kippte zur Seite, versuchte, mit der zweiten Hand Halt im Boden zu finden.

Doch der Stiefel fand auch sie. Thorsten versuchte, die Hand wegzuziehen, sich auf die andere Seite zu werfen, aber zu spät. Der Stiefel verstärkte seinen Druck, stärker und stärker presste er gegen den Widerstand der Knochen, rieb Thorstens Finger in den Erdboden wie eine Nacktschnecke, die zerquetscht werden musste. Thorsten schrie auf. Hörte ihn denn niemand? Er musste weiterschreien, doch der Befehl kam irgendwie nicht in seinem Sprachzentrum an. Alles, was er zustande brachte, war ein lächerliches Röcheln.

Endlich ließ der Druck nach. Thorstens Körper fiel schwer

ins Gras. Er wimmerte, die Finger an beiden Händen pulsierten, brannten wie Feuer. Thorsten hielt seine Augen geschlossen. In den Filmen boten sie den Bösewichten immer die Stirn. Er dagegen lag heulend vor seinem Peiniger, unfähig, auch nur das kleinste bisschen Stolz zu zeigen. Nur eins, das würde er nicht tun, unter keinen Umständen. Verraten, warum er hier war. Bald würde es so oder so vorbei sein, sein Gegner ihm den Gnadenschuss setzen oder ihm kaltes Metall in die Brust stoßen. Er wollte es nicht sehen. Aber warum passierte nichts? Das Arschloch schien von ihm abzulassen. Schnaufte, richtete sich auf. Warum?

Dann hört er es: Motorengeräusche. Jetzt kamen die anderen. Kamen, um ihm den Rest zu geben. Immer noch traute Thorsten sich nicht, auch nur einen Laut von sich zu geben. Er öffnete die Augen, erblickte nur das Grün der Hecken. War es das wert gewesen? Er würde hier verrecken. *Fuck you*, Konstantin Behrenheim. Diese lächerlichen Erpressungsversuche, nur damit der Loser an sein verdammtes Koks kam. Und er war auch noch drauf angesprungen. Erstaunlich, wie klar er denken konnte, während seine Finger, seine Hände, ja sogar die Venen seiner Arme unablässig pochten, als ob sie gleich explodieren wollten.

Doch der Bullige schien nicht auf seine Kollegen warten zu wollen. Der Stiefel senkte sich auf Thorstens Kopf, verharrte dort. Kühl und fest lag die Sohle auf seiner Schläfe, berührte seine Wange. Er roch das Leder, die Erde. Thorsten schloss die Augen wieder. Nicht ans Knacken von Knochen denken, nicht daran, wie das Blut aus seinen Ohren quellen würde oder die Hirnmasse sich durch die zerborstene Schädeldecke schob. Gleich hatte er es geschafft.

»Und jetzt hau ab«, flüsterte eine Stimme.

Thorsten brauchte einen Moment. Vorsichtig warf er einen Blick nach oben. Der Stiefel drückte nicht mehr auf seinen Schädel. Der Bullige stand nach wie vor neben ihm, doch sein Blick war nicht auf sein Opfer, sondern auf die Straße geheftet. Auf das Auto, das nun gegenüber parkte?

Thorsten hob den Kopf und versuchte, sich auf die zitternden Handballen zu stützen. Seine Arme knickten sofort ein. Eine Welle brennenden Schmerzes fuhr von den Fingerspitzen bis in seine Schultern. Bisher hatte er seine Hände nicht angeschaut, aber nun warf er einen kurzen Blick hinunter ins Gras. Die Finger standen eigenartig in sich verdreht ab. Wie es aussah, hatte der Wichser nicht alle erwischt. Und kein offener Bruch. Wenigstens etwas. Thorsten stöhnte und richtete sich ohne Zuhilfenahme seiner Hände auf, immer gefasst auf einen erneuten Angriff des Bullen. Doch der war mit einem Mal verschwunden.

Dafür hörte Thorsten nun Geräusche hinter dem Bau. Er drehte den Kopf zur Straße. Ein älterer Mann schloss den Wagen ab und schob einen Anhänger durchs Tor des gegenüberliegenden Grundstücks. Er hatte ihm wohl das Leben gerettet, aber Thorsten war nicht nach Dankbarkeit zumute. Er musste weg hier, so schnell wie möglich.

***

»Nicht in der WG gemeldet. Na super.«

»Halt ein typischer Student, Gerhard. Reg dich nicht auf. Seine Stiefmutter hat uns doch die Adresse gegeben«, wiegelte Eva ab.

»Und ihn vermutlich gewarnt«, keuchte Gergle hinter ihnen auf den Treppenstufen.

»Unterschätzen Sie unsere Spurensicherer nicht«, rügte Eva. Dafür, dass er gerade erst seine Prüfung hinter sich haben konnte, war er extrem unfit. Fast noch unfitter als Gerhard, der vor ihr tief Luft holte. Und immer noch wusste keiner von ihnen mehr über Jens Gergle. »Wie sind Sie eigentlich auf unsere Abteilung gekommen?«, fragte sie ihn, einem Impuls folgend.

Gerhard vor ihr drehte sich mit entsetztem Blick um. Eva biss sich auf die Lippen. War die Frage zu privat gewesen? Doch Gergle schien keinen Anstoß zu nehmen. »Mein Vater hat so von Ihrem Dezernat geschwärmt. Da dachte ich, das wäre ein guter Start.«

Gerhard war vor lauter Erschütterung – oder ebenfalls fehlender Fitness – stehen geblieben. Eva überholte. Dritter Stock, ihre leichteste Übung. »Ihr Vater ist bei uns im Dezernat?«, brachte sie hervor. Das hätten sie doch mitbekommen. »Oder war er …?«

Gergle blieb hinter Gerhard stehen und schnaufte ebenfalls durch, dankbar für die Pause. »Mein Vater ist Werner Gergle, der Leiter des Präsidiums Stuttgart.«

»Der bis vor etwa zehn Jahren bei uns war.« Dass der Apfel von diesem Baum gefallen war, erstaunte Eva sehr. Sie hätte den anderen Gergle nie mit dem aktuellen in Verbindung gebracht. Sie selbst hatte den Senior nicht kennengelernt, aber sein exzellenter Ruf eilte ihm voraus. Ganz im Gegenteil zum Junior, aber jetzt wusste sie wenigstens, warum Willner auf diesem Auge komplett blind war. Tja, da wurden wieder blinde Nachwuchshühner an wichtige Positionen verteilt, um verdiente Kollegen wie Björn Fuchs in den Zwangsruhestand zu versetzen. Sie ballte die Faust und erreichte den vierten Stock. Die Spurensicherer waren schon am Werk. Mal sehen, was sie gefunden hatten.

Da Gergle fleißig eigenes DNA-Material im Flur verteilte, weil er irgendwelche Bilderrahmen anhob und Spiegel absuchte, stoppte der Leiter der Spurensicherer sie. »Lassen Sie ihn da draußen. Wir sind fast durch.«

Keine Spur von Häussler. Aber das passte zur Version der Mutter, dass er um diese Zeit an der Fachhochschule sein musste. Der Stiefmutter. Jetzt wusste Eva, warum die Frau nicht viele Fragen gestellt und ihnen sofort weitergeholfen hatte. Seine richtige Mutter hätte wohl anders reagiert. Wie wohl das Verhältnis zwischen Häussler und ihr war? Vielleicht sollten sie die Frau separat befragen.

Zwischen der Durchsuchung bei Thorsten Häussler und der bei Konstantin Behrenheim hatten sie unverhofft etwas Zeit gewonnen, da die Spurensicherer die Funde bei dem Studenten zuerst auswerten wollten. Offensichtlich standen diese im Zusammenhang mit seinem Professor. Eva war gespannt, doch ihre Motivation in anderer Sache hatte einen starken Dämpfer versetzt bekommen. Wieder war ihr der Sokoleiter eben auf dem Gang ausgewichen, als sie die Sache Björn Fuchs ansprechen wollte. Sie nutzte die Gelegenheit, um einen formellen Brief zu schreiben.

Sehr geehrte Frau Dr. Birkach, sehr geehrter Herr Willner, hiermit bitte ich um die Rücknahme der Zwangspensionierung unseres verdienten Kollegen Björn Fuchs. Bei einem der vielen Besuche bei seiner Familie konnte ich über die Monate eine deutliche Verbesserung seines Zustandes bemerken. Zudem ist es sein größter Wunsch, bald wieder an seinen alten Arbeitsplatz zurückzukehren. Dies belegt nicht nur die Fachliteratur, die überall in der Wohnung verteilt ist, sondern auch sein Interesse an den alten Kollegen und den Geschichten, die ich ihm jedes Mal mitbringe.

Das klang ja so, als ob sie sich intensiver gekümmert hätte, als sie es tatsächlich tat. Aber egal, Evas schlechtes Gewissen tat nichts zur Sache, und Notlügen machten die Zwangslage in diesem Fall nur deutlicher. Sie dachte einen Moment lang nach. Obwohl es sie in den Fingern juckte, in diesem Brief die Einstellung Gergles der Pensionierung Björns gegenüberzustellen, war es sicher besser, dies nicht zu tun. Wut war selten ein guter Ratgeber, und wer wusste, was Willner aktuell bewegte, wenn er ihr nicht einmal kurz seine Aufmerksamkeit schenken konnte.

Auch habe ich den starken Verdacht, dass es eine große psychische Belastung für ihn darstellt, sich nicht mehr gebraucht zu fühlen.

Als sie den Brief beendet hatte, las sie ihn noch einmal durch und steckte ihn in die Hauspost.

Gergle ließ eine Akte auf ihren Schreibtisch fallen, und Eva zuckte zusammen. »Was zum …?«

»Die Untersuchungsergebnisse!«

Eva schaute auf die Uhr. »Wohl kaum. Innerhalb einer halben Stunde?«

»Aus Häusslers Papierkorb«, maulte Gergle. »Wir müssen dann auch gleich los, der Professor ist gerade zu Hause.«

Als Eva die Mappe öffnete, verdrehte sie die Augen. Untersuchungsergebnisse! Nicht mal die einfachsten Fachtermini beherrschte der Typ. Wenn das so weiterging, konnte sie für nichts garantieren.

Ihr Blick blieb an der einzigen Sache hängen, die die Mappe enthielt, eine Fototasche. Sie veratmete ihren Ärger und öffnete die Klappe. Dann pfiff sie durch die Zähne.

Behrenheims Villa über den Hügeln von Göppingen strahlte nicht die architektonische Kühle aus, die Eva bei einem Bauhaus-Professor erwartet hätte. Der massive Stein eines umgebauten Bauernhauses mit freigelegten Balken war im unteren Bereich durch großzügige Fensterfronten ersetzt worden, die den Blick auf die Stadt freigaben.

Charmant überspielte Behrenheim die Überraschung, sie hier zu sehen. Nur den Spurensicherern klopfte er ein paarmal auf die Finger, ermahnte sie, die Kunstwerke und kostbaren Möbel pfleglich zu behandeln und das Obergeschoss doch bitte gefälligst nur nach Rücksprache zu betreten. Eva und Gerhard bot er erst einmal Getränke an, bevor er Fragen stellte, obwohl ihm die Neugier anzusehen war.

»Wir haben uns schon einmal gesehen …« Er strich sich durch die Locken und zog den Schal um seinen Hals zurecht, während sein amüsierter Blick an Eva haftete, obwohl es Gerhard war, der mit ihm über Paul Deutz gesprochen hatte.

Eva versuchte ihn einzuschätzen. Unmöglich, dass er sie mit Schlecht in dem Seminarraum entdeckt hatte. Oder etwa doch? Sie konnte seine Mimik nicht deuten.

Gerhard wirkte angespannt und schien gleich zum Punkt kommen zu wollen. Er konfrontierte Behrenheim mit den Drogenvorwürfen und behauptete, es gebe Zeugen. Doch der Professor gab sich nonchalant.

»Deswegen sind Sie hier? Ich bitte Sie. Nennen Sie mir eine Branche, in der die Führungsriege keine leistungssteigernden Mittel verwendet.«

Führungsriege, soso. »›Leistungssteigernde Mittel‹ klingt sehr verharmlosend für Abhängigkeit und Kriminalität, oder?«

Behrenheim lächelte. »Ist es ein Unterschied, ob ich mir etwas legal verschreiben lasse, um klarer zu denken? Haben Sie die Beipackzettel von Modafinil, Ritalin, Valium und Noctamid mal gelesen? Legale Managerdrogen, wie sie in vielen Firmen und Ländern in Massen eingesetzt werden. Die machen einen ganz anderen Menschen aus einem.«

»Ganz im Gegenteil zum Kokain, nicht?« Gerhard konnte richtig gehässig sein. Ob es an seinem neuen Männlichkeitstraining lag oder ob Drogen generell ein Thema waren, bei dem er noch weniger Spaß verstand als sonst?

»In Österreich nennt man Koks Marschierpulver. Schöner Begriff, finde ich. Nun, ich denke, die wenigsten hätten ein Problem, aufzuhören, wenn es sein müsste.« Behrenheim lehnte sich betont entspannt zurück und musterte sie von oben bis unten. »Sie in Ihrer Position trinken doch auch mal gern ein Feierabendbier.«

Feierabendbier für das Gesindel, Koks für die Elite. Arschloch. Auch Gerhard öffnete den Mund, ihre Blicke kreuzten sich. Eva winkte ab. Sich von solchen Aussagen nicht provozieren zu lassen gehörte zu den größeren Herausforderungen in ihrem Beruf.

Dass sie nicht auf seine Provokation reagierten, bemerkte der Professor, aber es schien ihn nicht lange zu beschäftigen. Er lächelte gönnerhaft. Kein Bruch in der Fassade. Schade. »Sich Drogen über Studenten beschaffen zu lassen ist aber auch nicht die feine Englische.«

Schlagartig verschwand die gespielte Freundlichkeit aus seinem Gesicht. Eva liebte den Moment, in dem die Beamten nicht so reagierten, wie es der Verdächtige erhoffte. Er dachte, sie seien nur wegen der Durchsuchung hier? Na gut. Sie legte den Umschlag mit den Fotos auf den Tisch, die sie bei Thorsten

Häussler gefunden hatten. »Können Sie sich vorstellen, was das ist?«

Behrenheims Augen weiteten sich kurz, dann zuckte er mit den Schultern. »Ein Umschlag. Den Rest werden Sie mir gleich mitteilen, denke ich.«

In diesem Moment knackte irgendetwas. Der Professor sprang auf und nahm eine Art Babyphone von einem lackglänzenden Regal. Er drücke einen Knopf. »Ich komme gleich«, sagte er mit auffallend weicher Stimme. Dann drehte er sich wieder zu ihnen um. »Meine Mutter. Möchten Sie mit hochkommen?«

Eva roch es gleich. In der Luft des Obergeschosses lag typischer Krankenhausgeruch, der sich verstärkte, als sie über den Flur gingen. Im hintersten Raum war ein Krankenbett aufgebaut. Auf ihm dämmerte eine alte Dame mit eingefallenen Wangen und halb geschlossenen Augen vor sich hin. Ihr Daumen lag noch auf dem Knopf eines weißen Rufgeräts. Die Fenster des Zimmers gingen ins Grüne hinaus.

»Ich pflege meine Mutter, seit sie vor ein paar Jahren gestürzt ist.« Damit strich Behrenheim über die Stirn der alten Dame, deren Gesicht die eigenartige Verformung jener alten Menschen hatte, die schon lange kein Gebiss mehr trugen. »Du machst es mir einfach, Hanni, gell?«

»Geht die Pflege denn mit Ihrer Professur zusammen?«, fragte Gerhard.

»Falls Sie sich an unser Gespräch erinnern, ich war viel im Ausland unterwegs.« Behrenheim schob seinen Arm unter den Rücken der Mutter und richtete sie auf. Die Vorrichtung surrte, als das Kopfteil hochfuhr. »Nach dem Vorfall war sie zuerst in Pflege. Um den Job an der HfG habe ich mich beworben, nachdem sich ihr Zustand verbessert hatte.«

»Wer hilft Ihnen mit Ihrer Mutter?«, fragte Gerhard.

»Eine Pflegerin, Geschwister habe ich keine. Und mir war schnell klar, dass ich meine Reisen durch die Weltgeschichte so nicht mehr machen kann. Zumindest im Moment. Das kommt alles wieder.«

Er lächelte und setzte eine Schnabeltasse an die Lippen seiner

Mutter, deren leicht geöffnete Augen ziellos in die Ferne blickten. »Was wollten Sie mir nun unten zeigen?«

Eva kniff die Augen zusammen. Ein Professor mit offensichtlichem Drogenproblem, der Studentinnen flachlegte und daheim seine Mutter pflegte. »Wir haben keine Eile.«

»Sprechen Sie. Ich habe keine Geheimnisse vor Mutti.« Wieder dieser überlegene Blick. Behrenheim glitt einem jedes Mal durch die Finger, bevor man ihn zu fassen bekam.

»Das würden wir wirklich gerne unter sechs Augen besprechen.« Eva umklammerte den Umschlag, als der Professor sich vom Bett seiner Mutter erhob.

Auf dem Weg nach unten fixierte er das Kuvert, die Beamten von der Spurensicherung dagegen würdigte er keines Blickes. Seine Neugier hatten sie geweckt, keine Frage. Wie würde er auf die Bilder reagieren?

»Sie müssen sich wirklich keine Gedanken machen. Alles, was Sie sagen, hat meine Mutter nach fünf Minuten wieder vergessen.« Behrenheim lächelte charmant und setzte sich an den Eichenholztisch, mit Sicherheit eine sündhaft teure Einzelanfertigung. Seine Beine gespreizt, die Hände ineinandergelegt. Angespannter, als er zugeben wollte. Eva erinnerte sich an das nervöse Zucken, als er mit seinem Studenten gestritten hatte.

Gerhard räusperte sich, und Eva übergab dem Professor das Kuvert. »Können Sie uns etwas dazu sagen?«

Er öffnete den Umschlag und zog die Fotos heraus. Für einen Moment wurde sein Gesicht weiß. Aber was war denn das? Seine Körperhaltung entspannte sich, dann zeichnete sich sogar ein Lächeln auf seinem Gesicht ab. »Das gibt's doch gar nicht.«

Er breitete die Fotos auf dem Tisch aus. Josefine von Trach unter der Dusche, er und sie auf dem Küchentisch in irgendeiner siffigen Studentenbude, er mit einem Joint splitternackt mit der Studentin im Bett. »Wer hat denn das fotografiert?«

Eva wechselte einen Blick mit Gerhard, der ähnlich verwirrt dreinschaute wie sie vermutlich. Diese Reaktion hatten sie nicht erwartet.

»Und ich dachte, Fina und ich wären allein.« Gluckste Behrenheim tatsächlich? Gut, das Mädel war volljährig, sie würde wissen, was sie tat.

»Drogenbeschaffung durch Ihre Studenten ist das eine. Aber Sex mit Schutzbefohlenen zu haben ist nun wirklich kein Grund, stolz zu sein«, rügte Gerhard. Sein neuer, tieferer Tonfall ließ die Wände beben. Das kurze Lehrstück im Vereinsheim des MC hatte ihn tatsächlich vorwärtsgebracht.

Behrenheim war kurz zusammengezuckt, doch dann warf er ihm einen Blick zu, als habe Gerhard etwas komplett Absurdes gesagt. Er sammelte die Bilder wieder ein und übergab ihnen den Umschlag. »Oder darf ich die behalten?«

War er wirklich so entspannt oder alles nur eine Show für sie? Ganz schön abgezockt. Solche Winkelzüge waren ihm locker zuzutrauen.

Auch eine Möglichkeit: Er kannte die Bilder schon und hatte Thorsten Häussler womöglich eine schöne Summe dafür bezahlt. Nun wollte er sich nicht von ihnen in die Karten gucken lassen und würde die Sache vielleicht mit seinem Studenten klären. »Herr Behrenheim, wurden Sie erpresst?«, fragte Eva.

Der Professor strich sich amüsiert durch seine Locken. »Mit so etwas? Um mich zu erpressen, müssten Sie sich mehr ausdenken. Woher haben Sie die Bilder? Etwa von Fina?«

»Glauben Sie, das verraten wir Ihnen?«, konterte Eva. Unerträglich, diese Überheblichkeit. »Sie müssen schon etwas besser aufpassen, wenn Sie solche Situationen vermeiden wollen. Da helfen Drogen nur bedingt.«

Behrenheim lehnte sich in seinem Wiener Kaffeehausstuhl zurück. »Vermeiden? Das gehört doch zum guten Ton. Was für ein Professor wäre ich, wenn ich nicht mindestens eine Sache am Laufen hätte?«

***

Die Beamten von der Spurensicherung hatten ihren Krimskrams endlich zusammengepackt und beluden ihre Fahrzeuge. Ein paar Kratzer hatten sie an seinen Möbeln hinterlassen. Das exklusive

Habitat-Regal – mussten sie die Steinarbeiten über den Lack ziehen, anstatt sie anzuheben? Ekelhafte Banausen. Um seine Mutter Hanni wieder zu beruhigen, würde er ihr heute eine Extradosis Medikamente geben müssen.

Er sah den beiden Kommissaren durchs Fenster nach und presste seine Kiefer aufeinander. Wenn er sich nicht sehr täuschte, hatte er die Frau vorgestern auf der Party gesehen. Er war sich nicht zu hundert Prozent sicher gewesen, hatte kurz gedacht, die Frau gehöre zu Thorsten, sie sei seine Mutter, die dort spionierte oder so.

Wer war denn so dumm gewesen, den Bullen die Bilder zu geben? Josefine? Nein. Ihn mit so einer Sache zu erpressen, das war nicht Finas Stil. Und Romy war schlichtweg zu dumm dafür. Fina wusste auch, dass sie ihn mit so einem Quatsch nicht in der Hand hatte. Moment. Hatte nicht Thorsten mit ihr in der WG gewohnt, als das Techtelmechtel begonnen hatte? Thorsten.

Die Bullen hatten zwar nichts gesagt, aber er war sich sicher, dass sie den Tod dieses nichtsnutzigen kleinen Lichtchens Paul Deutz mit ihm in Verbindung bringen würden. Er hatte die Frage in den Augen dieser … dieser Polizistin gesehen. Vermutlich würden sie bis zur Anhörung warten, um ihn kleinzukriegen. Nicht gleich das ganze Magazin verschießen. Er lachte auf. Da mussten sie früher aufstehen.

Am Abend eilte Professor Behrenheim die Treppe des Mietshauses hoch. Thorstens Auto stand vor der Tür, und bei der Projektbesprechung war er eben nicht gewesen. Überhaupt hatte er ihn heute noch nicht an der FH gesehen. Der wusste ganz genau, warum. Ihm die Polizei auf den Hals zu hetzen! Er hätte es wissen müssen, von Anfang an. Nicht Geiz war die größte Sünde, nicht Gier, nicht Wollust, nicht Eitelkeit. Nein. Leichtsinn war die größte Sünde.

Er klingelte Sturm. Nichts regte sich. Behrenheims Zeigefinger verharrte auf der Klingel. Diesen schrillen Dauerton, der bis nach draußen drang, würde Thorsten auf Dauer nicht aushalten mit seinem lächerlichen zarten Gemüt. Und sollte sich ein Nachbar beschweren, der konnte gern auch was erleben.

Vielleicht hätte er eben nicht noch eine Line ziehen sollen. Es war so wenig von dem Zeug übrig. Aber er war auch wütend gewesen, und wütend machte ihn zittrig, und zittrig machte ihn schwach. Die Droge dagegen verlieh ihm Würde und Kraft. Kraft, das durchzusetzen, was er wollte.

Sein Finger schmerzte. Behrenheim wechselte die Strategie und begann, gegen die Tür zu trommeln. »Mach sofort auf!«, dröhnte er.

Endlich bewegte sich der Vorhang des kleinen Küchenfensters, und kurz darauf öffnete sich die Tür. Der Professor versetzte ihr zusätzlich einen Tritt. Sie prallte von der Flurwand zurück, und sowohl er als auch Thorsten mussten einen schnellen Schritt zur Seite machen, um nicht getroffen zu werden.

Er war ganz auf seine Wut fokussiert. Nur unterbewusst nahm er wahr, dass sich Thorsten eigenartig verhielt, dass er irgendwie gekrümmt dastand, eine seltsame Schutzhaltung eingenommen hatte. Behrenheim dachte nicht lange nach. Die Muskeln spannten sich, seine Faust schnellte in das Gesicht des Studenten. Thorsten hatte keine Zeit, zu reagieren. Er gab nur einen erstickten Laut von sich und fiel wie ein Sack nach hinten aufs Laminat.

Behrenheim hielt sich die schmerzende Hand und betrachtete sein Werk. Das Blut pulsierte in seinen Adern.

Thorsten lag da wie ein schauspielernder Fußballer, der auf die Rote Karte für den Gegner wartete. Musste der Kerl so dramatisieren? Konnte er nicht aufstehen oder sich wenigstens bewegen? Doch er blieb liegen. Einfach liegen, die Hände übers Gesicht gelegt. Zitterte er? Jetzt drangen auch noch erstickte Laute an Behrenheims Ohren. Das war jetzt aber etwas dick aufgetragen. Weinte Thorsten?

Erst jetzt sah er, dass die Finger seines Studenten bandagiert waren. Ziemlich stümperhaft. An beiden Händen. Verunsichert ging der Professor in die Hocke und legte die Hand auf die bebende Schulter. »Alles okay?«

Als Antwort schluchzte Thorsten nur auf. Behrenheim wehrte sich gegen das schlechte Gewissen, das in ihm hochstieg wie Übelkeit nach einer durchzechten Nacht.

»Warum hast du den Bullen das mit den Drogen erzählt?«, flüsterte er.

Thorsten schnaufte und murmelte etwas wie: »Was hab ich? Spinnst du?«

Lügner! »Und ich dachte erst, es wären deine Eltern, die uns auf der Erstiparty hinterherspioniert hätten.«

»Meine Eltern?« Thorstens Stimme war schwach. »Meine Mutter ist in der Psychiatrie, und das Letzte, was meinen Vater interessiert, ist, was ich tue.«

»Es waren ja auch die Bullen, die du uns auf den Hals gehetzt hast!« Behrenheim wollte den Jammerlappen packen, aber irgendetwas, vermutlich Thorstens Zustand, hielt ihn davon ab. Er verstand es selbst nicht. Seine Hand verharrte über dem zusammengekrümmten jungen Mann, der inzwischen seine Hände um den Bauch geschlungen hatte und den Blick auf eine blutüberströmte Nase freigab. Behrenheims Werk.

»Also, warum hast du –«, begann er mit weicherer Stimme.

»Ich habe überhaupt nichts!«

Die Wut stieg wieder in Behrenheim hoch und schnürte ihm den Atem ab. »Du Drecksack! Ich glaube dir nichts. Sei froh, dass du so … so jämmerlich aussiehst! Mich mit Bildern von Fina erpressen zu wollen! Warum? Wegen der Schnalle? Wegen des Auslandssemesters, oder was?« Nun packte er Thorsten doch an den Oberarmen und begann ihn zu schütteln. »Du bist so ein Idiot!«

Endlich rappelte der Student sich hoch. Er schüttelte den Kopf, hielt sich schützend die bandagierten Hände vors Gesicht und musterte ihn mit einem Blick, der seinem Professor kompletten Irrsinn attestierte. »Du hast dir deinen Scheiß-Schnee wohl direkt ins Hirn gezogen.«

Behrenheim richtete sich zu voller Größe auf und stemmte die Hände in die Hüften. »Lass das Koks aus dem Spiel. Ich bin gespannt auf deine Erklärung. Schämst du dich für nix, du eifersüchtiger Trottel? Was, denkst du denn, könntest *du* Fina bieten?«

»Fina?« Thorsten blickte durch ihn hindurch. »Wieso bringst du Josefine ins Spiel?«

»Das weißt du genau. Und welchen Nutzen haben die Fotos? Willst du die auf eBay verkaufen?« Behrenheim lachte spöttisch. Für wie blöd hielt er ihn eigentlich?

Thorsten rieb sich die Nase und schaute abschätzig zu ihm hoch. »Die lagen doch schon im Papierkorb. Romy war eifersüchtig und hat mir die Fotos gegeben, weil sie gehofft hat, dass ich eifersüchtig werde und dir ein bisschen Feuer unter dem Arsch mache.« Er lachte kalt.

Sein Blick gefiel Behrenheim überhaupt nicht.

»Wie könnte ich auf so ein Arschloch wie dich eifersüchtig sein? Und Fina, die blöde Kuh. Selber schuld, wenn sie so dumm ist und sich von dir vögeln lässt. Nicht mal geschenkt will ich die mehr.«

Behrenheim zog seine Unterlippe ein. Statt Wut spürte er erstaunlicherweise nur Trauer. Der übereilte Fausthieb begann ihm leidzutun. Vermutlich sagte Thorsten die Wahrheit. Erstens sah er wirklich aus, als ob er ganz andere Probleme hätte. Offensichtlich hatte er sich mit irgendjemandem geprügelt. Und den Kürzeren gezogen. Und zweitens verbaute er, Konstantin Behrenheim, sich mit seiner wütenden Reaktion gerade den Kontakt zu seinem einzig zuverlässigen Dealer.

Die Fotos, die die Beamten ihm gezeigt hatten, waren nicht neu. Das stimmte. Thorsten hätte sie bestimmt schon früher benutzt, hätte er einen Sinn darin gesehen, aus ihnen Profit zu schlagen. Spätestens, als er seinem Studenten wegen der ausbleibenden Lieferung gedroht hatte. Vermutlich war Thorsten schlau genug, zu wissen, dass es sowieso keinen Sinn hatte, ihn mit so einer Lappalie erpressen zu wollen. Auf die er vor seinen ältlichen Kollegen sowieso stolz sein konnte.

Womöglich handelte es sich um eine Finte. Warum war ihm das zuvor nicht klar geworden? Hatte er sich von den Beamten auf die falsche Fährte bringen lassen? Jetzt, solange die letzten

Vorräte durch seine Adern flossen, fühlte er sich stark und unverletzbar. Aber was, wenn in ein, zwei Tagen das letzte bisschen verbraucht war? Behrenheim musste seinen Schnellschuss wiedergutmachen. Irgendwie.

Noch bevor er etwas sagen konnte, putzte Thorsten sich die blutige Nase vor dem Spiegel ab, nahm umständlich und mit zittriger Hand seinen Schlüssel und stolperte durch die Tür davon.

ACHT

»Was ist eigentlich mit Thorsten Häussler?«, fragte Gerhard.

»Die Vorladung ist raus, die Durchsuchung war ja nicht sehr ergiebig«, antwortete Eva. »Ähnlich wie bei Deutz, wenn du mich fragst, nur hat Thorsten wohl selbst nicht konsumiert, aber das müssen wir noch testen, wenn er kommt. Eine Vorladung ging an Josefine von Trach. Ich bin mir nicht sicher, was wir uns von diesen Studenten erwarten können. Vor allem nach dem Auftritt von Behrenheim in seiner Villa. Haben wir den eigentlich auf Kokain testen lassen?«

Gerhard hob die Hände. »Wenn nicht den, wen dann? Der Drogentest war natürlich positiv, aber der Mann leugnet ja nicht mal. Nur, dass er von Deutz Drogen gekauft hat.«

»Leider finden sich auch keine DNA-Spuren von unserem werten Professor am Tatort.« Und auch sein Alibi war mehr oder weniger wasserdicht, war er doch während Pauls Verschwinden vier Tage lang auf einer Fachtagung in den Vereinigten Staaten gewesen.

Doch das Duo Behrenheim-Häussler fiel wahrscheinlich sowieso weg, denn die Spuren am Tatort passten leider auch nicht zu Thorsten. Vielleicht gab es Hintermänner. Zumindest der feine Professor Behrenheim würde sich seine Hände wohl kaum schmutzig machen.

Musste sie ihre Theorie aufgeben und sich vielleicht doch eher um den Motorradclub kümmern? Um eine valide Spur zu bekommen, die DNA-Abgleiche rechtfertigte, wäre noch viel Arbeit nötig.

Ein DIN-A3-Blatt vor sich auf dem Schreibtisch, begutachtete Eva die Führungsriege der Eastriders auf dem Organigramm. MC-Chef Holger Kipp, sein Vice Mirza Arslanlar als direkter Konkurrent, dann der Sergeant at Arms Dennis Faulhans, genannt Stulli. Auch wenn Eva nach wie vor Zweifel an der Täterschaft im Mordfall Paul Deutz hatte, diese Herren hatten einiges auf dem Kerbholz. Und sie würden es ihnen nachweisen.

Ansonsten gab es zu den wenigsten Mitgliedern Informationen im Rechner. Tibor Harani, ein Member ohne offizielle Funktion, wies eine Verbindung zu Regina auf, deren Bild sie an den Rand geklebt hatte. Doch sonst schien sie bisher nichts mit dem MC zu tun zu haben. Stellte sie eine Art Prospect oder Supporter dar? Gab es Frauen, die solche Positionen bekleideten? Wohl kaum. Nur ein direktes Gespräch hätte alle Fragen geklärt, und ein direktes Gespräch mit MC-Anhängern war laut Felix Schlecht in null Komma null Prozent der Fälle erfolgreich.

Die Erfahrungen im Vereinsheim und der Streit dieses Prospects mit Holger Kipp hatten dies bestätigt. Vermutlich ging es in den Gesprächen zwischen Willner und Schlecht um genau diese Themen, zumindest reagierten beide nach wie vor kurz angebunden, wenn man sie auf dem Flur traf.

Alles deutete darauf hin, dass es, wie so oft, ein Datenleck gab. Aus diesem Grund fand man keine Anzeigen, keine Verdachtsfälle, keine Prozesse. Über Aktionen wurde im Vorfeld nur geflüstert, Vorfälle wurden heruntergespielt oder anderen in die Schuhe geschoben. Ob der Chef und der LKAler darüber Bescheid wussten oder es zumindest ahnten, dass Informationen abflossen? Und nach allem, was Eva beobachtet hatte, kannten sie die Schwachstelle nur zu gut!

Schlecht hatte angedeutet, dass Rocker in der Vergangenheit gern mal mit Beamten geklüngelt hatten; allerdings sei kein aktueller Fall bekannt. Beamte, die man mit kleinen Ausflügen in die Laufhäuser oder zu Privatpartys bei Laune hielt, wofür man Hinweise auf Durchsuchungen bekam. Oder freie Fahrt für diverse Transporte von Waffen, Drogen oder Prostituierten aus dem Osten.

War es also wahrscheinlich, dass Regina die Gruppe mit Insiderwissen versorgte? Eigentlich war sie für den Club ein kleines Licht. Evas Bauchgefühl sagte ihr, dass das weder zu ihrer Kollegin passte noch zu ihrem Rang in der Organisationsstruktur des LKA. Und trotzdem … sie turtelte mit einem Bandenmitglied. Wenn das nicht Hinweis genug war.

Wie war dieser Anfangsverdacht zu widerlegen? Nur durch Überwachung. Und um die zu bekommen, brauchte sie mehr als Hinweise.

Der Handyalarm klingelte. Sie nahm das Telefon und versuchte sich zu erinnern, warum sie die Erinnerung überhaupt eingestellt hatte. Ach ja, Björn. Noch dringlicher als Reginas Nähe zu den Eastriders war seine Zwangspensionierung. Björn war einer von Willners besten Mitarbeitern gewesen. So verschlossen der Chef war, er musste ein Einsehen haben. Was sagte er zu dem Brief, den er inzwischen mit Sicherheit gelesen haben musste? Björn ging vor die Hunde, wenn er nicht mehr gebraucht wurde.

Eva stand auf und zuckte zusammen, als sie Gerhard reglos hinter sich stehen sah. »Was …?«

Doch ihr Kollege schaute an ihr vorbei auf den Schreibtisch. Mit geöffnetem Mund las er, was da stand. Eva unterdrückte den Impuls, das Organigramm zu verdecken. Eigentlich hatte sie nicht vorgehabt, es jemandem zu zeigen, bevor sich ihr Verdacht erhärtet hatte.

»Reginas Foto? Und der Pfeil da? Was hat sie mit der Sache zu tun?« Gerhard erfasste die Sachlage leider schneller, als es Eva recht war.

Sie atmete tief ein und setzte sich wieder. Die meisten Beamten waren zum Glück in der Mittagspause. Also Karten auf den Tisch. Vielleicht hatte sie mit seiner Expertise ein Problem weniger. Sie senkte die Stimme. »Ich habe sie im Umfeld des Clubs beobachtet.«

Doch Gerhard schüttelte nur den Kopf. Die Stille war unangenehm. Was hatte er nur, fühlte er sich etwa hintergangen?

Eva strich sich durchs Haar und schloss für einen Moment die Augen, dann begann sie zu erzählen. Von der Situation vor dem Club, als sie sich mit Tom zum Abendessen treffen wollte, bis zu ihrer Entdeckung beim Motorradtreffen. Nur ihre Spionage vor Reginas Wohnung ließ sie diskret weg. Dass das nicht in Ordnung gewesen war, wusste sie selbst.

»Und wenn Regina eine verdeckte Ermittlerin ist?« Gerhard kratzte sich an der Wange.

Eva verneinte. »Derart auf Tuchfühlung zu gehen, das macht keiner. Das sind alles Geschichten. Direkten Kontakt zum Observationsobjekt oder Liebesbeziehungen gibt es nie. Auf keinen Fall. Vielleicht machen Detektive so was, aber keiner unserer Ermittler. Und vor allem nicht hier, in der eigenen Region.«

»Verstehe.« Gerhard hatte die Finger unters Kinn gelegt und schwieg einen Moment. Dann seufzte er. »Eva, wir gehen jetzt zu Willner.«

Etwas an seinem Gesichtsausdruck gefiel ihr ganz und gar nicht.

»Kollegen hinter ihrem Rücken ausspionieren geht gar nicht, Eva.«

Sie öffnete den Mund, aber er winkte barsch ab.

»Du kannst doch nicht eine ehrbare Kollegin wie Regina beschatten. Mensch noch mal!« In seinem Gesicht bildeten sich rote Flecken, so regte er sich auf.

Jetzt konnte er wirklich auf seinen neuen Tonfall verzichten. Musste doch nicht jeder mitkriegen, auch wenn außer Gergle, der eben neugierig mit seiner Thermoskanne hereinschlappte, keiner im Raum war. Die Gänge waren hellhörig.

»Gerhard, sei doch vernünftig«, beschwichtigte sie ihn. »Was du jetzt tust, ist auch nicht besser. Mir den Schwarzen Peter zuschieben.« Sie hatte ihn, zumindest für einen kurzen Moment, und setzte noch mal an. »Verdeckte Ermittler lassen sich nicht auf so was ein. Was aber immer mal wieder vorkommt, ist, dass …«

»… sich Ermittler in Zielpersonen verlieben, ich weiß. Hatten wir damals beim Betrug auch. Aber auch wenn es so ist …« Er packte das Papier und holte Luft. »Tut mir leid, ich muss das hier dem Chef zeigen.«

»Bist du wahnsinnig?« Mit einem Satz war Eva auf den Füßen, aber Gerhard bewegte sich schon zielstrebig aus dem Büro.

Sekretärin Schloh drückte sich mit ihrem Kopierpapier erschrocken an die Wand und schaute ihnen kopfschüttelnd nach, während Gerhard vor Willners Büro eine Vollbremsung hinlegte und energisch klopfte.

»Jetzt lass das!«, fauchte Eva, als sie zu ihm aufschloss. »Willst du mich wirklich reinreiten wegen so einer Sache?«

»Der einzige Weg geht über den Chef. Immer! Man ermittelt nicht hinter dem Rücken anderer Beamter«, donnerte Gerhard so aufgebracht, wie sie ihn noch nie erlebt hatte.

Im Hintergrund erklang ein unwilliges »Herein«.

Kurz darauf hatte Gerhard seine Sicht der Dinge geschildert. Seine Wut war anscheinend fast komplett gewichen, sodass er mit seinem natürlichen, sanften Wesen Willner gegenübersaß – ganz im Gegensatz zu Eva, die am ganzen Leib zitterte.

In ihr tobten gegensätzliche Emotionen, die ihr zudem in Bezug auf Gerhard bisher komplett fremd gewesen waren. Drehte er jetzt komplett durch? Dass er einen ausgeprägten Gerechtigkeitssinn hatte, wie sie alle, war klar, aber dass er der Meinung war, seine Kollegin, mit der er bisher immer gut ausgekommen war, für die LKAlerin, die sie nur bei einem Fall begleitet hatte, ans Messer liefern zu müssen, das hatte sie ihm nun nicht zugetraut. Man konnte sich doch zanken und anderer Meinung sein. Aber sie gleich zum Chef schleppen? Waren sie Grundschüler?

Eva verschränkte die Arme. Was sollte sie noch zu der Sache sagen? Nicht nur, dass die Spur zu Regina nun im Eimer war, von Björn brauchte sie überhaupt nicht mehr anzufangen. Ganz zu schweigen von der Beziehung zum Chef, die endlich wieder besser geworden war. Noch nicht ganz auf dem Stand von früher, wo er ihr in vielem komplett freie Hand gelassen hatte, aber immerhin. Alles vorbei.

Willners Gesichtsausdruck sagte wie meistens überhaupt nichts aus. Die nächste Regung konnte von einem freundlichen Rausschmiss bis hin zum gröbsten Wutausbruch alles beinhalten. Doch er ließ sich Zeit. Wusste er selbst nicht, was er dazu sagen sollte?

Eva nutzte die Stille, um Gerhard böse anzufunkeln. Jetzt war es auch schon egal. Dieser naive Mistkerl. *Ihre* Kollegentreue konnte er sich ab heute an den Hut schmieren. Ausgerechnet er, der mit dem Kontakt zu Magdalena Deutz selbst jede Grenze überschritt. Und das sogar noch im Dienst! Aber sie war kein Kleinkind, das den anderen verpetzte.

Der Chef pinnte das Organigramm an die Wand, schaute sich Reginas Bild und den Verbindungspfeil zu Harani an, legte die Stirn in Falten, setzte sich wieder, musterte erst Eva, dann Gerhard. Neutraler Blick. Eva schloss die Augen. Gleich würde das Gewitter hereinbrechen, dessen war sie sich sicher. Entweder über Gerhard, der die Ermittlungen mit so einer Lappalie belastete, aber das war Wunschdenken. Mit Sicherheit eher über sie, die eine LKA-Kollegin, noch dazu quasi Willners protegiertes Pflegekind, beschattete.

Corpsgeist hatte Willner, der alte Verbindungsmann und Netzwerker. Und sie hatte diesen verletzt. Sie hätte es eigentlich wissen müssen. Eva nickte in die Stille und erhob sich. Sie konnte die Zeit, bis das Fallbeil fiel, genauso gut mit Arbeit verbringen. Willners und Gerhards Blicke folgten ihr, als sie das Büro verließ.

***

Frau Borgutsky klackerte mit ihren aufgeklebten, neonorangen Fingernägeln auf dem frisch abgeschliffenen und gewachsten Schreibtisch herum. Noch stärker als ihr Parfum stank der kalte Rauch, der sie umgab. Der andere Vater, Herr Frank, kam eben herein und rannte dabei beinahe Frau Karle um, die gute Seele des Sekretariats. Herr Gehrlund dagegen saß bereits kerzengerade auf einem der Stühle und hatte diese ihm eigene Entschlossenheit im Blick, die Heribert Hagdorn bereits an ihm kannte. Allzu gut kannte.

Diskret wischte der Schulleiter die Schweißperlen von seiner Stirn. Was sollte dieses überfallartige Eindringen ohne Termin? Er hätte die Eltern einfach des Rektorats verweisen und ein

Gespräch anberaumen können, wenn auch Frau Huber anwesend war. Sie ging pragmatischer mit solchen Situationen um, war resolut genug und löste Spannungen auf äußerst charmante Art. Nahm dem Gegner jeglichen Wind aus den Segeln. Hagdorn zog seine Krawatte fest und räusperte sich. Gehrlund fokussierte ihn und räusperte sich ebenfalls.

Hagdorn bedeutete Herrn Frank, sich zu den anderen zu setzen. Er wartete, bis alle ruhig waren und auch die Borgutsky ihr Geklackere eingestellt hatte, dann richtete er einen kurzen, aber deutlichen Blick auf seine Armbanduhr, um den ungebetenen Gästen zu zeigen, dass er ihnen gänzlich freiwillig ein Stück seiner Zeit opferte, von der er, der den Schulbetrieb schließlich am Laufen halten musste, sowieso viel zu wenig hatte. Und es funktionierte immer. Gespannte Stille, alle Blicke waren auf ihn gerichtet.

»Wie kann ich Ihnen zu Diensten sein?«, fragte er dienstbeflissen.

Wieder diese neonorangen Fingernägel auf seinem Schreibtisch. Früher hätte man ein solches Problem mit einem gezielten Schlag mit dem Lineal gelöst. Nun gut, diese Zeiten waren vorbei. Hatte diese Dame überhaupt keine Kinderstube genossen? Und vor allem, was meinten die alle, woher die Probleme ihrer Gören kamen, wegen derer sie jetzt mutmaßlich hier vor ihm saßen?

»Das Drogenproblem an unserer Schule besteht nach wie vor«, erklärte sie nun auch vorwurfsvoll, durch Hagdorns scharfen Blick offensichtlich zum Sprechen ermuntert.

»Der Elternbeirat hat sich des Problems bereits angenommen«, erwiderte der Schulleiter. Er widerstand dem Drang, sich die Stirn nochmals abzutupfen. Dafür legte er die Fingerspitzen aneinander, um Konsens zu signalisieren. Hagdorn war ganz bei seinen Eltern.

Frau Karle steckte den Kopf durch die Tür, ihre Lippen formten den Satz: Soll ich sie rausbegleiten? Oder bildete sich sein Gehirn das nur ein?

»Soll ich Tee bringen?«, fragte sie stattdessen laut.

Ja, war seine Sekretärin denn des blanken Wahnsinns? Fassungslos sah er sie an. Es dauerte acht Minuten, bis der Tee aufgebrüht, fünf Minuten, bis er durchgezogen war, weitere zwei Minuten, mindestens, bis er Trinktemperatur erreicht hatte. So lange hatte Hagdorn nicht im Mindesten vor, die berühmt-berüchtigte Elternwehr in seinem Büro zu haben. Jene Eltern, die Gerüchten zufolge der Schule so weit misstrauten, dass sie selbst im Gebüsch Stellung bezogen, um die Schüler auszuspionieren. Bisher, soweit er wusste, allerdings ohne jeglichen Erfolg. Warum? Tja, weil es kein Problem gab.

Bevor er darauf hinweisen konnte, hatte Borgutsky das Angebot für den Tee bereits angenommen.

»Der Elternbeirat unterstützt uns bei diesem Thema«, erklärte Frank. »Wir müssen den Verkauf illegaler Drogen an unserer Schule stoppen. Notfalls schicken wir alle Schüler«, er gestikulierte unbestimmt in der Luft herum, »morgens durch Kontrollen.«

»Eine Polizeistreife zu Schulbeginn wirkt auch Wunder«, behauptete die Borgutsky.

Hagdorn schwitzte. Nun tupfte er sich doch die Stirn. Der Elternbeirat unterstützt uns bei diesem Anliegen, soso. Warum war ihm als Schulleiter dann bisher nichts von ebendiesem Elternbeirat übermittelt worden? Und warum hatten sich eben diese ach so engagierten Eltern, die nun hier in seinem Büro saßen, nicht für den Beirat aufstellen lassen? Genau. Weil es Arbeit bedeutete. Konstruktive Zusammenarbeit zwischen Lehrkörper und Erziehungsberechtigten statt wirrer Anschuldigungen.

Und doch hatte er die weisen Worte seiner Stellvertreterin Frau Huber im Ohr, als stünde sie neben ihm. »Geben Sie den Leuten immer das Gefühl, dass sie gehört werden.« Nun, dafür sorgte Gehrlund schon selbst, dass er gehört wurde.

Aber warum war genau der heute so zurückhaltend? Mit verschränkten Händen schaute er aus dem Fenster. Als ob die anderen ihn nur mitgezogen hätten. Wenn er zur Hochform auflief, implantierte der Mann den anderen Eltern fürchterliche Szenarien in ihre Köpfe. Ohne seine bildhaften Schilderungen hätte das ganze Drama wohl nie so überhandgenommen. Und jetzt, wo er den Stein ins Rollen gebracht hatte, hielt er sich plötzlich zurück.

Hagdorn atmete tief durch. Wenn die Spitzen dieses Vaters weiter ausblieben, wurde er mit den anderen Eltern vielleicht sogar selbst fertig.

»Was genau bringt Sie denn zu der Annahme, dass ein Drogenproblem besteht, obwohl nicht einmal ein Fachgremium aus Schulpsychologin und engagierten Lehrkräften ein solches feststellen konnte?«, fragte er.

Die anderen sahen zu Gehrlund, schienen auf seinen Angriff zu warten. Nachdem nichts kam, raunte die Borgutsky unheilschwanger: »Es fängt wieder an!«

»Was fängt wieder an?«, wiederholte Hagdorn.

»Die Drogen … Ich habe bei meiner Tochter vor ein paar Tagen so ein Beutelchen gefunden. Woher, wollte sie mir nicht sagen.«

Er vermied es, laut aufzustöhnen. Die hatten ihre Brut wirklich gar nicht im Griff. Und warfen ihm vor, dass er die Schule nicht im Griff habe, das lenkte ja wunderbar von der eigenen Verantwortung ab. »Drogen kann man in der Stadt an jeder Ecke kaufen, dazu braucht es keine Schule«, erklärte er. »Und was meinen Sie mit ›Es fängt wieder an‹?« Schließlich waren zwischen der letzten – angeblichen – Sichtung eines sogenannten Dealers und heute noch keine drei Wochen vergangen.

»Vielleicht nicht ›wieder‹. Wahrscheinlich ist er einfach immer noch da«, sagte Gehrlund, und er klang weit von seiner normalen Angriffslust entfernt. Seltsam. Hagdorn spürte eine Unruhe in der Gruppe, die die Entschlossenheit der Eltern wohl schwächte.

Noch ehe Frau Karle den Tee brachte, hatte Hagdorn die Eltern aus seinem Büro komplimentiert. Zufrieden tupfte er seine Stirn trocken; vielleicht besiegte er seine Nemesis langsam. Er schrieb eine Notiz und unterstrich sich den Satz: »Es fängt wieder an.« Verheimlichten die ihm etwas? Fast klang es so.

Er fasste sich an die Stirn. Vermutlich sah er auch schon Gespenster.

***

Am Donnerstagvormittag fand sich Josefine von Trach im Präsidium ein.

Eva kniff die Augen zusammen. Wer schickte die Leute, die keine Termine hatten, eigentlich immer zu ihr weiter? »Sie wissen schon, dass Ihre Vorladung für den … warten Sie … dass Ihre Vorladung für den kommenden Montag terminiert ist? Genauso wie für Herrn Häussler.«

Streng genommen hätte sie das Mädchen wieder nach Hause schicken sollen. Was, wenn die Sache eine Finte war? Wenn sie nur gekommen war, um sich im Anschluss mit Häussler abzustimmen? Eva versuchte, in diesem jungen, ebenmäßigen Gesicht einen Hinweis auf eine Absicht zu finden. Das Mädchen schien nervös. Und den Tränen nahe. Nun gut, vielleicht konnte sie etwas herausfinden. Sie bat sie in den Besprechungsraum.

»Was passiert mit den Bildern?«, platzte sie auch gleich heraus, als sie sich gesetzt hatten.

»Über was machen Sie sich Sorgen?« Eva schenkte ihr ein Glas Wasser ein. »Werden Sie erpresst?«

Josefine von Trach schüttelte den hübschen Kopf. Porzellanteint, dazu dieses dunkle Haar. Eine echte Schönheit. Ihre offensichtlich teure Handtasche hielt sie mit ihren manikürten Fingernägeln auf dem Schoß, dazu fiel Eva die makellose Kleidung auf. Ein Mädchen aus gutem Hause, gleichwohl verstand sie es, zu kokettieren. Jede Bewegung saß, und jedes schüchterne Lächeln taugte für Instagram.

»Können Sie mir die Fotos aushändigen?«, kam sie gleich zum Punkt. Eva vermutete, dass nicht jeder diesen großen Bambiaugen einen Wunsch abschlagen konnte.

Sie sah das Mädchen ernst an. »Tut mir leid, die Bilder gehören zum Fall. Erzählen Sie mir erst einmal etwas über sich.«

Josefine nahm einen Schluck Wasser. »Ich bin einundzwanzig

und studiere Kommunikationsgestaltung. Mein Vater leitet eine renommierte Agentur in Schwäbisch Hall. Ich muss wirklich dringend –«

»Jetzt mal der Reihe nach.« Eva musterte sie nachdrücklich. »Sie platzen ohne Termin hier herein und wollen, dass ich Ihnen Bilder gebe, die mit einem Tötungsdelikt in Zusammenhang stehen könnten?«

»Tötungsdelikt? Aber …« Sie legte die Stirn in ihre Hände. »Meine Eltern …«

»Da müssen Sie keine Angst haben. Sie sind volljährig, und natürlich händigen wir Ihren Angehörigen nichts aus, was Sie betrifft.« Volljährig, aber wie es schien, ohne jede Lebenserfahrung. Josefine wirkte so kindlich, dass Eva, wenn sie sie auf der Straße getroffen hätte, sie niemals auf über zwanzig geschätzt hätte. Was meinte Gerhard immer? Die Pubertät geht bis fünfundzwanzig.

»Konnte ich damit Ihre Bedenken ausräumen?« Eva bemerkte, wie die Lider des Mädchens zitterten.

Sie nickte und senkte ihren Blick. Gleich würde sie losheulen. Also, wenn Behrenheim auf so junges, naives Gemüse stand, konnte es mit seinem eigenen Selbstbewusstsein nicht allzu gut aussehen. Bevor sie nach dem Professor fragte, würde sie das Mädchen erst einmal auf sicheres Terrain führen. »Kannten Sie Paul Deutz?«

Josefine wischte sich ein Tränchen aus dem Augenwinkel. »Der war nur kurz bei uns. Ein Freund von Thorsten.«

Eva horchte auf. »Ach ja?«

Das Mädchen wiegelte gleich wieder ab. »Solange er an der FH war, ja. Danach hatten sie, glaube ich, nichts mehr miteinander zu tun. Der Paul war ja …« Sie schien nachzudenken. »Er war nicht wirklich fürs Studium geeignet.«

Und da war es, das kleine Lachen, der spöttische Blick, die Überheblichkeit in diesem durch und durch unschuldigen Gesicht. »Was genau macht einen Menschen denn aus, der in Ihren Augen fürs Studieren geeignet ist?«, fragte Eva eine Spur zu scharf. »Mit dem Dozenten zu schlafen?«

Wieder blinzelten die großen Bambiaugen. »So war es nicht gemeint«, ruderte sie schnell zurück. »Paul war halt nie da. Und Geld, na ja, das hatte er auch nie. Hat immer geschnorrt bei den anderen. Und dann der Einbruch in der Bücherei.«

»Also keine Mutprobe?« Das hatte Paul nämlich damals bei der Polizei ausgesagt. Konnte man ja mal behaupten. »Zum Beispiel zusammen mit Thorsten?«

Doch Josefine lachte nur. »Bestimmt nicht. So einen Mist macht er nicht mit. Im Gegenteil, Thorsten hat Paul immer rausgeboxt aus den Sachen, die er verbockt hat. Präsentationen hat der geschwänzt, Arbeiten abgeschrieben …«

»Dann hatten Sie kein freundschaftliches Verhältnis?«

Die junge Frau schob die Unterlippe vor. »Der war ein paarmal noch auf den Festen. Sonst nicht, nein.«

»Frau von Trach, wie halten Sie es eigentlich mit Drogen?« Und was hielten wohl ihre Eltern von Drogen, Nacktbildern und der Liaison mit dem Professor?

Die Reaktion auf Evas Frage war verhalten. Nur ein leichter Schimmer glitt über die porzellanfarbenen Wangen. »Kiffen tun doch alle, oder?«

»Ihre Eltern auch?« Eva zog die Luft ein. Sie würde sich doch nicht von diesem jungen Ding provozieren lassen. »Was sagen Sie zum Kokainkonsum Ihres Partners?«

Das Mädchen zog die Stirn kraus. »Partner?«

War es die Möglichkeit? »Professor Konstantin Behrenheim«, erwiderte Eva mit so wenig genervtem Unterton, wie es ihre Stimmung zuließ.

»Aber das ist doch nur … ich meine, das ist nicht mein Partner. Wir gehen nur zusammen aus.«

Ausgehen, ah ja. »Und die Bilder?«

»Ja Gott, ein kleiner Flirt wird doch wohl erlaubt sein.«

»Was weniger erlaubt ist, ist Kokain«, blieb Eva beim Thema.

Glockenhell lachte Josefine auf. »Der Konstantin? Der kifft mal mit, aber was Härteres nimmt der nicht.«

»Na, wenn Sie das sagen.« Eva notierte etwas, hauptsächlich um zu sehen, ob das Mädchen nervös wurde. Schwer zu glauben, dass sie selbst nichts davon mitbekommen haben wollte. »Wie ist denn Ihr Verhältnis zu Thorsten Häussler?«

Josefine senkte den Blick. »Wir waren mal kurz zusammen. Und jetzt nervt er, weil Konstantin und ich …«

»Also sind Sie Freunde? Und von dessen Kokainkonsum wissen Sie auch nichts?«

»Der kokst doch nicht«, lachte Josefine auf. »Dafür leg ich meine Hand ins Feuer.«

»Frau von Trach, wir haben bei ihm zu Hause verschiedene Drogen gefunden. Neben Ihren Bildern. Schwer zu glauben, dass Sie von nichts etwas wissen.«

»Na ja. Ich glaube, er hat ab und zu ein bisschen was verkauft. Um Geld zu verdienen, er hat es ja auch nicht so dicke von zu Hause aus.«

»Ach so. Und Romy?«

Josefines Augen blitzten. »Diese Schlampe.«

»Dann wissen Sie also schon, dass es nicht Thorsten war, der die Bilder gemacht hat?«

»Romy und ich wohnen zusammen. Wir reden kein Wort mehr miteinander. Ich bin mir sicher, dass sie die Bilder gemacht und sie Thorsten gegeben hat, um ihn zu ärgern oder was auch immer. Die steht doch voll auf ihn. Er hat mal bei uns gewohnt, aber so was macht er nicht.«

»Eine Erpressung schließen Sie aus?«

Das Mädchen zuckte mit den Schultern. »Meinen Sie, dass Thorsten Konstantin …? Na ja, besonders leiden konnte er ihn nicht.«

»Oder Romy und er, die beiden zusammen?«

»Ausgeschlossen.« Josefine schüttelte den Kopf. »Ich weiß gar nicht, wie Konstantin mit der Sache umgehen würde.«

Das wiederum wusste Eva nur zu gut.

»Und Paul?« Immerhin waren die Bilder vor seinem Tod aufgenommen worden.

»Da war er doch schon abgetaucht.« Das Mädchen schwieg einen Moment, als ob sie diese Möglichkeit ernsthaft abwog.

»Würden Sie einem Drogentest zustimmen?«, fragte Eva, als

Josefine sich bereits erhob und vorsichtig ihre Handtasche hob, um ihre sorgsam manikürten Nägeln nicht zu zerstören.

Das Mädchen zögerte. »Muss ich das?«

»Nein«, antwortete Eva freundlich. »Aber so wäre ich mit etwas anderem beschäftigt, als bei Ihren Eltern wegen eines Alibis zu klingeln.«

»Du, die Frau Deutz hat vorhin hier angerufen«, rief Frau Schloh herüber, als Gerhard aus der Mittagspause kam.

Eva schaute nicht hoch. Zu tief saß der Groll immer noch.

Dass die Deutz hier privat für ihn anrief, war dem Herrn Kollegen nicht im Mindesten peinlich. Genauso wenig, wie er Schuldgefühle wegen der Aktion gestern zu haben schien. »Ich ruf gleich zurück.« Damit nahm er sein Handy und wollte sich offensichtlich zum Gespräch auf den Gang verdrücken.

»Private Telefonate mit Personen, die in den Fall involviert sind. Nicht dein Ernst, oder?« Eva hatte keine Lust mehr auf Diplomatie. Der Chef hatte sich zwar noch nicht gezeigt, aber es war nur eine Frage der Zeit, dass er an ihrem Schreibtisch stehen und Konsequenzen wegen ihrer Recherche über Regina verkünden würde.

Gerhard schien keine Parallelen zu sehen. »Ich kann auch hier telefonieren«, antwortete er gedehnt. »Keine Geheimnisse.«

»Soso.« Eva zog die Augenbrauchen hoch und tippte weiter, während der Kollege die Nummer auf dem offiziellen Telefon wählte. Das folgende Gespräch verlief recht einseitig, denn nach der Begrüßung bestand Gerhards Rolle vor allem darin, zu schweigen oder »Mhmmm« zu sagen. »Ja, aber sollten Sie nicht … Aha, okay.« Zu Wort kam er anscheinend nicht.

Als er aufgelegt hatte, starrte er einen Moment lang vor sich hin, dann seufzte er.

»Alles okay?« Eva biss sich auf die Zunge. Eigentlich hatte sie nicht vorgehabt, heute noch mit dem intriganten Kerl zu sprechen.

»Ach, es ist aussichtslos.« Gerhard vergrub den Kopf in seinen Händen, bevor er sich straffte und die Tastatur zurechtschob.

»Ich motiviere, fülle Unterlagen mit ihr aus, und dann sagt sie kurzfristig Termine ab.«

»Du kannst niemandem helfen, der sich nicht helfen lassen will.«

»Aber ich hab extra einen Termin mit dem Sozialamt ausgemacht. Wie steh ich denn jetzt da? Und jetzt lässt sie mich mit ihren Problemen hängen.« Gerhard lächelte gequält.

»Möglicherweise kommen die Probleme von Frau Deutz mit den Ämtern genau daher? Vielleicht stimmt nicht alles, was sie dir erzählt hat?«

»Möglicherweise«, räumte er ein. »Aber wie soll ein Zimmermädchen diese Formulare verstehen? Und wie die mit den alleinerziehenden Frauen umgehen, dieser Druck –«

»Mit dem Druck muss jeder von uns umgehen«, fuhr ihm Eva über den Mund. »Manchmal auch mit Druck, der aus den eigenen Reihen kommt.«

Erst am Nachmittag traf Eva den Chef auf dem Gang. Er musterte sie nur kurz, als habe er das Gespräch schon vergessen, doch als sie ins Büro abbiegen wollte, rief er ihr hinterher: »Morgen Abend, zwanzig Uhr bei mir.«

Nicht mehr, nicht weniger.

NEUN

Die Bässe wummerten aus den Boxen neben der Bar. »Bier klar? Mädels? Mucke?«, fragte Eddi, der President der Skullz, seinen Sergeant at Arms Fred und wischte den Tresen ab.

»Läuft.«

»Aber? Warum gucksch du so? Warum bisch net draußen bei der Taufe?« Wenn Eddi eins nicht gebrauchen konnte, dann war es Ärger im Vorfeld von Festen. Er hatte einen Ruf zu verteidigen. Und was er auch hatte, war eine Nase für Schwierigkeiten. Und diese Nase juckte heute schon den ganzen Tag.

»Janina.« Fred guckte missmutig hinüber zu seiner neuen Freundin, die gelangweilt in der Tür stand, während von draußen das Johlen der Members zu hören war.

»Was isch mit der Schnalle?«

»Sie nimmt das Zeug nicht.«

Eddi lachte kalt. »Und anschaffen will sie natürlich auch net. Unser zehnjähriges Jubiläum isch da aber ein schlechter Zeitpunkt.«

»Ich dachte, die ist heller.«

»Heller isch nicht unbedingt besser.« Eddi hob die Schultern und zog ein Tütchen aus einem Fach hinter der Bar. »Mach sie gefügig, die Gäste kommet bald. Denk dran: Es isch egal, welche Schleimhäute das Zeug aufnehmen.«

Fred pfiff nach Janina und nickte zur Treppe. Er zwinkerte Eddi zu, nahm etwas weißes Pulver aus der Verpackung und schob es unter seine Zunge. »Wir gehen hoch.«

Eddis Nase juckte immer noch, und es lag leider nicht an weißem Pulver. Das würde später kommen. Unmöglich, sich auf die Fete zu freuen. Was war denn los? Er schüttelte den Kopf, prüfte die Bierbestände, schaute nach Nachrichten, schüttelte noch mal den Kopf und ging schließlich vor die Tür, um draußen bei der Taufe zuzusehen. Nicht mal darauf hatte er Lust.

Eine Handvoll Gäste war schon da, dazu alle Members des Clubs. Die Hangarounds und Prospects waren in Stellung, räumten Getränke ein und putzten, jetzt noch Staub, später die Kotze der Gäste und Members. Der erste Täufling war schon durch, Ole, ein massiver Kerl, der sich seine volle Membership mit seinen Kontakten nach Amsterdam mehr als verdient hatte. Er wurde gerade mit Wasser abgestrahlt; wie es aussah, hatte er eine Dusche dringend nötig. Dazu humpelte er, und wenn Eddi es richtig sah, lief Blut über seine Wange, aber das war bei dem ganzen Dreck schwer zu erkennen.

Hatten sie es wieder übertrieben, die Jungs. Nun, das war die letzte Demütigung gewesen, ab jetzt würde jeder, der Ole auch nur schief ansah, die Stärke der Gemeinschaft zu spüren bekommen.

Der nächste Täufling, ein schmächtiger, aber schlauer Typ namens Gregor, bekam eben einen Tritt seines Taufpaten. So hart, dass der schmale Bursche nach hinten kippte und dann doch nach vorn torkelte und in den Matsch flog. Die Jungs johlten wieder und traten ihn, bis er hustend in das Loch fiel. Die Hangarounds hatten eine Grube ausgehoben, am Rand des Geländes, Plane verlegt, das Loch mit Wasser, Dreck, verdorbenem Obst und zerbrochenem Glas gefüllt und mit Teppich abgedeckt, damit alles gut durchzog. Wie es sich für eine richtig gute Schlammbowle gehörte. Gestern waren noch Metzgerabfälle dazugekommen, und heute hatte vielleicht noch der eine oder andere hineingepinkelt, zumindest die, die der Gestank nicht abschreckte.

Gregor hatte lange auf seine Full Membership warten müssen und sich diese letztendlich mit dem Baseballschläger verdient. Ausgerechnet dieser dürre Hungerhaken. Der Wichser vom Nachtclub würde wohl nicht noch mal auf die Idee kommen, fünfzig Euro zu unterschlagen.

Unter den Anfeuerungsrufen der anderen tauchte Gregor in der trüben Suppe unter, und Eddi trat näher, um das Spektakel wenigstens ein bisschen genießen zu können. Pit und Charly entleerten sich eben noch mal in die Grube, während der Prospect auftauchte und ruckartig zurückzuckte, weil er sich vermutlich auf der Suche nach dem Mittelstück des Colours an etwas geschnitten hatte. Die Wunden würden sie nachher mit Schnaps ausbrennen, das hatte noch immer geklappt. Unschön war jetzt allerdings, dass Gregor sich über den Grubenrand beugte und den Vornstehenden vor die Stiefel kotzte. Seine Brille hing dreckverschmiert quer in seinem Gesicht, und wütend packte er sie und schleuderte sie von sich, um dann würgend wieder im Matsch zu versinken.

Pit beschwerte sich lauthals und warf eine Dose Bier nach ihm, was zur Folge hatte, dass Gregor auftauchte und ihm etwas aus dem Loch zurückwarf. Einen Schweinedarm. Eddi grinste, wenn auch nur halbherzig, denn seine Nase juckte noch immer, und es lag auch nicht am erbärmlichen Gestank aus der Grube.

Schließlich Applaus und Siegesgeheul. Der immer noch würgende Gregor hielt sein vor Schmutz triefendes Mittelstück hoch, Schlachtabfälle im Haar, aber zufrieden grinsend.

Weiter drüben stimmte der Gitarrist der Band sein Instrument, auch hier alles in bester Ordnung. Mehr und mehr Gäste liefen ein, die Spanferkel waren auf den Grills, die Weiber schon alle oben, was zur Hölle …?

***

Seit der Trennung von seiner Frau wohnte Kurt Willner in einem kleinen Reihenhaus in Oberkochen. Eva fand einen Parkplatz am Feld und schloss für einen Moment die Augen, bevor sie klingelte. Eine förmliche Einladung, das bedeutete nichts Gutes.

Für einen Moment hatte sie noch gehofft, dass Gerhard auch eingeladen war, als er mit ihr zusammen aufgebrochen war, vorhin nach der Besprechung, die wenig Neues gebracht hatte. Aber nein, der Kollege hatte sich schnell verabschiedet, er wollte einer Verbindung zwischen Häussler und Paul Deutz nachgehen. Die eisige Stimmung zwischen ihnen behagte ihm offensichtlich nicht, aber da musste er durch, der miese Verräter.

Und sie musste jetzt durch den Abend durch. Vielleicht wäre

sie doch besser gleich zum Chef gegangen – aber das war auch im Nachhinein keine Option. Allein Reginas Umgang mit einem Eastrider und die Übergabe dieses Umschlags, den Eva beobachtet hatte; das war alles etwas dürftig. Willner hätte ihr den Vogel gezeigt, vor allem weil er Regina seit ihrer Kindheit kannte. Die Lage hätte vermutlich besser ausgesehen, wenn es eine fremde Beamtin gewesen wäre.

Ob Eva vielleicht mit Schlecht sprechen sollte? Der konnte anordnen, dass man auf Reginas Rechner prüfte, welche Unterlagen ausgedruckt worden waren. Was wirklich in der Mappe war. Nein. Sie würde alle Pferde scheu machen, womöglich vollkommen umsonst. Und dann fiel alles auf sie selbst zurück. Besser waren handfeste Hinweise, und die hatte sie bis jetzt nicht. Obwohl tatsächlich alles auf eine Verstrickung Reginas in die Machenschaften des MC hindeutete. Im schlimmsten Fall allerdings würde es nicht mehr so weit kommen, weil Eva ein Disziplinarverfahren erwartete. Und vermutlich nicht mal im schlimmsten Fall.

Willner öffnete gewohnt wortkarg und begrüßte sie mit einem Handschlag. Eva drückte ihm eine Flasche Wein in die Hand. Ob er den Brief wegen Björn gelesen hatte, ob die Vizepräsidentin ihn ihm gezeigt hatte? Seit Gerhards Aktion war alles gefühlt gleichzeitig passiert. Was wusste der Chef?

Am besten, sie sprach die Sache mit Björn jetzt an, bevor das Thema Regina und mögliche Konsequenzen ihrer eigenmächtigen Recherchen zum Hauptpunkt wurde. Ja, es wäre blinder Aktionismus, so ganz ohne Einleitung oder Entschuldigung wegen der unabgesprochenen Recherche zu Regina auf Björn zu sprechen zu kommen. Aber der Chef hatte im Diplomatieseminar ebenfalls gefehlt, und vielleicht war sie nach diesem Abend ja ihren Job los. Es war das Letzte, was sie noch für ihn tun konnte.

»Chef, haben Sie den Brief gelesen? Sie können Björn Fuchs nicht einfach zwangspensionieren lassen.«

Willner sah sie erstaunt an. »Was?«

»Unser Kollege. Die Zwangspensionierung. Björn will zurück. Wir brauchen doch Leute fürs Archiv. Oder für den Innendienst. Er ist fit, Chef. Der übersteht das zu Hause nicht.« Fast erbärmlich, wie sie jammerte, sich für Björn einsetzte, wo sie doch selbst schon weit draußen auf der Planke stand. Wenn Willner eins nicht mochte, dann war es Gejammere.

»Ihr Brief …« Er musterte sie und ging mit hinten verschränkten Armen vor ihr her ins Wohnzimmer. »Wir überlegen es uns.«

Also hatte er mit der Birkach schon darüber gesprochen. Der nächste Schock folgte, bevor sie weiter darüber nachdenken konnte.

Es war Regina, die da am Esstisch saß, vor sich ein Glas Wasser. Eva bremste auf dem Absatz. Auch Willner setzte sich, und nun sahen beide sie an.

»Vorzustellen brauche ich euch nicht. Kommen Sie doch zu uns, Frau Brenner.«

Mit gesenktem Kopf zog Eva einen Stuhl zu sich her. Dummerweise war nur der Platz genau neben Regina frei, auf der anderen Tischseite stapelten sich Unterlagen. Das Blut presste durch Evas Adern, ihr Herz raste, und kalter Schweiß überzog ihre Haut. Was wurde hier gespielt?

Sie ließ den Blick durchs Zimmer gleiten, um sich abzulenken. Spartanische Einrichtung, keine Pflanzen, seine Fachliteratur, dazu die Papierstapel. Eine typische Junggesellenwohnung, die jeglichen Charme vermissen ließ.

»Hallo, Eva.« Regina musterte ihre Kollegin mit schmalem Lächeln.

Eva schaffte es nicht, ihren Blick zu halten, als sie die Wut spürte, die sich in ihrem Magen sammelte. Egal, wie das hier ausging; sie war gespannt, wie Regina sich rausreden würde.

»Kolleginnen, es gibt Gesprächsbedarf.« Willner, die Seelenruhe in Person, schenkte sich einen Apfelsaft ein. Pur. »Willst du?«

Regina nickte. Sie schaute zu Willner, als ob sie um Redeerlaubnis bitten musste. Dann begann sie langsam zu erklären: »Seit letztem Jahr sind die Kollegen noch stärker an den regionalen Rockergruppen und den sogenannten Pseudorockern dran. Geschäfte, die wir beobachtet haben, deuten darauf hin, dass die Ruhe in Stuttgart damit zusammenhängt, dass alle Geschäftsfelder klar verteilt sind. Zudem wissen wir, dass weltweit die arrivierten MCs auch immer Charter haben, die sich ruhig verhalten, vermutlich um der Öffentlichkeit ein positiveres Bild zu vermitteln. In der Region bemerken wir seit Kurzem jedoch verstärkte Aktivitäten kleinerer Clubs. Aber wie sollen wir an die rankommen? Also bin ich als verdeckte Ermittlerin ins Team gegangen.«

»Das ist vollkommen unmöglich, eine Ermittlerin in der eigenen Region als verdeckte –«

»Reginas Gesicht ist in der Szene unbekannt«, erklärte Willner, als ob ihn die Antwort vollkommen zufriedenstellte. War sein Blick durch die persönliche Beziehung so verdunkelt? Ein abgekartetes Spiel, und er durchschaute es nicht.

Immerhin hatte der Chef Regina offensichtlich nach Gerhards Aktion angerufen, um die Sache direkt zu klären. Das war ihm zugutezuhalten. Vorerst keine Vorwürfe an Eva, sondern Klärung der Sachlage. Vielleicht würden die Konsequenzen noch kommen, bestimmt sogar.

Beruhigend war auch diese Tatsache nicht. Denn an dieser Version war etwas faul, und der Chef schien das Problem nicht zu sehen. Eva brauchte Zeit zum Nachdenken. Doch an diesem Tisch, in dieser Konstellation konnte sie keinen klaren Gedanken fassen. Die beiden anderen sahen sie erwartungsvoll an.

»Das ist ein Trick.« Eva verschränkte die Arme. »Du gibst Informationen an den Eastriders MC weiter.«

Regina wirkte getroffen, doch sie sagte nichts.

»Mit Verdächtigen rumknutschen. So verhält sich kein verdeckter Ermittler! Ich bin doch nicht blöd!« Entgegen ihrem Vorsatz redete Eva sich richtig in Fahrt. Wenn ihre liebe Kollegin meinte, sich bei Willner so aus der Affäre ziehen zu können, gut und schön. Disziplinarverfahren, geschenkt. Gerne. Sie hatte gesehen, was sie gesehen hatte. »Kommst du mit der Version bei deinen Vorgesetzten durch?«

Willner und Regina wechselten stumme Blicke, was Eva nur

noch mehr in Rage brachte. Was immer hier auf der Agenda stand, war noch schlimmer als alles, was sie sich ausgemalt hatte.

Dabei war ihre Kollegin nervös, das war klar zu erkennen. Sie schob ihr Wasserglas auf dem Tisch hin und her und schien überhaupt angeschlagen. Kreidebleich. »Ich … bin wohl übers Ziel hinausgeschossen. Kurt weiß schon Bescheid.«

Willner nickte. »Es ist zwar LKA-Sache, wie ihr damit umgeht. Aber du weißt, dass du immer mein uneingeschränktes Vertrauen hast. Sie, Frau Brenner, …« Er machte eine bedeutungsvolle Pause, und Eva schloss die Augen. »… übrigens auch. Deshalb habe ich dieses Treffen anberaumt. In diesem Rahmen können wir frei miteinander sprechen. Ich bedanke mich für Ihr umsichtiges Handeln.«

»Umsichtiges Handeln?«, wiederholte Eva seine letzten Worte.

»Genau. Sie sind nicht mit einem bloßen Verdacht durch die Abteilung gerannt und haben wilde Anschuldigungen getroffen. Sie haben sich entschieden, unter dem Radar zu bleiben und erst einmal selbst Erkundigungen einzuziehen.«

Eva konnte seine Worte gar nicht komplett erfassen, Gedanken schossen wirr durch ihre Hirnwindungen. Kein Verfahren? Wahrscheinlich, um Regina zu schützen. Denn wenn sie wirklich den Auftrag zu einer internen Observation bekommen hatte … nur wenn … hätte sie niemals so weit gehen dürfen, eine private Beziehung zu einem der Mitglieder aufzubauen!

»Eine Frau, die in eine extrem konservative Männerdomäne wie einen MC eindringt, hat also nur die Möglichkeit, dies über Sex zu tun.« Eva verschränkte die Arme.

Regina schüttelte widerwillig den Kopf. »Ich … habe auf eigene Initiative gehandelt. Ich habe nicht jeden Schritt abgesprochen, das war falsch. Aber ich habe die Möglichkeit bekommen, und ich habe sie genutzt.« Ihr Unterkiefer schob sich nach vorn. »Du kommst nur an die ran, wenn sie dir voll vertrauen.«

Eva lachte bitter auf. »Das Vertrauen geht aber weit.«

»Frau Brenner!« Willner warf ihr einen rügenden Blick zu.

Das war quasi eine Bestätigung! War ihm Reginas Verhalten

vollkommen egal? Ja, denn Willner, dem mutmaßlichen ehemaligen Fremdenlegionär, waren doch stets sämtliche legale und illegale Mittel recht, um zu erreichen, was er wollte.

Sie hielt ihr leeres Glas fest umklammert und wandte sich Regina zu. »Und während du mit deinen Kriminellen um die Häuser ziehst, bleibt dein Sohn bei der Oma?«

Im selben Moment spürte sie, dass sie zu weit gegangen war. Aber genauso spürte sie den dünnen Riss, der sich nun durch Reginas Fassade zu ziehen begann. Am Rande hörte sie, wie Willner scharf die Luft einzog, während die Augen der Kollegin feucht wurden.

»Unverantwortlich, wenn ich ein Kind zu Hause habe, so ein Risiko einzugehen!« Eva konnte sich nicht zügeln. »Es sind allein fünf Personen, die im Umfeld des MC in den letzten Jahren verschwunden sind. Dabei hat die Polizei keine Anhaltspunkte, hat die Gruppe nicht mal auf dem Bildschirm.« Und dann Reginas Aktion beim letzten Fall, als sie sich allen Weisungen widersetzt und sich selbst in Lebensgefahr gebracht hatte …

»Frau Brenner, es reicht.« Willner fegte mit einem Wisch über den Tisch. »Frau Wernhaupts Privatleben geht Sie nichts an. Spionieren Sie ihr etwa hinterher?«

»Ich habe versucht, Material zu sammeln«, erklärte Eva ehrlichkeitshalber. »Mir war klar, dass ich nicht nur mit einem Verdachtsmoment zu Ihnen kommen kann.«

Der Chef nickte. Regina selbst war ungewöhnlich still. Eva entdeckte die Träne, die ihr über die Wange rann.

Die Kollegin bemerkte ihren Blick und hielt ihm stand. »Ich weiß, dass ich Leif nicht allein daheim lassen sollte. Dass ich mich eigentlich nicht für solche Aktionen einteilen lassen soll. Und ja, dass ich es auch nicht darf. Dass ich jetzt nach dieser Aktion so oder so wechseln muss.«

»Ins Gefängnis«, erwiderte Eva bitter. Die beiden Kollegen sahen sie nur an. »Ja, ich hab gesehen, wie du deinem Schatzi den Umschlag gegeben hast. Beim Season Opening in Iggingen.«

Wenn Regina glaubte, dass sie mit ihrer Familiengeschichte bei ihrem väterlichen Freund Willner durchkam, okay. Aber das war eine ganz andere Hausnummer. »Eine ganze Mappe! Was war da drin, Informationen über geplante Einsätze? Ein Umschlag! Sie lachte verächtlich. »Wie unauffällig!«

Regina presste die Lippen zusammen. Willner schwieg, aber immerhin fixierte er jetzt seine ehemalige Nachbarin.

Regina ließ sich Zeit. Sie strich sich eine kurze Strähne hinters Ohr, wirkte gehetzt. Wollte sie sich etwa verletzlich zeigen? So langsam wurde Eva sauer. Es war aus mit dem Theater, Regina war enttarnt. Warum legte sie die Karten nicht einfach auf den Tisch?

»Ich … ich sollte eigentlich nicht …« Mit zittriger Stimme setzte sie schließlich an. »Aber weil wir befreundet sind, muss ich wohl … Wir sind so nah dran. Kann ich ihr vertrauen, Kurt?«

Wut schoss durch Evas Adern. Dass man ihr vertrauen konnte, war doch klar! Ganz anderes sah es mit der Gegenseite aus. Was spielte Regina für ein Spiel? Sie öffnete den Mund, doch Willner bedeutete ihr zu schweigen und nickte.

»Also gut«, fuhr Regina leise fort, die Augen auf ihr Glas geheftet. »In der Mappe waren irrelevante Daten, Sondierungen, mit denen wir die Gruppe auf eine falsche Fährte locken wollen. Zeigen, dass wir nicht an ihnen interessiert sind, obwohl das Gegenteil der Fall ist. Aktuell kooperiert das LKA Baden-Württemberg eng mit Nordrhein-Westfalen und Berlin. Vor einiger Zeit haben wir Informationen bekommen, dass ein hochrangiges Bandidos-Member geschickt wurde, um die örtlichen Strukturen zu sondieren. Stuttgart ist fest in der Hand der Angels, da ist nix zu machen. Das wissen sie. Aber die Ostalb …«

»Mirza Arslanlar.« Evas Blick ging zum Wohnzimmerfenster. Auf der anderen Seite der Straße ging die Sonne unter.

»Genau, Eva. Ich hab den Motorradführerschein und war früher viel in der Szene unterwegs. Deshalb hat mein Chef es mir am ehesten zugetraut.«

»Weiß er –«

»Er hat nicht nachgefragt. Wie wir unseren Job machen, ist unsere Sache.« Regina unterbrach sie mit harschem Blick.

Dass Willner sie beide still beobachtete, mochte bedeuten, dass er seinem ehemaligen Nachbarskind den Rücken freihielt. Informationen um jeden Preis, das wusste er nur zu gut, durften sich die Beamten nicht beschaffen. Und dass Regina immer wieder Grenzen überschritt, ohne Konsequenzen dafür erwarten zu müssen, das war weder fair noch im Sinne des Rechtsstaats. Im Gegenteil. Sie waren hier weder bei der Fremdenlegion noch in einem Schurkenstaat, wobei der eine oder andere Vorgesetzte da offensichtlich beide Augen zudrückte.

»Wer, wenn nicht wir, soll sich dann an Regeln halten?« Eva schlug mit der Faust auf den Tisch. Das war ja nicht auszuhalten. Und nicht der leiseste Ton von ihrem Vorgesetzten.

Keiner von ihnen beachtete das dröhnende Motorengeräusch, das zuerst leise im Hintergrund rauschte, bis es lauter und lauter wurde und dann kurz verebbte, bevor es wieder anschwoll.

Im selben Moment zerbarst die Scheibe mit einem lauten Knall, und eine Art Metallkugel prallte gegen die kahle Wohnzimmerwand, bevor sie schwer neben dem Sofa zu Boden fiel. Nur an der Form stimmte etwas nicht, sie war eher oval, und die regelmäßigen Vertiefungen …

»Eine Handgranate! In Deckung!« Eva sprang auf und riss Regina mit zu Boden, dann versuchte sie, so schnell wie möglich Richtung Flur zu robben. Am Türrahmen zog sie sich weiter, hörte die Kollegin hinter sich keuchen. In diesem Moment ließ die Detonation hinter ihnen den Boden erzittern, und alles ging in einem dröhnenden, hellen Lichtblitz unter.

Ab da nahm Eva das Geschehen in Zeitlupe wahr. Die Druckwelle traf auf die Glaseinsätze der Schränke, ließ sie mit hellem Klang bersten wie die Glühbirnen und alle Gläser und Teller, bevor sie den Gang erreichte und Evas Ohren einen schrillen Dauerton zu senden begannen. Sie sah Regina rechts neben sich. In Einzelbildern flogen Splitter über sie hinweg, jemand schrie auf. In diesem Moment grub sich heftiger Schmerz in ihr linkes Bein wie die Reißzähne eines Raubtiers.

Noch immer schrillten ihre Ohren. Der Puls hallte im Trommelfell, ansonsten war es totenstill. Bis auf die Schreie. Männerschreie. Sie kamen aus dem Wohnzimmer. Ihre Kollegin rappelte sich als Erste auf und taumelte an ihr vorbei.

Regina kniete schon am Boden, als Eva sich humpelnd zum Türrahmen vorgearbeitet hatte. Warme Flüssigkeit tränkte ihre Jeans, aber sie sah nicht nach unten. Nicht jetzt. Sie beobachtete ihre Kollegin, die ihre Hand auf die reglose Brust des Chefs gelegt hatte und leise schluchzte. Überall lagen Papiere herum. Der beigefarbene Teppich unter ihm war bereits vom Blut verfärbt, ein Stück Holz hatte ihm die Wange zerfetzt. Es steckte noch im Fleisch und gab den Blick auf Knochen und Zähne frei.

»Kurt, sag doch was!«, jammerte Regina.

***

Erst spät wurde Eddi klar, warum seine Nase ständig gejuckt hatte. Die Bullenschweine hatten gewartet, bis das Fest der Skullz spät in der Nacht in vollem Gang war, um ihn und die Kollegen alle zusammen abzuführen. Vor den Gästen, vor ihren wichtigsten Partnern. Wahrscheinlich, weil sie die Spanferkel selbst fressen wollten.

»Ihr könnt mir nichts! Ihr könnt den Skullz nichts«, schrie Eddi, doch der Wichser, der ihn abführte, grinste nur blöde und meinte, mit dem Material, das ihnen zugespielt worden war, sei von zehn Jahren bis lebenslänglich alles drin.

Eddi hatte eine Vermutung, wer ihm das eingebrockt hatte. Seine Nase juckte inzwischen nicht mehr.

ZEHN

»Eine Sprenggranate.« Felix Schlecht, der die kommissarische Leitung der Sonderkommission übernommen hatte, war im grauen Sakko vor die Beamten getreten.

»Wir haben Handgranaten für die unterschiedlichsten Einsätze«, erklärte er. »Es gibt tödliche und nicht zwingend tödliche Handgranaten. Unter anderem sprechen wir von Brand-, Gewehr-, Rauch- und Blendgranaten. Die hier verwendete DM51A1 ist eine klassische Splitterhandgranate, die auch in der Bundeswehr im Einsatz ist. Aufs Vernichten von Personen ausgelegt. Hohe Sprengwirkung auf kleinem Raum. Das Schrapnell ist die eine Sache. Doch das eigentlich Tödliche ist die Druckwelle, die alles drum herum ebenfalls in gefährliche Waffen verwandelt, die unkontrollierbar durch die Luft fliegen.« Er schluckte.

»Die Lungen von Kriminaloberrat Willner sind stark in Mitleidenschaft gezogen. Laut Arztgutachten hat der dicke Eichentisch Ihres Vorgesetzten verhindert, dass er getötet wurde.«

Dass er sofort, an Ort und Stelle, getötet wurde, setzte Eva in Gedanken dazu. Ihre Hand legte sich unwillkürlich auf den Verband unter ihrer Hose.

Die Verletzungen des Chefs waren so umfangreich und schrecklich, dass er im Ostalb-Klinikum ins künstliche Koma versetzt worden war. Die Rettungskräfte waren schnell vor Ort gewesen, aber hier war ein Wunder nötig, hatten sie im Krankenhaus geflüstert. Eva hatte sich selbst entlassen, sobald der Arzt oder Tom nicht mehr mit Sedierung gedroht hatten, als sie den Gedanken aussprach. Es gab mehrere Gründe, warum sie es dort nicht mehr ausgehalten hatte. »Wer steckt dahinter?«, fragte sie mit brüchiger Stimme.

»Wir sprechen von dreifachem Mordversuch.« Schlecht sah sie das erste Mal direkt an. Und gleich wieder weg. »Wer es war, ist unklar. Aber sie müssen zu zweit gewesen sein.«

»Die Eastriders«, mutmaßte Frau Schloh.

Schlecht zögerte. »Es gibt keine verwertbaren Fingerabdrücke und bisher keine Zeugen. Die von Kollegin Brenner geäußerte These, dass der oder die Täter aus der Rockerszene kommen, weil sie kurz zuvor laute Motorengeräusche gehört hat, ist zur Stunde die wahrscheinlichste Variante, aber eben bisher nicht verifizierbar.«

Gemurmel brandete auf, und der LKAler hob die Stimme, um sich wieder Gehör zu verschaffen. »Die Handgranate wurde ganz offensichtlich nicht aus nächster Nähe geworfen. Hiermit scheidet ein Fußgänger als Täter zwar nicht aus, aber da wir den Sicherungssplint mitten auf der Straße gefunden haben, stand die Person sicher nicht im Garten, also nicht direkt vor dem Haus. Und es musste schnell gehen, das ist offensichtlich.«

»Wollen Sie damit sagen, dass die Handgranate von einem fahrenden Motorrad aus geworfen wurde?«, bemerkte Gerhard spöttisch.

Schlecht neigte den Kopf. »Der vermutete Wurfwinkel bestätigt tatsächlich so etwas. Das Manöver wäre gewagt, aber nicht unmöglich, wenn man Erfahrung hat. Wenn man den Bügel loslässt, nachdem der Sicherheitssplint gezogen wurde, kann der Schlagzünder sich drehen und die Zündung auslösen, während sich die Handgranate noch in der Hand des Werfers befindet. Die Feder im Inneren wird gedrückt, dann haben wir vier bis fünf Sekunden bis zur Detonation. Es ist nicht einfach, eine Handgranate richtig zu werfen. Vom Motorrad aus ist das ohne Übung eigentlich unmöglich.«

»Und doch gehen wir davon aus?«, fragte Gerhard.

»Solche Szenarien werden in kriminellen Kreisen geübt. Frau Brenner, Sie haben gehört, wie das Motorengeräusch zuerst kurz abgeebbt ist?«

Eva nickte, doch je öfter sie darüber nachdachte, umso weniger bekam sie die Sekunden vor der Explosion zu fassen. Noch immer rauschte es in ihren Ohren, nur das Piepsen war aufgrund von Infusionen inzwischen zurückgegangen.

»Eine absolut ruhige Wohngegend«, antwortete sie langsam, während sie sich zu erinnern versuchte. »Dieses laute Röhren haben wir alle gehört. Von einem Augenblick auf den anderen war es leise und … im nächsten Moment ist die Scheibe zersprungen.«

Sie waren aufgeflogen, die Granate mit ziemlicher Sicherheit die Reaktion des Clubs. Woher hatten sie gewusst, dass Eva bei Willner eingeladen war? War es Regina, die sich unvorsichtig verhalten hatte? Das schlechte Gefühl drückte in Evas Magengegend. Ausschließen, dass sie selbst es gewesen war, die mit der blöden Verfolgung von Tibor Harani schlafende Hunde geweckt hatte, konnte sie nicht. Hoffentlich hatte sie nicht auch Jägi in Gefahr gebracht.

Der Gedanke, für Willners Zustand verantwortlich zu sein, war unerträglich. Zwei Nächte war sie im Krankenhaus gelegen, mit ein paar Stichen hatten sie ihr Bein genäht, der Tropf hatte ihr Gehör weitgehend wiederhergestellt. Ja, Kurt Willner lebte. Noch. Im schlimmsten Fall wäre sie allein verantwortlich für den Tod des Chefs.

Das einzig Gute an der Sache, wenn man es denn so nennen konnte, war, dass dieser Übergriff nicht zum üblichen Vorgehen der Gruppe passte. Mit etwas Glück würden sie sie drankriegen. Wer sollte denn sonst hinter diesem Mordversuch stecken? Und dreifacher Mordversuch sollte reichen, diese Bestien endlich hinter Gitter zu bringen.

Der Splitter, der in ihrem Bein gesteckt hatte, war durch den Aufprallwinkel, die Sohle ihres festen Stiefels und die Jeans daran gehindert worden, eine noch größere Schadwirkung zu entfalten. Keine wichtigen Blutgefäße verletzt, also hatten die Ärzte die Wunde genäht, sie an den Tropf gehängt und beobachtet. Aber in dieser Situation noch länger wegen so einer Kleinigkeit im Krankenhaus zu bleiben half nicht, den Fall zu lösen. Sie musste einfach etwas tun. Vor allem, wenn sich herausstellen sollte, dass alles tatsächlich Evas Schuld war. Dass sie es war, die den Chef auf dem Gewissen hatte.

Regina war zum Glück unverletzt geblieben, bis auf den Gehörschaden, den sie beide davongetragen hatten. Tom hatte Eva ein paar Sachen vorbeigebracht und wäre am liebsten bei ihr im

Krankenhaus geblieben, obwohl sie ihm versichert hatte, dass ihr nichts Ernstes passiert war. Derart zur Untätigkeit verdammt, hatte ihr Schatz die Beamten, die zu ihrem Schutz positioniert waren, extra instruiert, besonders gut auf sie aufzupassen, und war dann zähneknirschend allein zurück in ihre Wohnung gefahren.

Als Eva bei Willner auf der Intensivstation vorbeigeschaut hatte, war Atemluft von einer Maschine in den leblosen Körper gepumpt worden, der fast wächsern wirkte. Gleich in der Nacht auf Samstag hatten sie ihn bei einer Not-OP wieder zusammengeflickt. Zwei Operationen waren mindestens noch nötig, wobei der zerstörte Lungenflügel die größte Gefahr darstellte. Gespenstisch, diese Maschine, die seine künstliche Beatmung übernommen hatte. Eine simpel wirkende Pumpe, dazu dieses technische Piepsen. Christel, Willners Ex-Frau, und seine beiden Kinder waren ebenfalls gekommen, um ihm eine Weile die Hand zu halten. Eva hatte sie auf dem Gang getroffen.

Frau Schloh nahm einen Anruf an und verschwand im Gang, um kurz darauf aufgeregt zurückzukommen. »Ein Aussagewilliger. Wir brauchen Freiwillige, die ins Ostalb-Klinikum fahren.«

Gerhard klopfte auf Evas Schulter. »Wir melden uns freiwillig.«

Sie schlug die Hand vors Gesicht. Wenn die Ärzte sie da sahen, behielten die sie gleich wieder dort.

***

Der grausam misshandelte junge Mann, der vor ihnen lag, hieß laut Ausweis Arne Kämmerer. Er war schon am Vortag mit schwersten Verletzungen eingeliefert und erst am Morgen aus dem künstlichen Koma geholt worden. Tulpen auf dem Tisch – als Kontrast zur rohen Gewalt. Dazu dieser typische Geruch nach Antiseptikum und Körperflüssigkeiten.

Der Mann wollte tatsächlich über die Eastriders aussagen. Und doch fühlte Eva eine gewisse Enttäuschung; sie hatte gehofft, Hinweise zu dem Granatenanschlag zu erhalten. Sie dachte an ihren Chef, der ein Stockwerk höher auf der Intensiv lag: Schläuche und piepsende Geräte. Und vor beiden Türen wachten Kollegen, um die Drecksäcke zu stellen, falls sie noch einen Versuch unternehmen würden, den Chef oder diesen Zeugen zu töten. Nun, den Gefallen, so leicht in die Falle zu gehen, würden sie ihnen vermutlich nicht tun.

Laut Zeugenaussagen war Arne Kämmerer regungslos inmitten der Wiesen unterhalb des Ellwanger Schlosses gefunden worden. Keine Spur von möglichen Tätern. Kollegen des örtlichen Reviers hatten zusätzlich zum Notfallarzt den Gerichtsmediziner gerufen, der feststellte, dass der Mann nicht an Ort und Stelle misshandelt, sondern dort nur aus einem Auto geworfen worden war. Die Handschrift passte zu den einschlägigen Motorradclubs, und tatsächlich wollte er laut Kollegen über die Eastriders aussagen. Die Vermutung lag nahe, dass er selbst einer der ihren war. Was für ein Glücksgriff.

Noch verboten sie sich verfrühten Jubel. Allerdings: dass einer dieser Mistkerle selbst aussagen wollte, war mehr als ungewöhnlich. Ein Geschenk. Sie mussten vorsichtig vorgehen, wenn sie die Bande knacken wollten. Im besten Fall würden sie durch ihn sogar den Mord an Paul Deutz aufklären. Im schlimmsten Fall war es eine Falle. Nach all dem, was die letzten Tage gebracht hatten, hätte es Eva nicht gewundert.

Kämmerer schien zu schlafen. Hin und wieder zuckte sein Leib unruhig. Sein Gesicht oder das, was davon übrig war, war stark geschwollen und wirkte unförmig wie eine Kartoffel. Der rechte Wangenknochen und der Kiefer waren gebrochen, die Augen blutverklebt. Alles fixiert und gehalten von Mullbinden. Sein Körper war vermutlich mit einer Stahlstange traktiert worden. Er hatte Rippenbrüche, Platzwunden, Prellungen, Quetschungen.

»Wer macht so was?«, fragte Eva, obwohl sie es ganz genau wusste. Zuerst der Granatenangriff, jetzt dieser Mann. Die Bande wurde unruhig, wie es schien. Um ihr Bein zu schonen, zog Eva sich einen Stuhl heran, dann nickte sie ihren Kollegen zu.

»Scheint zu schlafen, oder?« Gerhard schürzte die Lippen. »Wir können unten im Café warten.«

Schlecht seufzte und schlug ein Blatt seines Blocks um. »Wecken wir ihn lieber. Besser, wir befragen ihn jetzt, bevor er später was ganz anderes aussagt.« Damit legte er die Hand auf die heile Schulter von Kämmerer und flüsterte: »Sind Sie wach?«

Der würde doch jetzt nicht den schlafenden, halb toten Zeugen wecken. Eva suchte Gerhards Blick, doch der schaute nur mit unschuldiger Miene durch den Raum.

»Hallo! Herr Kämmerer!«

Eva öffnete den Mund. Das ging eindeutig zu weit! In diesem Moment blinzelte der Mann mit dem heilen Auge. Das Gurgeln aus seiner Kehle ließ jedoch nichts Gutes vermuten.

»Ich hol dann mal die Schwester.« Gerhard drehte sich zur Tür.

»Bleiben Sie!«, zischte Schlecht.

Eva war sich immer noch nicht sicher, ob eine Befragung das Richtige war. Sie beobachtete die Situation, jederzeit bereit, zu reagieren.

»Polizei? Helfen Sie mir!«, flüsterte Kämmerer mit eindringlichem Zischen.

Eva schob den Stuhl näher zu ihm heran. Das Geruchsgemisch aus Blut, Urin, Desinfektionsmittel und Jod ließ sie den Kopf abwenden. »Wie können wir Ihnen helfen?«, fragte sie, bevor Schlecht ihm noch eine Tabelle unter die Nase drückte.

»Sie wollen, dass ich Alexandra nach Wasseralfingen schicke. Meine Freundin.« Die Stimme des Mannes war so leise, dass die Beamten sich mucksmäuschenstill verhielten.

»Wasseralfingen?«, fragte Eva leise.

»Im Ziegelhaus hat der MC ein paar Mädels. Das ist der Schuppen am Ortsausgang Richtung Aalen.«

»Der örtliche Puff?«, fragte Schlecht und notierte etwas.

»Helfen Sie ihr!«, raunte Kämmerer und würgte gleich darauf.

»Wir brauchen einen Arzt«, beschied Gerhard, doch Schlecht wiegelte ab.

»Gleich.«

»Sehen Sie denn nicht –«

»Schicken Sie Ihre Kollegen sofort los! Vielleicht haben sie sie schon geholt.« Kämmerers Schluchzen wurde von einem weiteren Hustenanfall abgelöst.

»Moment.« Eva stutzte. Nicht, dass von seinem Gesicht viel zu erkennen gewesen wäre, aber ihr Blick war auf das Foto auf dem Beistelltisch neben dem Bett gefallen. Das Bild hinter dem Blumenstrauß zeigte vermutlich die Eltern mit ihrem Sohn. »Gerhard, das ist er!«, hauchte sie. »Sie waren es, der auf dem Vereinsgelände letzte Woche den Streit mit Kippe hatte, nicht?«

Der Mann versuchte ein Kopfnicken und stöhnte.

»Ging es da auch um Ihre Freundin?«

»Sie wollten, dass ich sie anschaffen schicke. Zuerst haben sie es auf die Art probiert.«

»Dann sind Sie kein Mitglied?«, fragte Schlecht.

»Vermutlich Prospect«, bemerkte Eva. »Von denen verlangen sie solche Treuebeweise.«

»Wie seine Freundin auf den Strich zu schicken?«, grollte Gerhard. »Ist euch Idioten nichts heilig? Bei so einem Verein überhaupt mitzumachen!«

Eva legte ihre Hand vorsichtig auf den Arm des Mannes. »Wir bringen Ihre Freundin in Sicherheit.« Falls sie sie finden würden. Aber mehr, als ihn zu beruhigen, konnte sie jetzt nicht tun. »Können Sie uns den vollständigen Namen und die Adresse geben?«

Sie setzte eine Nachricht mit den Angaben ans örtliche Revier ab, damit die die Frau umgehend ausfindig machten.

Nun stieg Schlecht wieder ins Gespräch ein. »Was können Sie uns im Gegenzug bieten?« Da Kämmerer sich nicht regte, fragte er: »Paul Deutz?«

Evas Herz machte einen Sprung, als der junge Mann flüsterte: »Der Kurier?«

Also kannte man Deutz bei den Eastriders. Volltreffer.

Doch statt einer Bestätigung folgte ein schwaches Kopfschütteln. »Mirza hat sich aufgeregt, dass der Arsch von einem Tag auf den anderen abgetaucht ist. Und wenn die einen *wegma-*

chen« – bei dem Begriff atmete Gerhard laut ein –, »machen die das anders.«

»Abgetaucht« bedeutete also, dass Paul Deutz vermutlich schon tot war, als man ihn im Club vermisste. Oder hatten sie ihn im Nachhinein noch gefunden und ihm doch eine Lehre erteilt?

Schlecht verschränkte die Arme. »Was können Sie uns überhaupt bieten? Glauben Sie, so können Sie Ihre Freundin retten?« Leiser setzte er hinzu: »Ein gewöhnlicher Prospect. Na toll.«

Kämmerer schluchzte erstickt auf. Die Tür öffnete sich, eine Krankenschwester kam herein. Sie zögerte und zog die Nase kraus, als sie die drei Beamten sah, dann legte sie ihre Hand auf die Stirn des Patienten und besah sich die Werte auf dem Monitor. Sie schien zu überlegen, wie sie den Besuch am besten schnell des Krankenzimmers verweisen sollte. Entschlossen räusperte sie sich.

Eva beugte sich zu Kämmerer hinunter. »Was wissen Sie? Uns hilft alles weiter!«

»Bitte lassen Sie den Patienten zur Ruhe kommen. Die Operation hat erst –«

Schlecht öffnete den Mund, aber Eva kam ihm zuvor. »Nur noch einen kleinen Moment, Schwester. Seine Freundin ist in großer Gefahr.«

Das schien zu fruchten. Die Frau verschränkte die Arme, dies allerdings mit finsterem Blick.

»Vermisste. Es gibt Vermisste«, hauchte Kämmerer. Auf seiner Stirn hatten sich Schweißperlen gebildet.

»Kann jeder behaupten.« Dass Schlecht sich nicht schämte, den halb toten Mann, der sich in Sorge um seine Partnerin befand, auch noch unter Druck zu setzen.

Eva nickte bestätigend. »Die gibt es. Ich bringe Ihnen eine Liste. Kennen Sie die Namen?«

»Namen.« Der Mann schluckte. »Und Orte.«

Die Krankenschwester schob sich bedrohlich nah heran. Schlecht stellte sich ihr in den Weg, schien dann aber seine Chancen abzuwägen und drehte schließlich doch bei.

»Ich komme am Nachmittag wieder.« Eva lächelte dem Patienten zu, wobei sie nicht wusste, ob er überhaupt etwas sehen konnte. »Ihre Freundin wird dann vielleicht schon mitkommen.«

Wenn sie denn an sie herankamen. Hoffentlich gab es keine weitere Leiche. Auf der Rückfahrt rief Eva beim zuständigen Revier an, ob sie die junge Frau schon gefunden hatten. Die Sache war ihr ein besonderes Anliegen.

»Wir haben Frau Alexandra Dornstett nicht in der gemeinsamen Wohnung angetroffen«, erklärte der Kollege aus dem Revier nüchtern.

Gut, es war nicht viel Zeit vergangen, aber warum waren die Kollegen nicht gleich nach Wasseralfingen weitergefahren? Hier ging es um wertvolle Minuten. Und da wunderte man sich, dass die Leute sich zum Schutz eher solchen Gruppen anvertrauten.

Schlecht ordnete an, dieses Ziegelhaus in Wasseralfingen zu stürmen, Besitzer und dort arbeitende Frauen zu überprüfen und Dokumente zu sichern. Eva schob das Wort »umgehend« ein und schickte ein Stoßgebet zum Himmel, dass sie noch rechtzeitig helfen konnten.

Während Gerhard betroffen schwieg, schien der LKA-Kollege sich nicht mit Kollateralschäden zu belasten. »Puzzleteil für Puzzleteil«, sinnierte Schlecht mit undurchschaubarer Miene, während er den Wagen auf den Parkplatz des Präsidiums lenkte.

Die frohe Kunde hatte im Präsidium bereits die Runde gemacht: Willners Werte waren stabil, und er war inzwischen aus dem künstlichen Koma erwacht. Das bedeutete jedoch noch keine Entwarnung. Seine Verletzungen waren großflächig und ein Schock oder unentdeckte Entzündungsherde und Blutungen weiterhin jederzeit möglich.

Die Kollegen aus dem Revier nahmen zur Stunde das Ziegelhaus auseinander. Man musste kein Hellseher sein, um zu wissen, dass es hier die wohl aussagewilligsten Opfer im Umfeld des Clubs zu holen gab. Denn diese Frauen verpflichtete nichts zur Verschwiegenheit außer Angst und private Verbindungen. Zumindest die Angst mussten sie ihnen nehmen.

Eva nahm sich die Datenbank vor und suchte nach den fünf Vermisstenfällen, die in weitläufigem Zusammenhang mit dem MC stehen konnten. Sie prüfte, ob eine der Personen inzwischen wieder aufgetaucht war. Fehlanzeige.

Die Liste umfasste fünf Namen, drei Frauen und zwei Männer. Eva nahm sich einen Kaffee und begann, die Lebensläufe der Vermissten und Aussagen von Verwandten zu überprüfen. Ob Kämmerer wirklich wusste, in welchen Fällen der MC verantwortlich war? Er hatte es behauptet, ja. Aus bloßer Sorge um seine Freundin? Da hätte er vermutlich alles erzählt. Wie lange war der junge Mann wohl schon Prospect?

Ein Gedanke bemächtigte sich ihrer. Wer nicht in eine Tat involviert war, wusste nichts über Namen. Kannte er diese Namen also aus einem ganz bestimmten Grund? Ein Schauer lief über Evas Rücken. Es gab nur eine Möglichkeit, es herauszufinden. Sie nahm ihren Schlüssel aus der Tasche.

***

Keine Stunde später saß Eva wieder im Büro, zusammen mit Schlecht. Kämmerer war zum Glück wach gewesen, und die wachsame Krankenschwester, die offenbar einen Narren an ihm gefressen hatte, war zwar in der Nähe geblieben, hatte sie aber gewähren lassen. Der Prospect hatte bei drei der Namen auf der Liste genickt. Alle Personen waren innerhalb der letzten zwei Jahre verschwunden. Ob er die Drecksarbeit gemacht hatte?

Diese Frage hatte sie ihm direkt gestellt. Und keine Antwort bekommen. Dafür hatte er von Kronzeugenschutz angefangen, wenn sie ihn richtig verstanden hatte. Wenn er wirklich auspackte, mit allen Details, dann konnte er den vermutlich bekommen. Aber zuallererst mussten sie seine arme Freundin finden. Die er in diese Lage gebracht hatte, der Mistkerl. Nein. Die sich durch ihre Abhängigkeit von diesem Mistkerl in diese Lage gebracht hatte.

»Bei diesen Namen war er sich sicher«, erklärte Eva und versuchte, die nach der Anstrengung pochende Wunde an ihrem Bein zu ignorieren. »Hatte ich zumindest den Eindruck. Ich hoffe, er hat die Orte, an denen die Leichen entsorgt wurden, nicht nur erfunden, um uns zu beruhigen. Werner Murthum liegt im Steinheimer Becken. Bernhard Huber im Wental, eine Karina, Nachname unbekannt, liegt unterhalb des Hohenrechbergs.«

Schlecht zog die Stirn kraus. »Und das glauben wir?«

»Zumindest wird eine Karina Schier, vierundzwanzig Jahre, aus Vordersteinenberg vermisst. Seit etwa eineinhalb Jahren.« Eva zuckte mit den Schultern. »Wäre leicht zu überprüfen, ob sie wirklich da liegen, oder?«

»Na, leicht …« Schlecht gestikulierte vage mit einem Finger in der Luft. »So ein Einsatz erfordert die nötige Personaldecke. Diese Gebiete sind unübersichtlich, die Hänge schwer zu erreichen.«

»Deshalb liegen die Toten wohl dort«, gab Eva zu bedenken. »Darauf spekulieren sie.«

»Oder eben auch nicht.« Schlecht drehte sich um und ging in Willners Büro. Sie schaute dem großen, schlaksigen Mann nach. Er war ganz schön schnell in die neue Rolle hineingewachsen. Der Bedenkenträger war geblieben, der Listentheoretiker ein gutes Stück zurückgedrängt. Und ganz wie der Chef blieb er Antworten schuldig, wie es denn nun weiterging.

ELF

Die Kletterer ließen sich an den glatten, scharfkantigen Felsen hinab, als würden sie schweben. Ein paar Gerätschaften zur genaueren Untersuchung standen schon abgeseilt auf der etwa zehn Quadratmeter großen Hangebene. Gerhard beugte sich neben Schlecht über eine Wanderkarte, in gebührendem Abstand zum schroff abfallenden Hang. Eva zog Gergle einen Schritt zurück. Sonst hatten sie gleich ihren nächsten Toten.

Die warme Frühlingssonne strahlte durch die noch kahlen Äste am Hohenrechberg, doch kleine Knospen zeigten sich auch hier bereits.

Zwei Spurensicherer unterhielten sich in sicherem Abstand über den neuen Sokoleiter, aber Eva konnte sie hören.

»Der'sch net von doh«, erklärte der eine gerade dem anderen in abschätzigem Tonfall. Er nickte in Richtung Schlecht. »Koh d'r Rechberg net vom Stuifa unterscheiden.«

»Was woiß so an gschleckter Schduargarder von onsere Kaiserberge?«

»A bissle Bildung dät em au ganz guad.«

Eva dachte an Schlechts Aufzug beim Season Opening und grinste. Ein typischer »Schduargarder« war er gewiss auch nicht. Eher ein ganz besonderes Gewächs. Aber immerhin hatte er trotz Zweifeln ein Sonderkontingent herausgeschlagen, mit dem sie die Angaben des Kronzeugen überprüfen konnten.

Inzwischen war auch Kämmerers Freundin wieder bei ihrer Familie. Leider würde sie aufgrund der Vorfälle, der kurzen, aber traumatischen Zeitspanne der Zwangsprostitution, lange in psychologischer Behandlung bleiben müssen. Aber immerhin, sie lebte. Und die anderen Frauen auch, von denen drei nicht einmal Deutsch sprachen und bestimmt nicht damit gerechnet hatten, jemals wieder zu ihren Familien heimkehren zu können. Was ihnen dort in Rumänien in absoluter Armut drohte, darüber wollte Eva ebenfalls nicht nachdenken. Doch die Frauen sprachen mit ihnen, mit Hilfe von Übersetzerinnen, und nun hatten sie die Handhabe, die Mistkerle hier, die sich am Leid der Frauen bereicherten, endlich dranzukriegen.

Die Teams, die die Leichen im Wental und im Steinheimer Becken suchten, waren ebenfalls gleich in der Früh aufgebrochen. Aufgrund möglicher Verflechtungen einzelner Kollegen der Reviere mit dem MC war die Aktion tatsächlich unter strengster Geheimhaltung angelaufen. Nicht, dass es für Verräter in den eigenen Reihen Indizien gegeben hätte, aber Schlecht ließ Vorsicht walten. Auch wenn er nach wie vor nicht sicher war, etwas zu finden.

Noch hatten die Kletterer nichts gefunden, doch Eva spürte intuitiv, dass sie sich in Arne Kämmerer nicht getäuscht hatte. Die blanke Panik in seinen Augen. Er hätte ihnen alles verraten, nur um Alexandra zu retten. Auch die Dinge, die ihn selbst belasteten. Die konnte er jetzt dem LKA erzählen. Blieb nur zu hoffen, dass er geläutert war und in Zukunft die Finger von kriminellen Gesellen ließ.

Eva war mit den Spurensicherern zu einer Stelle mit besserer Sicht gegangen. Höhenangst durfte man hier nicht haben. Die jungen Bäume, die zaghaft ihre Stämme aus dem Hang in die Höhe streckten, nahmen die Angst vor einem Abrutschen, vor dem Sturz in die Tiefe ein wenig. Sie täuschten Sicherheit vor, die es zwar nicht gab, die das Gehirn aber ablenkte. Bei Eva funktionierte der Trick. Von hier aus konnten sie besser zusehen, wie die Suche vonstattenging.

Die Kletterer hatten das untere Drittel des Felsens erreicht und lösten ihre Gurte bereits. Leise Abstimmungsrufe verrieten höchste Konzentration. Das Gestrüpp dort unten schien dicht und undurchdringlich. Wäre ein Körper auf den Ästchen liegen geblieben? Vermutlich nicht. Er wäre eingesunken wie Kirschen in den Kuchenteig. Wenn nicht gerade Wald- oder Hangsicherungsarbeiten an diesem speziellen Abschnitt stattfanden, ein todsicheres Plätzchen, um jemanden verschwinden zu lassen.

»Wie oft kommt es vor, dass Opfer an solchen Orten gefunden werden?«, fragte Eva den grauhaarigen Kollegen.

»So gut wie nie.« Er lachte. »Wer kommt auf die Idee, hier zom suchen? Wenn mir einen Hinweis hend, dass Person XY am Rechberg wandern war und nicht mehr hoimkomma isch, dann schauet mir natürlich genau. Aber dann send etwaige Spuren au noch frisch, also abbrochene Zweige oder Schuhabdrück am Boden.«

»Hend Sie gwusst, dass man aktuell im Bodensee um die hundert Tote vermutet?«, fragte der andere.

Eva schaute den Kletterern zu, die jetzt mit Scheren bewaffnet die Büsche ausschnitten. »Historische Leichen?«

»Noi. Erschd seit 1947, wenn ich's richtig im Kopf han.«

»Das ist doch nicht möglich.«

»Temperatur ond Wassertiefe.« Der andere zog die Augenbrauen hoch. »Der Druck hält se unten.«

»Und nur die, die gleich hochkommen, findet man wieder«, vermutete Eva.

Der Ältere nickte. »Wegen der Faulgase.«

»Und unsere Seen hier?«

Der Jüngere schüttelte den Kopf, als einer der Kletterer unter lautem Krachen den Stamm eines alten Busches aus dem Boden löste. Und dann laut fluchte.

»Der Aichstrutsee oder der Eisenbachsee, die hend gar net die nötige Tiefe für a solche Dynamik«, beruhigte der Beamte. »Genauso wie der Ebnisee mit maximal sieben Meter.«

Nun begannen die Kollegen am Hang, den Boden mit rechenartigen Werkzeugen abzusuchen. Eva entdeckte die Gurte, die sie an einem der Bäume sicherten. Noch kein Hinweis. Unterhalb des Abhangs ging es zwar noch mal über achtzig Meter runter, aber der kleine Wald, an den ein Feld anschloss, bot kein Versteck für einen menschlichen Körper. Dicht am Berg führte ein intensiv genutzter Feldweg entlang.

Nein, wenn jemand ein Opfer hätte entsorgen wollen, dann kamen unterhalb der Ruine Hohenrechberg genau drei Stellen in Frage. Diese hier erschien den Fachleuten am geeignetsten für eine schnelle Entsorgung, deshalb hatten sie sie für den Beginn ihrer Suche ausgewählt. Von einem Parkplatz führte ein Laufweg etwa zweihundertfünfzig Meter herüber. Zwei starke Personen konnten ein Opfer an einem ruhigen Tag problemlos herübertragen, ohne Aufsehen zu erregen.

Karina, wo bist du? Und warum mussten sie dich loswerden? Den Unterlagen nach wusste niemand aus ihrer Familie von Verstrickungen mit dem MC. Eigenartig. Ob Kämmerer vielleicht doch gelogen hatte? Lautes Gemurmel vom Abhang riss Eva aus ihren Gedanken.

»Schaut so aus, als ob sie was hend.« Der Ältere beugte sich nach vorne.

»A Guck«, kommentierte der andere. »Illegale Müllentsorgung.«

Oder Leichenteile? Eine Trage wurde den Hang hinuntergelassen, aber noch ehe die Tüte zu ihnen heraufgehoben wurde, war klar, dass es sich um falschen Alarm handelte. Sie enthielt geschwärzte Alufolie, eine Ketchupflasche mit grünschimmligem Inhalt und Servietten, deren Kompostierung sich bereits in fortgeschrittenem Stadium befand.

Doch das Gemurmel der Kollegen brach nicht ab. Gemeinsam hockten sie vor der Stelle, an der sie schon die Grillreste unter einer Laubschicht gefunden hatten. Ihre Klappspaten senkten sich schneller und schneller in die Erde, dann nahm einer einen Malerpinsel, um etwas abzukehren. Der andere hob den Kopf und winkte.

***

»Nichts, nichts und noch mal nichts.« Frustriert warf Eva im Präsidium ihren Kugelschreiber vor sich auf den Tisch.

»Kann es so schwer sein, die Herkunft einer Handgranate herauszufinden?«, fragte Gerhard.

»Die Herkunft nicht, unsere Granate stammt aus alten DDR-Beständen. Dumm nur, dass keine Pulverrückstände an den Händen möglicher Verdächtiger zu finden wären. Und ohne Verdacht auch keine Vorladung«, knurrte Eva.

Sie blätterte Schlechts Bericht durch. Der Kollege war schon wieder zu einer Durchsuchung aufgebrochen, diesmal zu einem kleinen Supporterclub der Eastriders im Nachbarkreis. Von dem vermutlich ebenso wenig zu erwarten war, aber gerade jetzt mussten sie Präsenz zeigen. Trotz allem würde sie jetzt in den Feierabend gehen, um wenigstens ein bisschen Pause zu haben.

***

Die Markthalle in Schwäbisch Hall war am späten Dienstagnachmittag gut besucht, trotzdem hielt sich der Lärm in Grenzen. Eva ließ ihren Blick über die frischen Waren in den Auslagen gleiten. Es war Toms Idee gewesen, sich hier zum späten Frühstück zu treffen. Ein Kollege hatte ihm den Tipp gegeben.

Natürlich hatte sie den Ausflug genutzt, um an der Agentur von Josefine von Trachs Vater vorbeizugehen. Sie hatte die Adresse nahe dem Kocher schnell gefunden. »Signature Looks« nahm offenbar den kompletten zweiten Stock eines Bürogebäudes ein. Das, was von außen durch die Fenster zu sehen war, wirkte zurückhaltend, schick. Und mit Sicherheit auch teuer. Aber was hätte sie dort tun sollen, außer die Familie von Trach näher in Augenschein zu nehmen?

Die ungenaue Eingrenzung des Todeszeitpunktes von Paul Deutz machte eine Recherche nach Josefines Alibi nahezu wertlos, außerdem wohnte das Mädchen ja nicht hier, sondern in Schwäbisch Gmünd. Und sie wirkte bei Weitem nicht ausgebufft genug, um ein solches Verbrechen zu begehen, allein schon aus Gründen der Kraft nicht.

Thorsten Häussler war gestern nicht zu seinem Termin erschienen. Sie hatten schon am Abend eine Streife nach ihm geschickt, aber weder war er in den letzten Tagen von seiner Familie gesehen worden noch von Konstantin Behrenheim oder Josefine von Trach. Der Professor hatte sogar verhalten aggressiv reagiert, er schien ebenfalls anzunehmen, dass sein Student abgetaucht war. Warum er so reagiert hatte, dazu konnte man eins und eins zusammenzählen. Doch ob Thorsten ihm Drogen verkaufte, darauf hatte Behrenheim gar nicht geantwortet.

Trotz der – leider spärlichen – Funde in der Studentenwohnung brauchten sie Häusslers Aussage.

Immerhin waren die Ermittler in Sachen Vermisste auch im Wental fündig geworden, obwohl sich die Suche hier als besonders knifflig erwiesen hatte. Gerhard hatte ihr eine SMS geschickt. Eva war gespannt auf die ersten Auswertungen, die sie vielleicht schon am morgigen Mittwoch haben würden.

Weiter hinten an der Kaffeetheke entdeckte sie Tom. Bis weitere Ergebnisse da waren, konnte sie die Überstunden mit einem nicht ganz so späten Feierabend wenigstens halbwegs in Grenzen halten.

Nach dem Granatenangriff und dem Geständnis von Kämmerer hatte der Staatsanwalt eine Fangschaltung ins Vereinsheim des MC bewilligt. Und die Auswertung der Mobildaten der Führungsriege der Eastriders. Doch welche Kanäle für die Abwicklung der wirklich wichtigen Aktionen benutzt wurden, war nicht sicher. Mit Sicherheit kein offiziell gemeldetes Handy.

Eine Durchsuchung des Clubs hatte Schlecht nicht beantragt. Vorerst. Er wollte zunächst hören, was vor sich ging. Ob sie damit wertvolle Zeit verspielten? Nein, vermutlich war dies die richtige Taktik, um keine schlafenden Hunde zu wecken. Wenn die jemals geschlafen hatten.

Sie drückte Tom einen Kuss in den Nacken. Er drehte sich zu ihr um und nahm sie in den Arm. »Du kommst genau rechtzeitig. Auch 'ne Zitronenrolle?«

Eva nickte und bestellte einen Cappuccino dazu. Als sie auf der Empore Platz genommen hatten, fiel ihr der besorgte Zug um seine Mundwinkel auf.

»Hast du dir noch mal Gedanken gemacht?«, kam er gleich zum Thema, während sich seine Kuchengabel in die weiche Biskuitrolle drückte.

»Gedanken?«, fragte Eva. Dann fiel ihr wieder ein, um was es ging. Doch Toms Umzug war gerade ihr kleinstes Problem – und damit vermutlich gleichzeitig das größte, denn verärgern wollte sie ihn natürlich nicht. Der Eigenbedarf seiner Vermieter saß ihm wirklich im Nacken.

Sie kaute auf der wunderbar leichten Biskuitrolle. »Bis wann musst du draußen sein?«, fragte sie.

»Ende nächsten Monats. Ich dachte, wenn ich übergangsweise zu dir ziehe, können wir von da aus zusammen suchen.« Seine Augen suchten ihr Gesicht nach einer Reaktion ab. »Also, wenn wir schon so weit sind natürlich.«

Eine gute Frage. Eva nahm einen Schluck Cappuccino und versuchte, ihr Bauchgefühl zu überprüfen. Einerseits war es ein großer Schritt. Andererseits, vielleicht würde es ganz gut funktionieren zusammen.

Tom war kein Chaot, im Gegensatz zu ihr, und so ähnlich sie sich sonst waren, im Ordnunghalten ergänzte er sie eher. Und doch fühlte sie sich, als ob er ihr die Pistole auf die Brust setzte. Ausgerechnet jetzt. Die Knochen, die zur Stunde ausgewertet wurden. Willner auf der Intensivstation, wo er nach wie vor um sein Leben kämpfte. Und dann noch private Sturmwarnung.

Doch Tom konnte schließlich auch nichts dafür. Sie lächelte. Er zwinkerte zurück, aber etwas an seinem Blick verriet, dass sie ihn mit ihrer aufgesetzten Fröhlichkeit nicht ganz überzeugt hatte.

Sie schwiegen und schauten hinunter auf das bunte Treiben in der Markthalle. Eben war ein Schwung älterer Damen hereingekommen und diskutierte lautstark über das heutige Kuchenangebot. »I hätt gern so an Träubleskucha«, beschied eine Seniorin mit besonders durchdringendem Organ.

Eine andere meinte mit Blick auf die gegenüberliegende Theke: »Ha, so an saftiger Schinken wär au ebbes Feines. Wisset Se, mir mached an Ausflug, da muss mer sich schdärka.«

»Mir hen heut au Deiede im Angebot.« Die Verkäuferin zeigte in die Auslage.

Eva lief das Wasser im Mund zusammen, aber die Zitronenrolle forderte ihre ganze Aufmerksamkeit. Zudem hatte Tom ihr abgetrotzt, einen Abstecher in die aktuelle Ausstellung des Würth-Museums zu machen.

Immer noch wartete er auf eine Antwort. Es lief ja alles gut mit Tom, und irgendwie fühlte es sich auch richtig an, den nächsten Schritt zu tun. So lauschte sie seinen Plänen über einen sinnvollen Wohnungsgrundriss und wunderte sich darüber, selbst so gar kein Bild vor Augen zu haben. Zwischen den letzten beiden Bissen Zitronenrolle wurde ihr bewusst: Sie war tatsächlich noch nicht bereit. Ihre Wohnung war toll, ruhig gelegen am Straßdorfer Berg. Die würde sie noch nicht aufgeben. Alles andere würde sich mit der Zeit schon ergeben.

Tom strich mit seinen rauen Fingern über ihre Hand. Die Härchen ihres Arms stellten sich auf, und sie lächelte, als sie ihm den Vorschlag machte. Vielleicht war es die beste Idee, das Zusammenwohnen erst einmal zu testen. So lange, bis er eine eigene Wohnung gefunden hatte. Auf dem engen Raum ihrer Zwei-Zimmer-Wohnung würden sie schnell merken, ob es funktionierte oder nicht. Das warme Gefühl in ihrem Bauch war ein gutes Zeichen. Mussten nur noch die Vermieter mitspielen.

***

Seine zitternden Finger suchten die Nummer im Google-Eingabefeld des Handys. Leise erklang das Freizeichen im Lautsprecher, bis schließlich eine Stimme antwortete. »Präsidium Aalen?«

»Guten Tag.« Seine Stimme hörte sich kratzig an. Als wäre er ein Verbrecher, der der Polizei einen Mord beichten wollte. Nein, hoffentlich kein Mord.

»Ja?«, fragte die Stimme genervt.

»Ich vermisse einen meiner Studenten. Sie müssen was tun.«

»Wissen Sie, wie viele Vermisstenmeldungen am Tag …?«, seufzte die Stimme. »Außerdem müssen Sie in diesem Fall das örtliche Polizeirevier benachrichtigen, nicht uns. Hier ist das Präsidium.«

»Das sagten Sie bereits.« Behrenheim presste eine Hand auf seine Augen, erst dann sprach er weiter. »Es gibt einen Grund, dass ich bei Ihnen anrufe. Vielleicht besteht zwischen dem Vermisstenfall und dem Mord an Paul Deutz ein Zusammenhang.«

***

Elvira Schloh goss eine letzte Tasse Tee für heute ein, dann füllte sie den Rest aus der Kanne in eine zweite, die sie an den Platz von Gerhard Vollrath brachte. Wenn einer guten Tee zu schätzen wusste, dann er. Seine Tasche stand am Platz, er war noch nicht im Feierabend. Die Lindenblüten stammten von ihrem eigenen Hof, die hatte sie im letzten Jahr mit ihrem Mann gesammelt, sorgsam gewaschen und getrocknet. Auch das würde der liebe Kollege mit den stets guten Manieren zu schätzen wissen. Doch keine Spur von ihm, also schrieb sie eine Notiz auf einen kleinen Zettel und stellte die Tasse daneben.

Sie ging zurück an ihren Platz und fand den Neuen an ihrem Tisch stehen. Bedächtig schnupperte er. »Was riecht hier so gut?«, fragte Jens Gergle.

»Lindenblütentee mit einem Schuss Zitrone und etwas Honig.« Die Sekretärin fühlte sich geschmeichelt. »Genau richtig für den Abend. Möchten Sie auch eine Tasse? Ich gieße Ihnen gerne noch einmal einen auf.«

Der Neue schien etwas unentschlossen.

»Was gibt es denn?« Frau Schloh schob ihre Brille die Nase hoch und musterte den jungen Mann aufmerksam. Hatten ihn die Kollegen wieder mit etwas gefoppt? Gergle schien Fettnäpfchen anzuziehen und zwei linke Hände zu haben, aber als Sekretärin hatte sie hier so viele kommen und gehen sehen, sie fragte sich schon lange nicht mehr, warum jemand genau diese und keine andere Stelle bekommen hatte.

»Ich soll einen Anruf melden. Es gibt noch einen Vermisstenfall in unserem Mordfall.« Er hüstelte. »Also eventuell. Nach dem Mann wird ja auch gefahndet.«

»Einen Vermisstenfall statt einer Fahndung?« Frau Schloh nahm einen Schluck Tee. »Sollten Sie wirklich probieren!«

»Ein Professor an der Fachhochschule vermisst seinen Studenten.«

Sie zog eine Augenbraue hoch. Eines ihrer drei Kinder, Alexander, studierte Lehramt in Oberbettringen. Wie oft den seine Professoren vermissten? Sie seufzte. Besser, man wusste es gar nicht so genau. Aber sie hatte seine Einliegerwohnung gut genug im Blick, um zu wissen, wann sie klingeln und nachfragen sollte, ob er noch frühstücken wollte, bevor er aus dem Haus musste. Vermutlich bedeutete der Anruf überhaupt nichts.

Andererseits … Sie lächelte warm. Der Bub kam tatsächlich als Erstes zu ihr, zur Sekretärin. »Ja, dann verständigen Sie am besten Herrn Schlecht oder jemanden aus dem Team.«

Gergle machte eine wegwerfende Handbewegung. »Wo sind denn die Kollegen? Frau Brenner geht um vier in den Feierabend, sonst reden alle nur übers Wental, außerdem ist es dann wieder falscher Alarm, und jemand schimpft über wertvolle Zeit, die man anderweitig hätte investieren können.«

»Ach was!« Sie winkte ab. »Bei einer Spur weiß man am Anfang doch nie, ob sie ins Leere führt oder ob es der eine Volltreffer ist.«

Der Neue sah sie nicht gerade überzeugt an. Elvira Schloh nickte aufmunternd. »Suchen Sie seine Adresse heraus, befragen Sie Nachbarn … Das Übliche eben.«

Sie konnte nichts dagegen tun, dass sie den Drang hatte, ihm bei jedem Schritt die Grundlagen zu erklären. Wenn er dieser Sache nachging, fand er vielleicht etwas heraus, vielleicht auch nicht, aber auf alle Fälle hielt er die anderen Beamten so nicht von ihrer Arbeit ab. »Und wenn Sie schon etwas Vorarbeit leisten, bevor Sie Herrn Schlecht unterrichten, bekommen Sie mit Sicherheit Ihr erstes Lob.«

»Der Anrufer hat vom Parler-Gymnasium gesprochen. Da hätte er ihn gesehen. Ist ja gleich bei der Fachhochschule.«

»Dann fragen Sie da auch gleich nach.« Elvira Schloh nickte ermutigend.

Munter trabte der Neue davon. Zur Sicherheit schrieb sie dem neuen Kurzzeit-Chef eine Nachricht. Nicht dass doch noch etwas unter den Tisch fiel bei diesem freundlichen, aber etwas ungeschickten jungen Mann. Dann nahm Sie die Tasse dampfenden Lindenblütentees zwischen ihre Hände und atmete genüsslich ein, während sie der Sonne durchs Fenster beim Untergehen zusah.

***

In der rechtsmedizinischen Abteilung Ulm lag der übliche Geruch nach Desinfektionsmittel in der Luft. Eva hatte sich angewöhnt, jedes Mal vor dem Eintreten durchzuatmen, genau wie bei Krankenhausbesuchen. Und die häuften sich im Moment.

Am heutigen Mittwochabend lag noch ein anderer Geruch in der Luft. Der Duft waldgetränkter Feuchtigkeit, nach Moos, Kompostierung und Erde. Eva entdeckte die Quelle gleich neben dem Edelstahltisch. Ein Eimer mit halb zersetztem Laub. Auf dem Tisch waren die gesäuberten Knochen angeordnet; es schien nicht viel zu fehlen. Schädel, Schlüsselbein, fast alle Rippen, Arme, Handknochen, Becken, Oberschenkel und Unterschenkelknochen. Ein Fuß fast vollständig, vom anderen nur der Knöchel erhalten. Stoffreste. Daneben die üblichen sterilen Werkzeuge. Viel übrig gelassen hatten Tiere, Natur und Jahreszeiten nicht vom Opfer.

»Euer Fund vom Rechberg.« Noch standen die Tests aus, doch Dr. Gantner ging von einer Frau aus. Die Knochen waren bereits ausgezehrt und ein Teil ihres Baustoffs, der Kalk, in den Boden übergegangen, aber der Leiter der Rechtsmedizin grenzte das Alter des Opfers aufgrund des Zahnzustandes auf die frühen Dreißiger ein.

»Ist natürlich nur meine bescheidene Ersteinschätzung«, setzte er wie immer hinzu, wenn er sich eigentlich zu hundert Prozent sicher war und Lob erwartete. »Wie geht es denn unserem Kriminaloberrat?« Der Blick des massigen Mannes war betroffen.

»Er wird wieder. Seit gestern ist er ansprechbar«, antwortete Eva knapp, bevor er noch mehr fragen konnte. Diese Nacht hatte sie fürchterlich geträumt. Schuldgefühle konnte man allein mit Rationalität nicht ausräumen. Erst wenn geklärt war, woher die Täter wussten, dass sie sich an diesem Abend bei Kurt Willner getroffen hatten, sie, Regina und der Chef, hatte sie wieder Ruhe.

Dr. Gantner bedachte Eva mit einem langen Blick, dann wandte er sich wieder den Knochen zu.

»Vom Steinheimer Becken haben wir noch nichts, da wollen sie noch mal an einer anderen, schlecht zugänglichen Stelle suchen. Aber das hier ist der Fund vom Wental.« Er öffnete eine Kühlkammertür, zog eine Liege heraus und deutete auf einen schwarzen Leichensack. »Eine Menge Arbeit habt ihr uns da reingebracht.« Er zwinkerte. »Kriegt ihr sie damit denn dran?«

Eva wollte antworten, dann hielt sie inne. Warum klang die Frage so theoretisch? Gantner, ein Mann mit Erfahrung, weit in seinen Fünfzigern, war vor zwei Jahrzehnten aus dem Ruhrpott hierhergewechselt. »Haben Sie ähnliche Fälle bearbeitet?«

Er wiegte den Kopf hin und her und zeigte ein sentimentales Lächeln. »Beweise ... Am Ende liegt es immer an den Beweisen.«

Sie gingen hinüber zu den Stoffresten. »Verstehe«, sagte Eva. »Wie wollen Sie hier fremdes Genmaterial extrahieren – ist es das, was Sie sagen wollen?«

Gantner nahm ein Plastikpäckchen mit teils undefinierbaren Resten von Zivilisation. Eva meinte, zwischen viel Erde ein altes Feuerzeug zu erkennen. »Zigarettenfilter zum Beispiel halten sich im Boden über Jahre. Giftiges Zeug. Aber nur mit viel Glück finde ich darin noch zuordenbare DNA, die ich dann mit noch viel mehr Glück einem potenziellen Täter zuordnen kann.«

»Das heißt, im Ordner wird stehen: Todesursache unklar.«

Gantner wiegelte ab. »Bei diesem Opfer haben sich Gewebereste erhalten. Vielleicht kommen wir hier weiter und finden Spuren möglicher Täter.« Sein betont aufmunternder Blick verhieß eher das Gegenteil.

»Mit was haben wir es Ihrer Meinung nach zu tun?«

Er zuckte mit den Schultern. »Unfall, natürliche Todesursache ... Es könnte sich auch ganz lapidar um Selbsttötung handeln.«

ZWÖLF

Die Eröffnung des neuen Ellwanger Kinderhauses am Karl-Wöhr-Platz am Freitag hatte etwas von einem Jahrmarkt. Neben Würstchenbude und Eiswagen gab es Karussell, Hüpfburg und Bällebad, weiter drüben beim Spielplatz sogar ein kleines Kinozelt.

»Der Drogentest bei Josefine von Trach war übrigens negativ«, fiel Gerhard gerade ein. Den größten Teil der Fahrt hatte er von den Ermittlungsergebnissen im privaten Umfeld des Opfers Paul Deutz erzählt, von der Suche nach dem Erzeuger, zwar sehr ausführlich, aber leider ohne jedes Ergebnis. »Glaubst du, sie könnte mit Pauls Tod zu tun haben? Oder diese Romy?«

»Deutet nichts auf ein Motiv hin bisher. Gergle hat vorhin im Präsidium etwas von einem vermissten Studenten an der FH erzählt. Häussler hat sich wohl tatsächlich abgeseilt.«

»Hab ich mitbekommen. Behrenheim muss ganz aufgelöst angerufen haben. Er ist wohl inzwischen der Meinung, seinem Studenten wäre etwas zugestoßen.«

»Hältst du das für realistisch? Dem gehen wohl eher seine Drogen aus. Auch wenn er es abstreitet, ich halte es nicht für abwegig, dass Thorsten nach Pauls Studienabbruch dessen Geschäfte übernommen hat. Und jemanden anders hat Behrenheim nicht, also wird er jetzt panisch.«

Gerhards Antwort ging im allgemeinen Trubel unter. Sie blieben am Rand des Platzes stehen und beobachteten das Treiben. Die halbe Stadt war auf den Beinen. Kinderlachen, Gesprächsfetzen. Die Handvoll Rocker fiel nicht unbedingt auf, man konnte sie in ihren dunklen Klamotten inmitten des bunten Trubels fast übersehen. Mirza Arslanlar lehnte am Bierstand in ungewohnter Vertrautheit neben Holger Kipp. Beide lächelten, als gelte es, die Kommunalwahl zu gewinnen.

»Wird dieses Fest wirklich vom Eastriders MC finanziert?« Gerhard konnte es kaum glauben.

Eva nickte. »So steht es zumindest auf der Homepage. Sogar Werbung in der Zeitung machen diese Kriminellen.«

»Und statt unserer Kollegen patrouilliert eine private Security-Gesellschaft, die sonst vermutlich die Schutzgelderpressung übernimmt. Wie praktisch.«

Eine Gruppe Kinder mit ihren Erzieherinnen erschien im Eingang des neuen Kinderhauses, eines hellen, freundlichen Gebäudes in dezenten Pastellfarben. Der Reporter der örtlichen Presse zückte die Kamera und winkte Holger Kipp dazu. Der hünenhafte Glatzkopf platzierte sich gut gelaunt inmitten der johlenden Schar. Eva erinnerte das raubtierhafte Grinsen eher an einen Alligator als an einen lieben Kindergartenonkel.

Sein Vice Arslanlar ließ die Gelegenheit ebenfalls nicht verstreichen. Er positionierte sich auch ohne Einladung am anderen Rand der Gruppe, die Arme verschränkt, was seine kapitalen Tätowierungen an beiden Armen hervortreten ließ. Im Gegensatz zu seinem President wirkte sein Lächeln echt und sympathisch. Weder Kindern noch Erzieherinnen schien die Anbiederung der beiden etwas auszumachen. Im Gegenteil. Freudiges Gejohle erklang, als Arslanlar bunte Lollis aus einer Jackentasche zauberte. Was für Bilder für die Presse.

Stulli, der bullige Sergeant at Arms mit dem raspelkurzen Haar und den schrecklichen Tattoos, stand am Rand und starrte mit verschränkten Armen finster vor sich hin, als ob er Kipps Wachmann wäre. Fassungslos schüttelte Eva den Kopf. Der sah aus, als ob er Lust hätte, gleich mit der Pumpgun in die Menge zu feuern. Wenn man es positiver formulierte, passte Stulli zu einer Kindergarteneröffnung wie ein Rettich in eine Eistüte.

Als die Gruppe sich auflöste, folgte Eva einer der Erzieherinnen. »Darf ich Sie etwas fragen?«

Die Frau sah sie an. »Ja, gern! Sind Sie eine der Mütter?«

»Ich frage mich, wieso der Eastriders MC die Eröffnung des Kinderhauses sponsert.« Eva gab ihrer Stimme einen freundlichen, neugierigen Klang.

Die Frau kicherte. »Sami, d'r jüngste Sohn der Familie Kipp, kommt in unsere Gruppe. Sein Vater hat von den finanziellen

Herausforderungen d'r Stadt ghört, was die Ausstattung angeht, und kurzerhand d'r Außenbereich übernommen.« Sie wies auf eine großzügige Grünfläche hinter dem Neubau, die von Spielgeräten übersät war. »Und sogar a Belüftungsanlage.«

»Ist das denn juristisch möglich, dass ein Verein solche Einrichtungsgegenstände bezahlt? Für eine städtische Einrichtung?«, fragte Gerhard, der nun dazugetreten war.

Die Frau stemmte die Arme in die Hüften. »Semmer doch froh! Die Alternative wäre, dass es eben nix gibt. Die Gelder wurdet uns aufgrund unerwarteter Probleme bei denna Bauarbeiten einfach 'kürzt. Die habet vergessa, a Drainage zu legen. Und wo nimmt mer 's Geld her? Genau. Mer kürzt bei den Spielgeräten.«

Mirza Arslanlar hatte sie entdeckt und kam mit seinem einnehmenden Lächeln auf sie zu, wobei er es schaffte, nebenbei ein paar Kinderköpfe zu tätscheln.

»Bier und Würstchen aufs Haus?« Seine Hand legte sich auf Gerhards Schulter, dessen Gesicht nur unmerklich zuckte. Auch Eva biss sich auf die Lippe. Keinen Kommentar, nur nicht Gefahr laufen, mehr Verdacht zu erregen als nötig.

»Danke, aber im Dienst dürfen wir nicht«, antwortete Gerhard mit seiner neu entdeckten tief-männlichen Stimme und straffte den Oberkörper. Obwohl er Rücken hatte. Wenn das Carola sehen würde!

Eva grinste und fing Holger Kipps Blick auf, der in einiger Entfernung stand und sie finster musterte. Aalglatt und distanziert. Jaja, das kannte sie schon. Ein Rocker sprach nicht mit seinem Erzfeind, der Polizei. Mit Sicherheit hatten solche unterschiedlichen Ansichten intern schon Verwerfungen verursacht. Und jetzt führte Mirza auf der Veranstaltung seines Chefs genau diesen vor, indem er nicht nur mit der Polizei sprach, für jeden sichtbar, sondern auch sonst sympathischer und nahbarer wirkte.

Täuschte sie sich, oder schaute Kipp so, als suche er nach Verletzungsanzeichen? Warum nur hatte sie das Gefühl, er wusste von dem Granatenanschlag? Und was war mit Arslanlar? Unauffällig musterte sie ihn.

Doch hier war verräterische Mimik Fehlanzeige. In der Stimme des Vice Presidents lag Begeisterung, als er erzählte, welche Feste sie in den letzten Jahren unterstützt hatten. Die Stadt verließ sich also auf die sozialen Gefälligkeiten des MC, plante sie inzwischen vermutlich schon ein.

Die Situation erinnerte Eva wieder an das inzwischen aufgelöste Hannoveraner Hells-Angels-Charter. Nicht nur, dass man sich jahrelang darauf verlassen hatte, dass die Gesellen selbst für Ruhe im Kiez sorgten. Nein, schöne Nachbarschaftsfeste wurden auch organisiert. War doch alles transparent, und dass alle sich liebhatten, konnte jeder sehen. Schwer vorstellbar, dass diese Praktiken jetzt hier im beschaulichen Baden-Württemberg angekommen waren. Granatenangriffe auf Feinde auf der einen, Kinderhaussponsoring auf der anderen Seite.

Die Stimmung, die in der Luft lag, war freudig, friedlich – und absolut falsch. Ausgelassene Kinder, begeisterte Eltern und Erzieherinnen, eine beglückte Oberbürgermeisterin, die die Meriten auf ihr Konto buchte und sich eben mit stolzgeschwellter Brust für ihre Rede rüstete. Bereit, aufs Podium zu steigen und die Lorbeeren für dieses Luxus-Kinderhaus zu übernehmen. Zwischen den Menschen einzelne dunkle Gestalten des Clubs, lauernd und wach, sympathieheischend.

Es standen etwa zehn chromglänzende Harleys am Rand des Festplatzes. Sogar sie gingen unter im Knallbunt des Festes, genau wie ihre Besitzer. Doch in diesem Moment zuckte Eva zusammen. Tibor Harani stand weiter drüben bei der Zuckerwatte und unterhielt sich mit einem Vertreter der Stadt.

Sie zog sich in die Menge zurück. Wenn er auf irgendeine Weise Lunte gerochen hatte – bei ihrer dummen Verfolgungsaktion oder Reginas doppeltem Spiel –, dann hatten sie es hier mit dem mutmaßlichen Granatenwerfer zu tun oder zumindest mit einem Mitwisser. Dem musste sie nicht unter die Augen treten, Kipp würde ihn früh genug informieren. Ganz egal, was sie vorgaben, hier zu tun, wenn Harani sie gesehen hatte, wusste er, warum sie da waren. Willner, Regina. Ihre Beinwunde. Wie würde er reagieren? Dieses Arschloch. Und doch hatten sie nichts in der Hand. Es konnte genauso gut jemand ganz anders gewesen sein. Kipps seltsamer Blick ersetzte keine Beweise.

Schrill kreischte die Rückkopplung des Mikrofons über den Platz. Die Oberbürgermeisterin räusperte sich.

»Ich habe genug gesehen.« Gerhardt wandte sich mit immer noch perfekt neutralem Blick zum Gehen. »Bevor ich nicht mehr lächeln kann.«

Die Erzieherin von vorhin drückte Eva einen roten Luftballon mit Eastriders-Schriftzug in die Hand. »Für Ihre Kinder!«

***

Eva ließ den Luftballon an die Decke des Büros schweben. Das Logo mit der aufgehenden Sonne hatte sie mit einem Edding-Stift durchgestrichen. Wenn der Ballon den Boden erreicht hatte, weil die Luft raus war, schwor sie sich, würden sie den Fall gelöst haben.

Schlecht hatte eine Besprechung anberaumt. Für seine Verhältnisse wirkte er nervös und kurzatmig. »Wir haben Hinweise, dass MC-intern ein Putsch geplant ist. Die junge Riege um Arslanlar ist unruhig«, begann er ohne Umschweife und übergab an einen Kollegen von der IT, der die bisherigen Abhörprotokolle ausgewertet hatte. Listen mit Nummern flimmerten über den Beamer.

Arslanlar. Der, der vorhin demonstrative Zugehörigkeit mit Kipp demonstriert hatte, um dann beim Posieren fürs Kinderhaus-Foto gleich wieder an seinem Thron zu sägen.

»Ich komme zu den Kanälen, die sie nutzen«, sagte der ITler. »Prepaidhandys und wechselnde SIM-Karten sind leider immer noch an der Tagesordnung, übers Ausland kommt man noch locker an sie ran. Wenn man zumindest ein bisschen was im Hirn hat, kann man sie auch sinnvoll nutzen.« Er machte eine Pause und rief lächelnd eine andere Folie auf. »Genau daran hapert es manchmal bei unseren Möchtegernrockern.«

Er fasste die Vorgänge zum Glück verständlich zusammen: Man konnte sich Prepaidkarten mit falschen Identitäten übers

Ausland kaufen oder gebraucht über eBay. Nur waren sie dann eben auf die Identität des Vorbesitzers zugelassen. Auf diese Weise war es deutlich einfacher, an den derzeitigen Besitzer zu kommen.

Die Kollegen lachten über die Anekdote, dankbar dafür, dass die Komiker aus der Möchtegernrockerszene etwas Witz in den düsteren Fall brachten.

Ein anderer ITler erklärte die Grundlagen ihrer Auswertung, doch bevor Eva abschalten konnte, kam er schon zu Mitgliedern einer Bande aus Berlin, was sie aufhorchen ließ. Die Capital Riots fühlten sich dem Rockermilieu zugehörig, grenzten sich jedoch andererseits durch eigene Regeln klar ab. Die Bezeichnung »Motorradclub« sparten sie sich, vermutlich wohl wissend, dass keiner von ihnen jemals den Motorradführerschein bestehen würde. Dafür trumpften die Berliner ansonsten auf, als wären sie die Größten.

Die kleine Präsentation über die Capital Riots, die der Kollege erstellt hatte, zeigte Sportwagen, fies dreinblickende, aufgepumpt wirkende Gesellen mit Diamantzähnen, Tätowierungen, Machogehabe, Goldketten und den zugehörigen wasserstoffblonden Dummchen mit tiefschwarzem Haaransatz und »gänzlich getuntem Chassis«, wie Jens Gergle neben ihr amüsiert raunte. Wieder einmal fragte sich Eva, wieso sich der Staat so offensichtlich auf der Nase herumtanzen ließ.

Doch für ekelhaftes Auftreten allein konnte nun mal keiner weggesperrt werden. Die Veränderungen in der kriminellen Szene passierten rasend schnell, wie sollte der Beamtenapparat da hinterherkommen? Neue Zeiten, die neue Regeln erforderten, die wiederum erst noch definiert werden mussten. Jede einzelne. Und die die bisherige Freiheit einschränken würden für alle, auch für die ganze große Masse, für die, die sich regelkonform verhielten.

Die unterschiedlichen Kommunikationskanäle, die Verwendung türkischer Nachrichtenapps sowie eine Informationsweitergabe übers Darknet beherrschte die Gruppe ganz gut, wie verschiedene Abhörprotokolle ergaben. Nur eben nicht alle und nicht immer. So hatte der IT-Kollege einen ziemlich eindeutigen Chatverlauf zwischen zwei offensichtlich besonders gescheiten Zeitgenossen gefiltert.

– Wird zeit, dass wir die kollegen plattmachen und zeigen, wozu wir fähig sin.

– plan steht, akhi. Machen den weg und dann kann Ibra kommen.

– die halten sich echt für gut denen zeigen wirs.

– keine gefangenen.

»Das ist ein Chat zwischen einem Ellwanger Spezi und einem Berliner. Die Frage ist jetzt: Zu was verabreden sich die beiden da genau? Wo soll es keine Gefangenen geben?«, fragte Schlecht.

»›Ibra‹ können wir mit ziemlicher Sicherheit identifizieren. Bei Ibrahim Benhanace handelt sich um den Sohn des arabischen Clanchefs Joachim Benhanace. Lacht nicht, der heißt wirklich so. Vermutlich nur zu fünfzig Prozent arabisch. Ziemlich einflussreich im Bezirk. Der Vater gilt als geschickter Verhandlungspartner und Vernetzer der Berliner Clans.«

»Was will Joachims Sohn dann hier?«, fragte Gerhard.

»Ein Stück vom Kuchen, ganz offensichtlich.«

»Der Kuchen bei uns ist ja noch nicht mal angeschnitten«, bemerkte Eva.

»Da sind sie gerade dabei, wie es aussieht.« Schlechts Miene verdunkelte sich.

»Was planen sie? Eine Machtdemonstration?«

»So schwer es mir fällt, Mitleid zu empfinden … Es scheint, dass die alte Garde des Motorradclubs in Gefahr ist.«

Ein Beamter klopfte an die Tür und holte Schlecht aus der Besprechung.

Eva ließ sich das Gehörte durch den Kopf gehen. Musste Kipp tatsächlich schwitzen? Wenn sie an ihren Besuch im Vereinsheim dachte, ergab die Sache Sinn. Der President ahnte vermutlich bereits, dass an seinem Stuhl gesägt wurde. Doch war er sich auch über die Ausmaße im Klaren, über die Gewalt, mit der die Neuen ihre Pfründe sicherten? Vermutlich nicht im Geringsten.

Zur Stunde warteten sie auf Rückmeldung eines verdeckten Ermittlers, den die Berliner Kollegen in der Szene platziert hatten. Mit etwas Glück würden sie Informationen zugespielt bekommen, ohne den MC hier aufzuscheuchen. Es war schwer, Mitgefühl mit der Bande zu haben.

»Im Mordfall haben wir eine weitere Spur«, übernahm derweil einer der Spurensicherer.

»Gehört das nicht alles zum Mordfall?«, fragte Gerhard.

»Ich bin mir nicht sicher«, antworteten der Kollege und Eva gleichzeitig. Die beiden bedachten sich mit einem prüfenden Blick.

»Einhelligkeit ist immer gut.« Gerhard zwinkerte. »Wie kommen Sie darauf? Die Kerle haben so viel Dreck am Stecken.«

»Sie zuerst.« Der Kollege nickte Eva aufmunternd zu.

»Ich bin der Meinung, der Mord an Paul Deutz passt nicht zur Gangart des Motorradclubs und zu allem, was wir Stand heute wissen«, erklärte sie.

Schlecht war wieder zu ihnen gestoßen und wartete mit verschränkten Armen an der Tür. Offensichtlich hatte er ihr Gespräch mitgehört. »Und Stand jetzt bin ich ebenfalls der Meinung. Außerdem zeigen uns die Kameras etwas anderes.« Damit winkte er sie zu sich.

Gerhards Blick traf den von Eva, als sie sich erhoben. »Was für Kameras?«, flüsterte er.

In Kurt Willners Büro stand ein aufgeklappter Laptop auf dem Schreibtisch. Felix Schlecht bedeutete ihnen, sich zu beeilen. »Unser Käpsele Herr Gergle hat sich darum gekümmert. Wie Sie wissen, hat der Dozent der Fachhochschule das Präsidium gestern Abend benachrichtigt, dass sein Student vermisst wird. Und zwar der, nach dem wir seit Montag fahnden. Bahren-, Buhren-, Bierheim, etwas in der Art. Richtig?«

»Der Dozent Professor Konstantin Behrenheim«, korrigierte Gergle.

»Das schlechte Gewissen ist quasi aus dem Hörer getropft, meinte der Kollege am Empfang«, erklärte Schlecht. »Nun meine Frage: Warum? Immerhin habe ich noch nicht einmal eine Vermisstenmeldung der Eltern.«

»Warum glaubt er, dass Thorsten Häussler vermisst ist?« Eva runzelte die Stirn. Ziemlich weit hergeholt; Häussler hatte sein Wohl vermutlich in der Flucht gesucht. Und damit den Verdacht verschärft, dass er etwas mit dem Verschwinden von Paul Deutz zu tun haben könnte. Oder hatte Behrenheim mitbekommen, dass er irgendwas vorhatte, und wollte ihn jetzt an seiner statt ans Messer liefern? »Häussler ist womöglich unser Mörder und aktuell auf der Flucht.«

»Tja, vielleicht tun wir ihm unrecht. Denn genau um Thorsten Häussler geht es hier, Frau Brenner. Wollen wir uns das Video ansehen?« Schlecht klickte auf Wiedergabe. »Woher kommt es? Es zeigt nicht die Fachhochschule. Herr Gergle?«

Eva verdrehte die Augen. Waren sie hier in der Grundschule?

»Es zeigt das Parler-Gymnasium, etwa hundert Meter weiter unten auf der gegenüberliegenden Seite«, erklärte Gergle.

»Das Parler? Das hat einen hervorragenden Ruf, was soll es mit unserem Fall zu tun haben?«, wunderte sich Eva.

»Das ist das Eigenartige. Der Professor hat am Telefon von der Schule gesprochen, sonst hätten wir da niemals gesucht, auch wenn sie nur ein paar hundert Meter von der Fachhochschule entfernt ist. Die Bänder habe ich mir gleich heute Morgen beim Hausmeister besorgt. Überwacht wird leider nur der Teil beim Parkplatz, nicht der Haupteingang. Aus datenschutzrechtlichen Gründen.«

»Gute Arbeit«, lobte Eva und bemerkte den rötlichen Schimmer auf Gergles Wangen.

»Von wann ist das Video?«

»Wird unten eingeblendet. Vom Montagmorgen zur Zeit der großen Pause. Und gestern hat Behrenheim Häussler als vermisst gemeldet.«

»Wieso sind wir nicht sofort darüber informiert worden?«, fragte Eva.

»Jetzt aber Ruhe!«, ordnete Schlecht an.

Schweigend starrten die Kollegen auf den Bildschirm. Parkplätze, Bäume, eine Straße. Alles unscharf. Etwas abseits hinter Büschen stand ein junger Mann in einem Mantel. Er war von schmaler Gestalt, aber nicht einmal die Haarfarbe war eindeutig zu erkennen, so verfälscht waren die Farben. Wartete er auf jemanden? Er schien nervös zu sein. Jetzt drehte er sich um.

Obwohl das Video keine Details zeigte, meinte Eva, Thorsten Häussler zu erkennen. Spielte ihr das Gedächtnis einen Streich? Wie kam Gergle darauf, dass das der Vermisste war, und was hatte er an der Schule verloren?

Sie musste ihre Frage laut geäußert haben, denn Schlecht knurrte: »Behrenheim weiß vermutlich von Häusslers anderen Dealerjobs. Wenn er an der Fachhochschule Drogen verkauft, tut er das vermutlich auch am Parler-Gymnasium. Ist ja quasi nebenan.«

»Wir sollten überprüfen, ob er auch an der Schillerschule weiter unten sein Unwesen treibt«, merkte Gerhard an.

Derweil tat sich etwas auf dem Bildschirm. Zwei Schüler traten auf Häussler zu. Es sah nach einem normalen Gespräch aus, bis irgendetwas ausgetauscht wurde.

Dann war Häussler wieder allein. Schülergruppen passierten ihn, ohne dass es zu weiteren Kontakten kam. Nun war nur er im Bild. Vermutlich hatte inzwischen der Unterricht wieder begonnen. Doch es blieb nicht lange ruhig, denn ein Auto rollte am unteren Bildrand heran. Ein Mann stieg aus. Er umrundete den Wagen, einen SUV. Häussler war in dieser Kameraeinstellung vom Auto verdeckt. Der Mann befand sich näher an der Kamera; er musste besser identifizierbar sein als der mutmaßliche Häussler, der weiter weg stand. Vorerst passierte nichts mehr. Zumindest nichts, was auf der Kamera sichtbar gewesen wäre.

»Sind wir durch?«, fragte Gerhard. »Ich hab noch mehr zu tun, als diesem Arschloch beim Drogenverticken zuzusehen. Schicken wir eine Streife, der kommt wieder.«

»Warten Sie«, zischte Schlecht.

Der Mann erschien wieder im Bild und schaute sich hektisch um. Dann wurde die Heckklappe geöffnet. Er verschwand, tauchte wieder auf. Offensichtlich hatte er Schwierigkeiten, etwas Größeres abzutransportieren.

»Jetzt hievt er Häussler in den Kofferraum«, kommentierte Gergle, noch bevor die entsprechende Szene zu sehen war.

Anschließend schloss der Mann die Heckklappe, stieg in den SUV und war binnen Sekunden davongefahren.

»Deshalb also konnten wir ihn nirgends erreichen.« Eva wischte sich mit einer Hand über die schweißnasse Stirn. »Hoffentlich kommen wir nicht zu spät.«

»Um nicht zu spät zu kommen, müssen wir erst mal den Entführer identifizieren«, knurrte Gerhard.

***

Eine halbe Stunde später saßen die Ermittler im Büro des Schulleiters des Gmünder Parler-Gymnasiums. Mit besorgt gerunzelter Stirn betrachteten Hagdorn und Huber das Video. Wenn Eva sich nicht täuschte, zeigte sich im Gesicht von Frau Huber Erkennen, als der SUV gerade zum wiederholten Mal ins Bild rollte. Sie wechselte einen stummen Blick mit dem Schulleiter.

Die Idee, über ältere Videoaufzeichnungen der Schule mehr über Paul Deutz herauszufinden, hatte sich leider zerschlagen, denn die Videos wurden ungesehen nach jeder Woche gelöscht. Frau Huber führte den Schutz der Schüler an und erklärte, dass es Sachbeschädigungen bei den parkenden Autos gegeben habe und die Maßnahme deshalb ergriffen worden sei. Die Aufnahmen würden nur im Fall einer Sachbeschädigung geprüft, was allerdings schon über ein Jahr nicht mehr der Fall gewesen sei.

»Wenn Sie etwas wissen – oder jemanden erkennen –, sind Sie verpflichtet, Ihr Wissen weiterzugeben«, erklärte Eva der Vollständigkeit halber.

Die Frau hob die Hände und ließ sie wieder sinken. »Ja aber, ich meine …«

»Das ist wirklich weit hergeholt.« Auf Hagdorns Haaransatz hatte sich ein feuchter Film gebildet. »Andererseits …«

»Also, den jungen Mann kennen wir nicht«, stellte Frau Huber fest, als ob es sich um die wichtigste Aussage handelte.

Schlecht zog die Augenbrauen hoch und bedachte den Schulleiter mit einem finsteren Blick.

»Bei dem Auto könnte es sich um das eines unserer Väter handeln.« Hagdorn verschränkte umständlich die Finger ineinander und schaute wieder zu seiner Stellvertreterin.

»Auf diese Art holt er bestimmt keins seiner Kinder ab«, bemerkte Gerhard bissig.

»Das ist nicht sein Sohn«, erklärte Huber.

Aha, dann hatten die beiden den betreffenden Vater also schon identifiziert.

»Herr … Gehrlund hat einen Sohn in der Oberstufe. Aber, wie gesagt, sehr unter Vorbehalt.«

»Dann bräuchten wir nur noch die Adresse«, sagte Eva. »Andere Eltern sind auszuschließen?«

Beide nickten. Huber stand auf, um Gehrlunds Adresse auf dem Computer zu suchen.

»Dieser Nissan«, antwortete Hagdorn, »ist ein Importfahrzeug. Den fährt nur Davids Vater.«

»Den Sie auf dem Video erkannt haben?«

»Also, festlegen möchte ich mich jetzt nicht«, versuchte Hagdorn nochmals auszuweichen, doch die Huber nickte. Sie legte vor Eva den Zettel mit Gehrlunds Adresse auf den Tisch.

»Ich möchte dem Mann nichts unterstellen. Nur ist er auf diversen Diskussionen schon ausfällig geworden. Nicht wahr, Heribert? Aber dass er gleich jemanden niederschlägt …« Sie schien sichtlich betroffen, als das in Dauerschleife abgespielte Video die entsprechende Stelle zeigte.

»Wen könnte er denn niedergeschlagen haben – und warum?«, fragte Gerhard.

»Um was ging es in diesen Diskussionen, die Sie erwähnten?«, hakte Eva ein.

Frau Huber hob die Hände. »Es gibt Eltern, die meinen, an unserer Schule gibt es …« Sie suchte Augenkontakt mit dem Schulleiter, als ob er etwas freizugeben hatte.

Hagdorn seufzte und senkte den Blick. »… ein Drogenproblem.«

»Und zu diesen Eltern gehörte Herr Gehrlund?«

Huber nickte. »Er ist sozusagen der Redeführer, zusammen mit zwei anderen Eltern, die Dinge behaupten, die wir als Schule so nicht unterschreiben können.«

»Fürchterlich. Eine Art Elternwehr«, ergänzte Hagdorn. »Die sind hier Patrouille gelaufen und haben den Kindern Angst gemacht. Was die sich alles ausgedacht haben …«

Na ja, ausgedacht … Der wartende Mann mit dem Mantel. Thorsten Häussler. Ein Drogenhändler. Vermutete der Vater das Gleiche, oder hatte er genau Bescheid gewusst?

»Gehrlund hat Thorsten Häussler entführt«, folgerte Eva.

Gerhard kniff die Augen zusammen. Felix Schlecht zog sich für ein Telefonat in den Flur zurück.

»SEK ist informiert«, antwortete er knapp, als er zurückkehrte.

***

Als sie die Anhöhe am Mutlanger Berg erreichten, wurde die Straße bald zu einer Sackgasse, an deren Ende das Haus stand.

»Seit Gehrlund letztes Jahr geschieden wurde, ist er neben der Spur und sieht überall Schuldige für das Fehlverhalten seines Sohnes«, rekapitulierte Eva die Aussagen des Leiters des Parler-Gymnasiums.

»Luftlinie kein Kilometer zum Fluchtweg, in dem Paul Deutz entsorgt wurde«, stellte Gerhard mit Blick auf die Rems im Tal fest. »Und dann noch der städtische Mitarbeiter, der den Toten gemeldet hatte. Wer hätte damit rechnen sollen?«

»Bei der Befragung hat er sich absolut unauffällig verhalten, ja bestürzt gezeigt, hieß es«, antwortete Eva. Dieses Verhalten konnte auf einen besonders kaltblütigen Täter hinweisen. Sie schloss für einen Moment die Augen.

Der doppelte Carport vor dem Haus lag wie die Straße ausgestorben da. Einer dieser neuerdings unvermeidbaren Kieselsteingärten umsäumte das Haus. Einzelne Buchsbüsche waren die einzigen grünen Flecken.

Die Kollegen des SEK warteten bereits. »Wir haben eben geklingelt. Er ist nicht da«, wurde Schlecht von Einsatzleiter Karl Hecker informiert.

»Dann öffnen wir die Tür«, antwortete er.

Eva beschloss, sich zuerst einen Überblick zu verschaffen. An der Rückseite des Hauses gab es eine weitere Tür, diese war jedoch wie erwartet verschlossen. Ein SEK-Beamter sicherte den Garten, falls Gehrlund sich doch im Haus aufhalten sollte.

Drinnen sah alles nach überstürztem Aufbruch aus. Eine schwarze Jacke lag auf dem Boden, als wäre sie vom Kleiderhaken gerutscht. Zwei Schuhe standen mitten im Weg. Ansonsten war alles sauber und aufgeräumt. An den Flur schlossen eine offene Küche und ein in hellen Tönen gehaltener Wohnbereich an. Eva hätte sich das Haus eines Geschiedenen unordentlicher vorgestellt.

Aus dem Augenwinkel sah sie, wie Gergles Finger sich auf das Adressbuch neben dem Telefon zubewegten. Eva zischte nur, und er zog sie sofort zurück. So langsam bekamen sie ihren Neuzugang in den Griff.

Die Kollegen des SEK schwärmten geschäftig aus, ins Obergeschoss, durch die Wohnräume hier im Erdgeschoss, und auch die Tür zum Keller stand offen. Eva schaute einen Moment lang nach unten, und einem unbestimmten Gefühl folgend beschloss sie, die Stufen hinunterzugehen.

Gergle hinter ihr schnaufte, als er ihr folgte. »Ernsthaft? Der Keller ist der Ort, in dem man in jedem Film als Erstes suchen würde«, stellte er fest.

Die Treppe war mit hellem Teppich ausgelegt. Einzelne dunkle Flecken zogen sich über die Stufen. Blut.

»Verbrecher nehmen selten Rücksicht darauf, was wir denken, dass sie tun sollten«, murmelte Eva.

Sie hörte die Kollegen weiter hinten aufgeregt rufen und folgte dem Gang, an den ein schmaler Lagerraum und der Heizungskeller anschlossen.

Die beiden SEK-Beamten knieten vor einem Mann, der am Boden lag. Eva stellte sich dazu, als der Kollege den Mantel vom Handgelenk hochschob. »Kalt. Kein Puls.«

»Totenstarre vermutlich bereits seit einigen Stunden aufgehoben. Rumpf ist auch beweglich.«

Der Gestank war unerträglich. Thorsten Häussler lag in einer Lache aus Erbrochenem. Er war blass, wirkte, als sei er bereits eine Weile tot. Schmal und zerbrechlich sah er aus, überall Blut, blaue Flecken im Gesicht. Dazu hatte er Verbände an den Fingern, die sich bereits ablösten. Am Rande nahm Eva kleine Plastiktütchen war, die über den Boden verstreut waren.

Weitere Beamte gesellten sich zu ihnen und begannen, den Keller nach Spuren abzusuchen und zu fotografieren.

Christian Gehrlund war also der gesuchte Mörder. Wenn er auch der Mann war, der Paul Deutz in dem Fluchtgang unten an der Rems jämmerlich hatte ertrinken lassen, woher hatte er den Schlüssel gehabt, woher wusste er überhaupt, dass die Gänge existierten?

»Der Mörder von Paul Deutz«, flüsterte sie den anderen zu.

»Der da?« Der SEK-Kollege deutete auf den toten Häussler und schaute Eva skeptisch an.

Sie schüttelte den Kopf. »Christian Gehrlund.« Die gleichen blauen Kabelbinder, mit denen Deutz festgezurrt worden war, schnitten auch ins Fleisch von Thorsten Häusslers Handgelenken.

Sie beugte sich zu ihm hinunter und sah ihn genauer an, während sie versuchte, nur flach zu atmen. Die Arbeit der Kollegen um sie herum wurde zu Hintergrundrauschen. So selbstsicher und fast ein bisschen arrogant hatte Häussler an der FH in seinem Gespräch mit dem Professor gewirkt.

Seinen Mantel trug er immer noch, dreckverkrustet und blutverschmiert. Das Shirt darunter ebenfalls rot getränkt, das dünne Haar verklebt. Angetrockneter Schaum vor dem Mund. Seine Nase war krumm. Hatte Gehrlund ihm ins Gesicht geschlagen? Es sah fast aus, als ob seine Nase gebrochen war, aber die Farbe der Hämatome deutete darauf hin, dass die Verletzung nicht frisch war. Die Verbände an seinen Fingern waren ebenfalls schmutzig verfärbt und lösten sich bereits ab. Hatte er die schon gehabt, als er entführt worden war? Auf dem Video war es nicht zu erkennen gewesen.

Was um Himmels willen hatte Christian Gehrlund angetrieben? Hielt er sich für einen selbst ernannten Robin Hood, der die kleinen Rädchen im Drogenhandel eliminieren wollte? Waren die anderen Mitglieder dieser sogenannten Elternwehr auch in die Morde verwickelt, wussten sie von Gehrlunds Treiben? Vor allem: Wo war der Mann?

Als die hinzugerufenen Spurensicherer den Tatort sichteten, hatte sich das Team bereits in der Küche eingefunden. Eine Nachbarin schaute neugierig in eines der auf dem Hof geparkten Polizeifahrzeuge.

Eva musste für einen Moment raus, den Gestank aus dem Keller loswerden, frische Luft in ihre Lungen pumpen. Sie ging die Straße entlang, sog die Ruhe ein, wartete, dass ihr Magen sich beruhigte.

Eine Wohngegend wie viele. Singende Vögel, Reihenhäuser, kleine Wohneinheiten, Einfamilienhäuser. Die meisten Menschen bei der Arbeit, irgendwo in der Ferne Kindergeschrei. Leere, gepflegte Gärten. Ordnung vor dem Haus, Ordnung im Haus. Warum hatte Gehrlund Häussler hierhergebracht?

Sie rief sich die Bilder von Paul Deutz in Erinnerung. Wie gut es passte. Deutz, der Drogenhändler, gefangen von der Bürgerwehr. Ein paar Tage lang hatte er in dem Fluchtgang festgebunden vor sich hinvegetiert, hatte Nahrung und Getränke bekommen und war dann in der Flut elend erstickt. Einer Flut, mit der Gehrlund nicht hatte rechnen können. Oder hatte er es auf den Tod des Mannes angelegt? Die Lust verloren? Versucht, mit ihm zu diskutieren, sich mit ihm gestritten?

Alles deutete darauf hin, dass es zumindest am Anfang auf eine Erziehungsmaßnahme hinausgelaufen war. Ein Vater, der Probleme mit den ersten Drogenversuchen seines Sohns hatte. Anders nun sein Vorgehen bei Häussler. Mit dem hatte er schnell kurzen Prozess gemacht, wie es aussah. Oder einfach die Geduld verloren, weil er sich alleingelassen fühlte?

Ein Wagen brauste mit hoher Geschwindigkeit über die Kuppe der Sackgasse. Ein SUV. Nissan. Eva blieb mitten auf der Straße stehen und stand Auge in Auge mit Christian Gehrlund, der langsam zu begreifen schien, was weiter vorn in seiner Hauseinfahrt geschah.

Hektisch bremste er ein paar Meter vor Eva ab und versuchte, das Auto umständlich zu drehen. Die schmale Straße war nicht dafür gemacht. Eva sprintete zu dem Wagen hinüber, der gerade zurücksetzte, und zog am Griff der Beifahrertür. Gehrlund hatte sie offensichtlich noch nicht mit dem Tumult vor seinem Haus in Verbindung gebracht, denn er schaute sie überrascht an, wie sie die Tür öffnete und versuchte, sich auf den Beifahrersitz zu ziehen.

»Christian Gehrlund«, keuchte Eva. »Sie sind festgenommen wegen des Verdachts, Thorsten Häussler getötet zu haben.« Ihre Finger griffen in das weiche Polster, sie zog sich weiter ins Fahrzeug.

Der Wagen kam für einen Moment vollständig zum Stehen, und der Mann hinter dem Steuer schaute sie entgeistert an. Doch dann erwachte er aus seiner Starre und hieb mit der Faust auf ihre linke Hand. »Raus aus meinem Auto!«, brüllte er und drückte aufs Gas.

Der Motor heulte, und der Nissan machte einen Satz nach vorn in einen Vorgarten. Eva spürte, wie der Rahmen der Beifahrertür durch die Wucht in ihre Hüfte gedrückt wurde. Ihre Hand löste sich vom Sitz, und sie fiel nach hinten. Sie landete im Gras, doch während sie noch nach Luft schnappte, drehten die Reifen des Nissan in der Erde durch. Er setzte zurück. Eva konnte sich nur durch eine rasche Drehung vor dem tonnenschweren Gefährt retten. Auf dem Boden liegend sah sie dem davonpreschenden Fahrzeug nach.

Einen Moment später hielt Karl Hecker, der Leiter der SEK-Einheit, mit quietschenden Reifen neben ihr. Schlecht öffnete die Tür. »Einsteigen!«, befahl er, während zwei Fahrzeuge mit Blaulicht an ihnen vorbeirasten. Er klemmte das magnetische Blaulicht aufs Autodach.

Sie schossen die Sackgasse entlang, inzwischen unter den Blicken vereinzelter Anwohner, denen das Spektakel nicht verborgen geblieben war. Gehrlunds SUV war verschwunden, aber die Verfolgung war bereits aufgenommen. War er nach links in Richtung Mutlangen abgebogen oder nach rechts in Richtung Gmünder Zentrum?

Die Kollegen vorn schlugen nach rechts ein, also fuhren sie den Berg hinunter. Sirenen heulten, und die Autos fuhren an den Straßenrand, um sie passieren zu lassen. Als sie am Kreisverkehr in die Remsstraße einbogen, sahen sie ihn endlich. Gehrlunds SUV wartete an der Ampel hinter einem Kleinlaster. Seine Räder bewegten sich langsam vorwärts, aber er hatte aufgrund des Gegenverkehrs keine Möglichkeit, zu überholen.

Wie angriffslustige Jagdhunde näherten sich die Polizeifahrzeuge. Hecker zog an den anderen vorbei, während Schlecht sich mit einem unterdrückten Seufzen in den Sitz drückte. In diesem Moment scherte auch Gehrlund aus. Nur knapp konnte ein entgegenkommender Audi ausweichen, der unter wildem Hupen nun über den Randstein schoss und quer über die Gegenfahrbahn zum Stehen kam. Endlich schafften sie es, den Kleinlaster ebenfalls zu überholen. Sie rasten die Remsstraße hinunter.

Gehrlund schoss mit einem Affenzahn auf den Kreisverkehr vor dem Bahnhof zu. War der total wahnsinnig? In dieser Geschwindigkeit würde er doch nie … Eine Frau mit Kinderwagen überquerte die Fahrbahn. Wie gelähmt blieb sie stehen und starrte gebannt auf das heranrasende Auto, doch dann löste sie sich aus der Schockstarre und brachte das Baby und sich mit einem Satz auf die andere Seite in Sicherheit. Gehrlund dagegen beschleunigte weiter. Der Kreisverkehr war viel zu eng für ein solches Manöver!

Der Wagen touchierte den Randstein, schlingerte auf zwei Reifen zurück über die Fahrbahn und schanzte auf der anderen Seite über die Kante des Bürgersteigs. Die Polizeiwagen vor ihnen kamen mit wild blinkenden Lichtern zum Stehen. Für einen Moment befand sich der komplette SUV vor ihnen in der Luft, und es wirkte, als würde er weiter beschleunigen, um über das Geländer in die Rems zu gleiten. Doch das Gewicht hielt das Fahrwerk unten, und so krachte er mit voller Wucht in das Metallgeländer.

Als sie den mit den Vorderrädern in der Luft hängenden Wagen erreichten, lag Gehrlund bewusstlos auf dem Airbag. Eine feine Blutspur zog sich aus seinem Ohr bis unter seinen weißen Hemdkragen, sein Mund war geöffnet, die Augen geschlossen.

Während die Kollegen die Erstsicherung des Unfallorts vornahmen, verständigte Eva den Notarzt und hörte auf einem Ohr, dass Schlecht eine andere Meldung hereinbekommen hatte.

Untätig stand sie neben der geöffneten Beifahrertür, der, aus der sie keine Viertelstunde zuvor herauskatapultiert worden war. Gehrlund schien wieder bei Bewusstsein zu sein, denn er ächzte und versuchte, langsam den Kopf zu drehen. Hecker beruhigte ihn von der anderen Seite aus und beschwor ihn, sich nicht zu bewegen, bis der Arzt da war.

Als sie sich umdrehte, sah Eva in Schlechts schreckgeweitete Augen. »Wir wissen jetzt, wann sie zuschlagen.«

»Wann wer zuschlägt?« Sie brauchte einen Moment, um die Informationen zu sortieren, doch Schlecht tippte schon wieder auf seinem Handy.

DREIZEHN

Die Sonne schickte ihre warmen Strahlen über die sanften Hänge des Remstals. Organisatoren der Sternfahrt waren alle Gemeinden, die an der Landesgartenschau 2019 beteiligt gewesen waren und die glücklicherweise beschlossen hatten, dass die Aufwertung der Erholungsorte mehr verdient hatte als ein einmaliges Event.

Missmutig schaute Eva auf die Motorradfahrer der Eastriders Ellwangen und ihrer Supportergruppen, darunter der Clingons MC und die Packs. Die B 29 blieb offiziell für eine Stunde gesperrt. Es würde deutlich länger dauern.

An der Strecke hatten sich über hundert Motorradfahrer eingefunden, um an der Sternfahrt teilzunehmen. Wenn man die Horde so anschaute, hätte man trotz ihres martialischen Auftretens nicht vermutet, dass hier auf der Ostalb die kriminellen Hochkaräter der Szene auf einem Haufen versammelt waren. Was war in den letzten Jahren passiert, unbemerkt von der Öffentlichkeit?

Auffällig war, dass die komplette junge Garde der Eastriders fehlte. Nicht einmal Mirza hatte sich blicken lassen. Mit seinem Sportwagen konnte er bei einer Sternfahrt auch schlecht vorfahren, aber sie vermutete etwas anderes. Ob er sich selbst die Finger schmutzig machen würde?

Heigele, der Leiter des gemeinsamen Tourismusverbandes, fuchtelte nervös mit den Händen, als er die letzten Abläufe mit Holger Kipp absprach. Na, wenn der wüsste, dass von seinen Plänen gleich nichts mehr übrig sein würde.

Felix Schlecht hatte angeordnet, dass keiner außerhalb des engsten Kreises im Team vor dem Einsatz erfahren sollte, was wann passieren würde – und was auf dem Spiel stand. Sie selbst waren natürlich nur zur Sicherung der Veranstaltung da. Die Kollegen der Reviere waren jeweils über ihren Einsatzort und ihre Aufgaben informiert, allein die SEK-Koordination hatte den

Überblick. Das Risiko war einfach zu groß. Und andererseits die Chance, die ganzen Hochkaräter zu schnappen.

Wieder glitzerte die Sonne über den unschuldigen Hängen. Eva ließ ihren Blick schweifen. War Schlechts Risikoeinschätzung korrekt? Wenn es Unbeteiligte traf, waren sie alle mitschuldig. Hier beim Start der Sternfahrt standen nur wenige Neugierige, die Menschenmengen wurden in den Städten entlang der Rems erwartet, nicht auf der B 29.

Die Kollegen lagen schon seit dem frühen Morgen auf ihren Posten. Eva beschloss, ein paar Meter zu gehen. Wie ruhig es hier nun war, da die Bundesstraße abgesperrt war. Ihre Turnschuhe gingen über den ebenen Straßenboden, sie lief weiter und weiter. Es blieb noch genug Zeit.

Felix Schlecht würde den Startpunkt für den Zugriff zentral durchgeben, in etwa einer Viertelstunde. Wenn die Einschätzung der LKA-Kollegen richtig war, würden sie fast achtzig Kriminelle festnehmen können. Die junge Garde der Eastriders Ostalb stellte dabei die kleinste Gruppe. Vor allem von Berlin aus hatten die Kollegen starke Reisetätigkeit durchgegeben.

Eva bemerkte eine Reflexion weiter oben am Hang, im Gebüsch. Was war das? Sie sah sich um. Die Kollegen standen wachsam um die Gruppe der Eastriders herum verteilt. Die Motorradfahrer waren ebenfalls wachsam, aber nicht beunruhigt. Alles friedlich.

Sie beschloss, genauer nachzusehen, und verließ den Asphalt über den Seitenstreifen, bis sie inmitten der ersten Bäume mit der Umgebung verschmolz. Bestimmt nur eine Täuschung oder Müll, den jemand im Wald zurückgelassen hatte und der jetzt in den Strahlen der noch schwachen Sonne glänzte. Und doch musste sie ausschließen, dass etwas übersehen worden war. Dass jemand übersehen worden war.

Ihr Blick streifte Jägi, der etwas abseits der anderen stand und telefonierte. Was hatte er denn so Wichtiges zu besprechen? Er schaute zu ihr herüber und hob kurz die Hand. Nie allein in eine Gefahrensituation gehen. Sie öffnete den Mund. Und schloss ihn wieder. Die Polizeispäher hatten die Gegend seit dem Vorabend im Blick. Das Risiko war gering. Nein, sie würde schnell selbst nachschauen.

Isfahan Kemal wischte ein Krabbeltier von seinem Arm. In seinem Kopf ging vieles durcheinander. Und diese Viecher lenkten ihn ab. Da, noch eins. Eklig. Und obwohl der Boden eigentlich trocken war, kroch die feuchte Kälte langsam durch seine Jeans. Überall juckte es. Die Chefs mit ihren verdammten Revierkämpfen.

Wenn er die Aufgabe heute allerdings durchführte, ohne zu klagen, standen ihm die Türen endlich offen. *Vallah Billah!* Dann war sein Aufstieg klar. Wann ging es endlich los? Noch eine knappe Viertelstunde.

Er blickte zu seinem Honda, der versteckt an einem Waldweg geparkt war und den er mit wenigen Schritten erreichen würde, wenn er seine Aufgabe erfüllt hatte. Klamottenwechsel, Hemd und Anzugjacke, so hatten sie es ihm eingebläut, das Gewehr unter den Rahmen in die Vorrichtung geklemmt. Den Heimweg musste er über die kleinen Orte in der Gegend antreten, nicht direkt über Aalen und die Autobahn fahren. Wie oft sie ihnen das eingetrichtert hatten, als ob sie kleine dumme Jungs waren. Klar, auf der Autobahn war das Risiko zu groß, dass die Bullen kontrollierten. Nach dem, was hier gleich los sein würde.

Er grinste und prüfte das Heckler & Koch. Auf Subsonic-Munition hatten sie verzichtet. Lautstärke spielte hier keine Rolle, verlangsamte Munition war leiser, stellte aber ein Risiko dar. Die Kugeln mussten gut hundert Meter weit fliegen. Geschwindigkeit und Perfektion, ein Klacks für ihn. Jetzt hatten die Scheiß-Aufträge, die er immer erledigen musste, ein Ende. Dieser noch, dann …

Aus der Ferne hörte er nichts, nicht mal das Brummen der Motoren. Nur diese blöden Bullen, die offensichtlich den Start der Sternfahrt überwachten. Gut, wenn er möglichst viele von denen erwischte, war es auch kein Schaden. Er sondierte die Beamten, die die Rockergruppe umstellt hatten. Auch so eine Sache, die er nicht verstand.

In Isfahans Kopf ging vieles durcheinander. Was hatte der blöde Chef sich eigentlich gedacht, als er ihn hierhin geschickt hatte? Wenn er schoss, solange die Bullen da waren, würden sie ihn schnappen, wenn er die nicht alle gleich miterledigte. Irgendwas hatte mit seinem Navi nicht gestimmt, laut Koordinaten hätte er voll im Nichts Position beziehen sollen. Da war ein Zahlendreher drin gewesen, keine Frage. Gescheit, wie Isfahan war, hatte er den Fehler vom Chef korrigiert. Würde er ihm aufs Brot schmieren, wenn er wieder daheim in Berlin war.

Warum sie ihn hinter der Gruppe positioniert hatten, keine Ahnung. Die Wege des Allmächtigen und die seiner Chefs waren unergründlich. Überhaupt, warum sollten sie die Alten auf der Strecke erschießen? Was hatte eine Machtdemonstration für einen Sinn, wenn keiner davon mitbekam? Und worauf sollte er hier schießen, auf ihre Rücklichter?

Doch der Sergeant at Arms hatte ihn wieder mit dem Blick angeschaut, den er speziell für Isfahan reserviert zu haben schien. Sollte er doch froh sein, wenn einer in dem Laden intelligente Fragen stellte … Clevere Fragen. Eine Eigenheit, die nur zukünftige Führer hatten. Klar, dass der Sergeant at Arms da nicht gegen anstinken konnte, *vallah.*

Isfahan strich über sein Heckler & Koch und ignorierte das leichte Krabbeln, das sich seine Wade erneut hocharbeitete. Ein Rascheln. Er hob den Kopf. Woher war es gekommen?

Es dauerte nicht lange, bis er die Frau entdeckte, die zwischen kahlen Zweigen nach etwas suchte. Und gleichzeitig nicht gesehen werden wollte. Wie sie sich in den Hang drückte. Pah. Isfahan blickte sich um, fand die Felsformation, die ihm zuvor schon aufgefallen war, und erhob sich geräuschlos.

Eva entdeckte eine Art Plateau im Hang. Sie hielt sich ihr schmerzendes Bein, vermutlich hatte sie sich mit dem kurzen, steilen Marsch zu viel zugemutet. Egal.

Durch die Äste sah sie nach unten, wo die Gruppe aus Motorradfahrern und Beamten immer noch wartete. Obwohl sie einen guten Orientierungssinn besaß, war sie sich nicht mehr sicher, wo genau sie die Reflexion gesehen hatte. Irgendwo hier, so viel war klar.

Sie musste vorsichtig sein. Gleichwohl war es vermutlich unmöglich, ungesehen zu bleiben, schon allein beim Aufstieg. Eva schaute sich weiter um, aber es gab nichts, was ihren Verdacht erhärtete. Sie ging hinüber bis zu der kleinen Senke, die durch das Umstürzen eines Baumes mitsamt Wurzelteller entstanden war. Nichts. Überhaupt nichts. Am besten, sie ging wieder zurück zu den anderen.

Ein Stück weiter drüben hatte jemand Müll liegen lassen. Ungewöhnlich, hier an dieser abgelegenen Stelle gab es keinen Weg, und eine klassische Strecke für Wanderer war das hier bestimmt nicht. Als sie näher kam, entdeckte sie die kleine Plastikflasche, die aufrecht im Laub steckte, als ob sie jemand erst vor Kurzem dorthin gestellt hatte. Eva ging in die Hocke und tastete über die Erde. Die Blätter waren großflächig platt gedrückt. Der Boden fühlte sich hier wärmer an. Was …? Sie drückte sich aus der Hocke hoch, als etwas mit dumpfem Krachen auf ihren Kopf hieb.

***

»Aber … aber …« Heigeles Stimme brach, als die Maschinen alle auf Schlechts Kommando abgestellt wurden. »Aber der Tourismusverband … die Sternfahrt …«

»Wir können das Risiko nicht eingehen«, beschwichtigte sein Assistent, der die Tragweite so weit wohl schon verstanden hatte. An Regina Wernhaupt gewandt fragte er: »Ist es denn nur ein Risiko oder bestätigt?«

Regina, die eben bei Felix Schlecht über Funk mitgehört hatte, dachte an all die halbautomatischen Waffen, die sich bis gerade in den Hängen des Remstals versteckt hatten. »Purer Ernst.«

Fast dreißig Personen hatten sie gefasst, alle von ihnen schwer bewaffnet, teils bereits mit entsicherten Gewehren. Hier von einem bloßen Risiko zu sprechen wäre grob fahrlässig gewesen. Umfassend und tagelang hatten die Berliner Mirzas alte Kameraden abgehört, wie ein Kollege eben erzählt hatte. Strenge

Geheimhaltung, nicht mal sie beim LKA hatten die Information erhalten.

Wie es aussah, bekamen sie diesmal alles geliefert, was sie für eine Anklage brauchten: Telefonate, Verabredungen per Chat, Hintermänner. Was für ein Glück für die Ermittler. Da hatten die alten Garden der Biker ihre Spuren mit ihrem zurückhaltenden Stil effektiver verwischen können.

Und sie hatte recht behalten. Gegenüber den Neuen war das bisherige Prozedere der Beamten absolut veraltet. Alles entwickelte sich mit den neuen technologischen Möglichkeiten rasend schnell weiter. Wechselnde Strukturen und die Verbindungen ins Ausland. Diesen Banden konnten sie nur mit ebenfalls neuen Methoden auf die Spur kommen.

Und die Kollegen aus Berlin freuten sich, dass sie Mirza Arslanlars Clique endlich überführen konnten. Wie die Beamten hier dagegen Holger Kipp, Stulli und die anderen Ellwanger drankriegen würden, das war leider noch nicht klar und musste sich über die Zeit entwirren. Sicher trugen Arne Kämmerers Aussage sowie die der Frauen dazu bei, das Führungsgremium des MC für Zwangsprostitution, Waffen- und Drogengeschäfte verurteilen zu können. Doch nachdem nicht einmal die zwei Toten, die die Aalener Kollegen dank des Kronzeugen gefunden hatten, bisher als Mordopfer identifiziert werden konnten, brauchten sie weitere Indizien dringend.

Als positives Zeichen wertete Regina, dass die Jungen wenig Interesse an den Verschwiegenheitsstrukturen der Alten hatten. Sie hielten treu zu ihren Clanchefs, alles andere war ihnen egal. Mit etwas Glück bekamen sie über diese Schiene zusätzliches Material über Kipp und Konsorten.

Regina entdeckte Michael Jäger, den Mechaniker ihres Clubs, im Gespräch mit einem MC-Supporter. Eva Brenner war mit dem Mann befreundet, soweit sie wusste. Während viele Kollegen in ihrer Betriebsblindheit alle MC-Mitglieder über einen Kamm schoren, schien zumindest Eva eine Freundschaft zu ihm zu pflegen, seinem Urteil zu vertrauen. Auch wenn sie ihm vorher nicht Bescheid hatte sagen können, welche Wendung die

Sternfahrt nehmen würde. Aber wer von ihnen hatte das schon gewusst. Die Anspannung war nach wie vor spürbar.

»Klappt alles?« Jäger hatte sie gesehen.

Regina zwinkerte. »Soweit ich gehört habe. Aber erst die Pflicht, dann die Kür. Woher kennst du Eva eigentlich?«

Der Blick ihres Mechanikers ging in die Ferne. »Ist 'ne lange Geschichte«, sagte er schließlich und lächelte sentimental. »Und du kennst sie vermutlich von Ermittlungen?«

»Ja, beim letzten Mal.« Regina lachte bitter. »Diesmal hat Eva mich allerdings observiert, weil sie mich für eine Kriminelle gehalten hat.«

Jäger wirkte nicht erstaunt. »So ist Eva. Erst das Recht und dann die Freundschaft. Wo ist sie überhaupt?«

»Schon 'ne Weile nicht mehr gesehen. Sie müsste irgendwo hier sein.«

Er legte die Stirn in Falten. »Als ich sie das letzte Mal gesehen habe, war sie drüben am Hang.«

»Am Hang? Was wollte sie da?« Reginas Augen suchten den Wald ab, bis sie bemerkte, dass der Mechaniker schon vorausgerannt war.

Regina holte Michael Jäger ein, als sie den Grünstreifen erreicht hatten. »Heldenmut hilft uns nicht weiter.« Sie zog ihn am Ärmel. »Wenn sie da oben ist, hat sie vielleicht ein Problem. Und in das hat sie sich wahrscheinlich nicht selbst gebracht. Am besten, wir teilen uns auf. Geh du zu Schlecht und informier ihn. Wir sollten unauffällig bleiben. Die Leute werden hier unten gebraucht.«

»Und du?« Er schien nicht überzeugt.

Regina biss sich auf die Unterlippe. »Ich such sie so lange.«

Was sollte er jetzt mit der Tussi machen? Immerhin regte sie sich nicht. Machte keinen Mucks. Vielleicht hatte er sie geext? Dann konnte er die Alte gleich da liegen lassen, wenn sein Auftrag beendet war. Isfahan musste auf seinen Einsatz warten, sonst war es das mit der Karriere. Und was konnte er für die Bullentussi? Eben.

Er legte sich wieder in Position und versuchte das unangenehme Gefühl zu ignorieren, vielleicht neben einer Toten zu liegen. Wie sagten die Chefs? Jetzt war er auch ein »1%er«. Und es würde nicht seine letzte Leiche bleiben, nicht am heutigen Tag und nicht in Zukunft, so viel war klar.

Er bemerkte nicht gleich, dass sich etwas im Gebüsch hinter ihm sacht bewegte. Als sich die Gestalt aus dem Dickicht löste, musste sie das so leise getan haben, wie er selbst es gelernt hatte. Erst als winzige Ästchen neben seinem Kopf knackten, warf Isfahan seinen Kopf herum.

Ein scharfer Schmerz durchfuhr ihn, als sich schwere Stiefel auf sein Handgelenk stellten und der Lauf einer Pistole gegen seine Schläfe drückte. »Waffe fallen lassen«, befahl die Stimme über ihm.

***

Benommen wischte Eva die Hand des Sanitäters von ihrem Arm. »Danke«, knurrte sie unhöflicher, als sie es wollte. Überrumpeln hatte sie sich lassen wie ein Anfänger da oben am Hang. Irgendjemand hatte sie gefunden, und erst im Wagen der Sanitäter war sie wieder zu sich gekommen. Und dann sollte sie ins Krankenhaus – als ob dafür jetzt Zeit wäre! Der erste Teil des Einsatzes war wohl schon vorüber, die Kriminellen in den Hängen des Remstals gefasst.

Eva hörte einen Funkspruch. Gleich war es so weit, jetzt würden sie die verbliebenen Eastriders und ihre Kompagnons festsetzen. Mit unsicherem Schritt taperte Eva hinüber, um Jägi vorsichtig aus der Schussbahn zu ziehen, wenn die Kollegen zugreifen würden.

Sie war es gewesen, die ihn gebeten hatte, zur Sternfahrt hinzuzukommen, um die Abfahrt »zu überwachen«, wie sie ihm gesagt hatte. Ob er es wirklich geglaubt hatte? Das stand auf einem anderen Blatt. Sie hatte sich besser gefühlt, einen Freund aus dem Umfeld dabeizuhaben, jemanden, der die Lage einschätzen konnte.

Über die Falle hatte sie ihm nichts erzählt, nur angedeutet, dass die Sternfahrt zu einem schnellen Ende kommen würde, nicht wirklich stattfinden könne. Er hatte nicht weiter nachgefragt. Vielleicht konnte er behilflich sein, wenn ein Tumult ausbrach.

Noch hatte sich unter den Teilnehmern nichts herumgesprochen. Es herrschte zwar Unruhe, aber keiner wusste, was los war. Schlecht hatte geplant, die Hochkaräter des MC hier an Ort und Stelle festzusetzen. Die vermeintlichen Opfer des Hinterhalts waren eben viel mehr als »nur« Opfer.

»Wie geht es dir?«, fragte Jägi mit einem Augenzwinkern. Er wirkte erleichtert. »Nicht kaputtzukriegen, meine Eva.«

Hatte er sie drüben beim Sanitäter gesehen, oder wieso fragte er das? Eva versuchte das Dröhnen in ihrem Kopf wegzuschieben. »Alles okay. Geh jetzt am besten aus der Schussbahn und halt dich von den MCs fern. Gleich geht's los.«

Sie beobachtete, wie er zu einer Besuchergruppe ging, die er anscheinend kannte. Der begabte Mechaniker war in diesen Kreisen vermutlich so etwas wie ein bunter Hund. Warum zückte er schon wieder sein Handy, während er seine Bekannten begrüßte? Fast konnte man den Eindruck gewinnen, er wolle jemanden warnen. Eva zögerte nur einen Moment lang, dann wandte sie ihren Blick ab. Wenn sie jemandem zu hundert Prozent trauen konnte, dann war es ihr alter Freund.

Sie entdeckte Regina, die sich zusammen mit Kollegen des LKA Stuttgart zu Schlecht gesellt hatte. Ein lockerer Kreis von Beamten stand um die Fahrergruppe verteilt.

»Janz andere Gegend, janz andere Gegend«, sagte einer.

»Da kommen unsere Kriminellen schon zu euch, weil's hier noch entspannt is.« Einer der Berliner klatschte Schlecht auf die Schulter, die anderen lachten. »Ick würd jern tauschen mit dir, Felix.«

Eva fragte sich, ob es eine gute Idee war, dass Regina sich nun hier offiziell auf der Gegenseite präsentierte. Schließlich war ihre verdeckte Ermittlertätigkeit vielleicht vorher schon aufgeflogen. Und nicht nur das, sie wurde bestimmt von dem einen oder anderen Rocker erkannt.

»Weißt du, wann es losgeht?« Eva umarmte ihre Kollegin kurz. »Ich will die Typen gesichert wissen.«

Regina erwiderte die Geste. »Wir warten noch auf zwei weitere Gefangenentransporter. Zu viele Festnahmen heute.« Sie lachte ihr tiefes Lachen. »Geht's dir schon wieder besser?«

Irgendwie wirkte auch sie erleichtert. Wie vorhin Jägi. Hatte sie etwa mitbekommen, dass der Typ am Hang Eva niedergestreckt hatte? Ach, wahrscheinlich spielte sie auf den Granatsplitter in Evas Bein an.

Jägi kam eben zurück und steckte sein Handy in die Tasche. Wen hatte er denn angerufen?

Eva konnte nicht weiter über die offenen Fragen nachdenken, denn Schlecht schickte nun den Startschuss für die Festnahmen über Funk.

Holger Kipp diskutierte gerade mit der Führungsriege des MC. Erregt hieb er mit einer Faust in die offene Hand. Über was regte er sich auf? Wenn der wüsste, dass er gleich noch viel mehr Grund dazu bekommen würde … Er musste bemerkt haben, dass sie ihn beobachtete, denn jetzt drehte er sich um und warf Eva einen hasserfüllten Blick zu. »Geht's denn endlich los?«, fluchte er laut.

In diesem Moment stellten sich zu beiden Seiten der Rockergruppe Beamte auf. Handschellen klickten. Kipp riss die Augen auf, versuchte, sich mit einem gewaltigen Stoß zu entziehen, aber der Kollege parierte und drehte dem President den Arm auf den Rücken. Alle Kräfte waren in Habachtstellung, leisteten hoch konzentriert ihre Arbeit. Obwohl gut dreißig Kollegen die Szene umstellt hatten, konnte es jederzeit passieren, dass eines der Motorradclub-Mitglieder aus falsch verstandener Solidarität überreagierte.

Doch es blieb ruhig, als sie das Führungspersonal aus den Gruppen von Eastriders, Clingons und Packs entfernt hatten. Einzig Murmeln und Kopfschütteln waren die Reaktionen. Ohne ihre Anführer waren sie ein ziemlich hilfloser Haufen. Ein paar versuchten, sich vom Acker zu machen und ihre Maschinen so unauffällig wie möglich durch die Beamtenlinien zu schieben. Vergeblich: Jetzt ging es zur Personalienaufnahme. Und zwar für alle, auch wenn es nur die Laufburschen waren.

Das Jammern des Veranstalters der Sternfahrt übertönte das Gemurmel. Schade für den Mann, schade für die Städte entlang der Rems, für Gmünd, für Schorndorf, Winterbach, Kernen, Waiblingen, in denen bestimmt schon viele Menschen warteten, und schade für die Folgeveranstaltung, die an die Sternfahrt anschließen sollte. Aber ein Sieg für den Rechtsstaat.

Jägi unterhielt sich derweil mit Regina. Erst telefonierte er die ganze Zeit, dann sprach er mit ihrer Kollegin, als ob er sie schon ewig kannte. Was ging hier vor sich? Eva ging hinüber. »Ihr kennt euch?«

»Ja, flüchtig. Vom Stuttgart LEMC«, antwortete Regina. »Jägi repariert unsere Maschinen.«

Was wohl hinter der Abkürzung LEMC steckte? So tief war Eva nie in die Szene eingestiegen, um alle Motorradclubs der Gegend zu kennen. Aber irgendetwas lief hier abseits des Protokolls.

»Verheimlichst du mir etwas?« Eva hielt sich ihren pochenden Hinterkopf und musterte Jägi offen. Lügen hatte noch nie zu seinen Qualifikationen gehört. Bei Regina war sie sich da nicht so sicher.

Und tatsächlich, er wich ihrem Blick aus. »Ich glaube nicht …«

»Michael?«

»So hast du mich in zwanzig Jahren vielleicht zweimal genannt. Wenn ich was ausgefressen habe.« Warum verkniff er sich ein Grinsen?

Regina verfolgte ihr Gespräch derweil ebenfalls lächelnd, aber stumm.

»Also?«

»Vielleicht … schon.« Jetzt zog sich das Grinsen über sein ganzes Gesicht.

Evas Gefühl sagte ihr, dass sie hier im Moment nicht mehr erfahren würde. Sie ging weiter, um bei den Befragungen dabei zu sein, und hörte die beiden hinter sich wieder sprechen, ohne etwas zu verstehen. Was ging denn zwischen den beiden vor sich? Wenn ihr Kopf nur nicht so dröhnen würde. Bei den Lügenkonstrukten der Eastriders und ihrer Supporter sah sie schon Verdächtige, wo sie sie nicht sehen sollte. Dass sie Regina verdächtigt hatte, war nicht gerade eine Glanzleistung gewesen. Und ausgerechnet Jägi wäre der Letzte, der Geheimnisse hatte. Oder?

Zu den Gefangenentransportern hatten sich inzwischen auch die Motorräder gesellt, die die Kollegen an den Remstal-Hängen eingesammelt hatten. Fast allesamt Berliner Nummernschilder, also waren es alles Clanmitglieder. Und die konnten sich nicht damit rausreden, dass sie nur Motorrad fahren wollten. Hier kamen ein paar Jährchen zusammen. Schwerstbewaffnete Beamte sorgten nicht nur für Respekt, sondern veranlassten sogar Heigele, den Veranstalter, leiser zu jammern.

Evas Blick erfasste in einem der Wagen Tibor Harani, der hasserfüllt auf einen Punkt hinter ihr starrte. Regina. Wenn der wieder aus dem Knast kam, hatte sie einen Freund fürs Leben. Eva drehte sich um und beobachtete die Kollegin, die ihn offensichtlich auch bemerkt hatte und ihr Kinn nach vorn schob, ohne ansonsten die Miene zu verziehen. Wischte sie sich eine Träne aus den Augen? Ihr Blick verriet nicht das Geringste. Wie stolz sie war.

Nicht viel besser wurde es, als Holger Kipp nach der Befragung an Eva vorbeigeschubst wurde. Seine Gesichtszüge waren vollkommen ruhig, seine Stimme nur ein leises Zischen. »Man sieht sich öfters, als manchen lieb ist.«

»Es wird mir ein Vergnügen sein«, antwortete Eva laut genug, dass die Umstehenden sie hörten. In ihrer Tasche ballte sie eine Faust. Was würde dieses Arschloch kriegen? Wenn man ihm die Mordaufträge an den Vermissten nicht nachweisen konnte, sah es düster aus. Im Moment gab es noch nicht einmal eine Spur ins Lager des MC, den Handgranatenangriff betreffend.

Wie konnten durchschnittlich intelligente Kriminelle ein solches Netzwerk aus Lüge und Betrug auf die Beine stellen und es derart erfolgreich am Laufen halten? Durch Gier, Macht, Abhängigkeit. Mit Opfern, deren Todesursache im Totenschein lapidar als »Suizid« eingetragen war. Feine Fäden, die schnell zu einem Gespinst wurden, dem man nicht mehr entkam.

Keine fünf Minuten später schwoll ein leises Brummen in der Ferne langsam an. Motorräder. Ein weiterer Hinterhalt?

Nicht nur Eva, auch die anderen Beamten waren alarmiert. Jägi, der eben noch mit dem – warum auch immer – deutlich entspannter wirkenden Veranstalter gesprochen hatte, nahm jetzt die Hände hoch. »Die Sternfahrt kann stattfinden«, rief er über den Asphalt und winkte Regina zu sich.

»Herr Jäger hat mir dabei geholfen, zwei Motorradclubs anzusprechen, die so freundlich waren, kurzfristig für die ausgefallenen einzuspringen. Alles Beamte, Ehemalige und Polizeinahe.«

Reginas Worte gingen im Röhren der Maschinen und dem Klatschen der anwesenden Polizisten unter. Jetzt fiel Eva die Bedeutung der Abkürzung ein: LEMC, Law Enforcement Motorcycle Club. Polizisten, Zollfahnder, Justizbeamte und andere, die gern Motorrad fuhren, sich aber bewusst von ihren kriminellen Kollegen abgrenzten. Bestimmt sechzig Fahrer waren zusammengekommen. So schnell. Das Netzwerk funktionierte.

Herr Heigele indes konnte seine Freude kaum verbergen und brüllte in sein Funkgerät, um die an die Aktion angeschlossenen Kommunen zu informieren, dass alles doch wie geplant ablaufen konnte. Derweil entfernten sich die Gefangenenbusse einer nach dem anderen, um die Festgenommenen in die Haftanstalten zu bringen.

Als sich der Tross in Bewegung setzte, schloss Eva zu Regina und Jägi auf und legte beiden einen Arm um die Schultern. »Jetzt weiß ich endlich, was ihr mit eurem Gemauschel bezweckt habt.«

»Und nebenbei hat deine Kollegin dich noch gerettet«, bemerkte Jägi. Dann entfernte er sich klammheimlich.

Eva zog Regina zur Seite, der die Sache irgendwie peinlich zu sein schien. »Was meint Jägi?«, fragte sie.

»Er gibt das Lob zu Unrecht weiter.« Regina lächelte fein. »Er hat zuerst bemerkt, dass du nicht zurückgekommen bist. Ich bin dir dann nur nachgegangen.«

»Und hast den Kerl im Alleingang niedergestreckt, was?«, fragte Eva spaßeshalber.

Reginas Gesicht blieb ausdruckslos. »So in etwa.«

Jetzt erst wurde Eva klar, dass es tatsächlich so gewesen sein musste. »Danke. Für alles. Und entschuldige.«

Für einen Moment blieb Regina stocksteif stehen, dann entspannte sie sich. »Ich denke … Vermutlich konntest du gar nicht anders reagieren, oder?«

Eva widerstand dem Drang, alles herunterzuspielen. »Was würdest du tun, wenn du eine Kollegin in einer intimen Situation mit einem vermutlich Kriminellen siehst?«

»Sie fragen?« Regina presste die Lippen zusammen. Sie kämpfte mit sich, Eva sah es an ihrem Blick. »Nein. Nein, ich glaube, das würde ich auch nicht tun.«

Hatten ihre Augen einen feuchten Glanz? Eva entschied sich, nicht weiter auf der Sache herumzureiten. »Bring dich und Leif einfach nicht mehr in gefährliche Situationen, okay?« Damit nahm sie ihre Kollegin fest in den Arm.

VIERZEHN

Eva öffnete den Brief, der auf ihrem Platz lag, mit zitternden Fingern. Adressiert an Björn Fuchs. Aber der Zettel mit »Kann das so in die Hauspost?« von der lieben Frau Schloh war ja so etwas wie eine Aufforderung, oder? Und zugeklebt war er ebenfalls nicht gewesen.

Sehr geehrter Herr Fuchs,
Ihrem Einspruch gegen die Zwangspensionierung wird nach Rücksprache mit Präsidiumsleitung und Polizeiarzt stattgegeben. Damit folgen wir dem Hamburger Modell der stufenweisen Wiedereingliederung nach § 74 und werden Sie in Ihrem bisherigen Dezernat im Innendienst mit 40 % integrieren. KOR Kurt Willner bestätigt, dass eine Stelle geschaffen werden kann. Die Tätigkeit kann erweitert werden, sollte Ihr Gesundheitszustand in Abstimmung mit dem Amtsarzt für ausreichend stabil befunden werden. Wir freuen uns auf Ihre Rückkehr zum 1. Juli.
Herzlich
Dr. Heide Birkach

Eva steckte den Brief zurück in den Umschlag und atmete tief durch. Zwei Wochen waren seit der Sternfahrt vergangen, und Kurt Willner war inzwischen in Reha. Wann hatten er und Dr. Birkach sich abgestimmt? Sei es, wie es war, die beiden hatten nicht nur das Dezernat sehr glücklich gemacht, sondern vor allem ihren Kollegen Björn und seine Familie. Evas eigener Brief hatte hoffentlich dazu beigetragen.

Das Verbotsverfahren der Eastriders Ellwangen ging wider Erwarten zügig voran. Informanten des LKA berichteten über eine kurze Unruhe in der Szene, als unter den Übriggebliebenen offenbar die Gründung eines neuen Charters besprochen wurde, die legal leider möglich war. Die Hürden für ein Verbot einer kompletten Vereinigung waren in Deutschland deutlich höher als die für eine Streichung einzelner Regionalgruppen.

Ein weiterer Wermutstropfen war die schwache Beweislage gegen die alte Riege der Eastriders. Zwar konnte die Führungsebene um President Holger Kipp nach der Durchsuchung des Ziegelhauses in Wasseralfingen wegen schwerer professioneller Zuhältertätigkeit und Menschenhandels zur Rechenschaft gezogen werden, aber eben auch nicht für mehr.

Die Gebeine, die nach Aussage des Aussteigers Kämmerer an den Hängen der Kaiserberge gefunden worden waren, gaben keinen Hinweis auf die letzten Stunden der Toten. Gelernt war eben gelernt, wie Schlecht konstatierte. Immerhin, die zweite Riege um Mirza Arslanlar konnte zu hohen Haftstrafen verurteilt werden. Wegen vielfachen geplanten Mordes bei der Sternfahrt, illegalen Waffenbesitzes und schwerer Bandenkriminalität.

Kipp wäre also bald wieder auf freiem Fuß und würde vermutlich da weitermachen, wo er aufgehört hatte, ohne den Gegenwind der jungen Generation ins Gesicht geblasen zu bekommen. Deren eventuell verbliebene Hangarounds wiederum konnten vollkommen unerkannt in den Untergrund ausweichen, weil ihnen das Tragen der Kutte sowieso zuwider war und sie so natürlich nicht auffielen. Dieses Problem hatten die Berliner Kollegen bei ihrem Aufenthalt ausführlich geschildert.

Doch das Verfahren zog weitere Kreise, denn im Zuge der Zerschlagung einer kleinen Gruppe namens Skullz MC waren die Ellwanger Kollegen zufällig auf ein Drogenlager in einer Kleingartensiedlung unterhalb des Schlosses gestoßen, das in seinem Ausmaß locker mit den großen Fällen der letzten Jahre mithalten konnte. Nicht nachzuvollziehen waren bisher die dort aufgefundenen Blutspuren von Thorsten Häussler. Nach wie vor gab es keine Hinweise, dass der Student mit den Eastriders oder Skullz Kontakt gehabt hatte. Im Gegensatz zu Paul Deutz. Die Kollegen hatten auch nur deshalb Proben genommen, weil die getrocknete Lache auf dem Asphalt so auffällig gewesen war.

Alles würde sich im Nachhinein wohl nicht mehr klären lassen, denn Häussler war eines der beiden Bauernopfer in diesem Spiel. Der Täter, Christian Gehrlund, hatte bei seiner spektakulären Flucht keine nennenswerten Verletzungen davongetragen. Und er war geständig, zumindest was den Mord an Thorsten betraf. Nicht mehr zurechnungsfähig sei er gewesen, zu viel getrunken habe er, seit der Scheidung von seiner Frau sei er anfällig, das könne auch sein Psychologe bestätigen.

Hoffentlich kam er damit vor Gericht nicht durch. Der Drecksack hatte Thorsten seine eigenen Drogen verabreicht. Interessanterweise nicht Cannabis oder Kokain, mit denen der Junge so fleißig gehandelt hatte, sondern einen Pillencocktail, den sein Herz nicht vertragen hatte. Wer Häussler die Finger und die Nase gebrochen hatte … vermutlich bestand hier der Zusammenhang mit den Blutspuren in Ellwangen.

Die offen zur Schau gestellte Reue für seine grausamen Taten nahm Eva Gehrlund jedenfalls nicht ab. Im Fall Paul Deutz hatte er sich selbst als Opfer geriert, das den Jungen nur hatte bestrafen wollen. Und wie es aussah, würde ihm der Tod von Paul vor Gericht tatsächlich als fahrlässige Tötung ausgelegt werden, nicht als Mord. Wie auch, ohne Beweise?

Die Entführung von Deutz und sein Martyrium in diesem Fluchtgang wogen schwer, aber wenn Gehrlund weiterhin angab, dass er ihm nur eine Lektion hatte erteilen wollen, würde es schwer werden, das Gegenteil zu beweisen.

Den Schlüssel zum Fluchtgang hatte Gehrlund als Mitarbeiter im öffentlichen Dienst bei der Arbeit kopiert, war über den Keller des Wohnhauses mit dem wohl ohnmächtigen, aber nicht allzu schweren Deutz in den Gang gelangt, wo er ihn an den Eisenring gebunden hatte. Wie leid es ihm tue! Mit der Überflutung des Ganges habe er nicht gerechnet und einen Schock bekommen, als er dem Kleinkriminellen Essen bringen wollte.

Von wegen Essen bringen. Für die Tage, die Deutz vermutlich halb tot dort unten in diesem nasskalten Gang verbracht hatte, konnten die Kollegen der Spurensicherung keine Gabe von Lebensmitteln feststellen. Vielleicht gerade noch etwas Wasser hatte er ihm gegeben.

Und dann war Gehrlund es tatsächlich selbst gewesen, der als Stadtbediensteter den Fund des Toten gemeldet hatte. Als beträfe ihn das persönlich alles nicht. Blieb nur, auf einen weisen Richter zu hoffen, der Parallelen zu dem grausamen Mord an Thorsten Häussler zog.

Die beiden anderen Vertreter der Elternwehr, Frau Borgutsky und Herr Frank, hatten Stein und Bein geschworen, nichts von Deutz' Verbleib und seinem Martyrium im Fluchtgang gewusst zu haben. Sie waren einfach froh gewesen, dass Gehrlund es so selbstverständlich übernommen habe, dem jungen Mann eine Lektion zu erteilen.

Frank hatte sogar behauptet, den Toten nach seinem Verschwinden nochmals in der Schule gesehen zu haben. Reine Schutzbehauptung? Nicht mehr nachprüfbar, aber dass der Schock an den beiden nagte, war klar erkennbar. Sie zeigten sich erschüttert über Gehrlunds Kaltblütigkeit und waren daher zur Kooperation in allen Punkten bereit.

Ihre Strafe würden sie bekommen, sie trugen eine Mitschuld an Deutz' Tod. Hoffentlich würde der Polizeipsychologe das genauso sehen und in seiner Urteilsempfehlung an die Staatsanwaltschaft begründen. Auch wenn bei diesen beiden vermutlich alles auf Bewährung hinauslaufen sollte.

Konstantin Behrenheim hatte seine Professur an der Fachhochschule für Gestaltung für unbestimmte Zeit niedergelegt. Dem Verfahren, das das Drogendezernat gegen ihn anstrengen würde, entging er trotzdem nicht.

»Komm, der neue Sokoleiter feiert seinen Ausstand.« Gerhard stellte eine Vase mit Tulpen auf Evas Tisch und schaute auf die Uhr.

»Lila Tulpen? Für Schlecht?« Eva runzelte die Stirn.

Ein Schleier huschte über Gerhards Wangen. »Für dich«, nuschelte er. »Als kleine Entschuldigung. Eine ganz besondere Züchtung, hab ich vom Markt. Siehst du die Fransen da oben in Pink?«

Und schon wieder lenkte er ab. Eva lächelte. »Schon vergessen, mein kleines Kameradenschwein. Apropos Blumen, was ist eigentlich mit Magdalena Deutz?«

Ihr Kollege winkte ab. »Vergebliche Liebesmüh. Ich habe noch zweimal versucht, sie zu Terminen beim Amt zu begleiten, aber jedes Mal hat sie eine Ausrede.«

»Vielleicht ist sie mit ihrer Arbeit ja gar nicht so unzufrieden?«, versuchte Eva zu trösten. »Manche Menschen überfordert es, wenn sie ihr ganzes Leben auf den Kopf stellen sollen. Dann noch der Kontakt mit den Behörden.«

»Und sie hat ihren Sohn verloren. Vermutlich hast du recht«, räumte Gerhard ein. »Vielleicht bin ich ein bisschen mit der Tür ins Haus gefallen.«

Eva lächelte warm und schnupperte an den Tulpen.

***

Felix Schlecht hatte tatsächlich Prosecco gekauft. Wenn Kurt Willner das gesehen hätte. Alkohol in seinem Dezernat! Mehr als einen feuchten Händedruck hätte es bei ihm vermutlich nicht einmal gegeben, wenn sie die gesamten mafiösen Strukturen in der Gegend auf einen Schlag aufgelöst hätten.

Und – hatte Felix Schlecht etwa auch Kuchen gebacken?

»Meine Frau«, erklärte er, während er den lockeren Gugelhupf in kleine Stücke schnitt. Die mit Konfetti bedruckten Plastikbecher und Servietten passten irgendwie so gar nicht zu dem steifen Stuttgarter. Bestimmt ebenfalls von seiner Frau gepackt, brachten sie immerhin ein bisschen Farbe ins Aalener Präsidium. Zusammen mit den lila-pinken Tulpen auf Evas Schreibtisch.

Jens Gergle näherte sich dem Prosecco. »Ich helf dann mal bei den Flaschen«, dröhnte er und streckte schon seine Finger aus.

»Ich mach das!« Eva und Gerhard stoben beide gleichzeitig los und stießen mit den Schultern gegeneinander. Im Raum war es so ruhig, dass man hören konnte, wie Schlechts Messer durch den Teig schnitt. Gergle schaute nachdenklich in die Runde.

Eva fühlte ihre pochenden Wangen, als sie sich zu ihm umdrehte und ihm die Flasche in die Hand drückte. »Sie machen das schon. Guter Mann!«

»So weit würde ich mit dem Lob jetzt nicht gehen …«, flüsterte Gerhard, als die gesamte Mannschaft zurückgetreten war und den Neuen dabei beobachtete, wie er erst die Kapsel, dann die Agraffe vom Flaschenhals löste, um sich schließlich vergeblich mit dem Korken abzumühen. Wenn er jetzt nicht noch auf sie zielen würde …

Nachdem sie Gergle eine lange Minute zugesehen hatten, fasste sich schließlich Frau Schloh ein Herz. Sie feuchtete ein Handtuch an, klemmte die Flasche unter den Arm und legte das Tuch darüber. Mit langsam drehenden Bewegungen löste sie den Korken und öffnete den Prosecco, ohne dass der Flasche das leiseste Ploppen entwich.

»Bei Ihrem Einstand dürfen Sie es wieder probieren, Herr Gergle!« Sie zwinkerte, und die Kollegen klatschten erleichtert. Dass es bei Willner keine Sektflaschen geben würde, musste sie ihm ja nicht auf die Nase binden.

Und mit dem Einstand konnte Gergle sich auch Zeit lassen, denn der Chef war wohl noch die nächsten zwei Monate außer Gefecht gesetzt. Mindestens. Unkaputtbar zwar, aber nichtsdestoweniger musste auch ein Willner Verletzungen auskurieren wie jeder andere von ihnen. Und so folgte jetzt nach den ersten Heilungserfolgen eine Reha, aus der er hoffentlich in alter Form zurückkehren würde. Gut, in allen Punkten brauchte man die alte Form nicht, aber in den wesentlichen.

Nach wie vor wussten sie nicht, wer den Handgranatenangriff verübt hatte. Und wer ihn provoziert hatte, Regina durch ihren verdeckten Einsatz oder Eva mit der unvorsichtigen Verfolgung. Da sie einer Aufklärung auch durch die Abhörprotokolle nicht näher gekommen waren, würde die Auflösung wohl im Dunkeln bleiben.

Tibor Harani war in Bezug auf sie beide Dreh- und Angelpunkt gewesen, doch auch bei ihm hatte man nichts gefunden. Keine Spuren auf den Handys, dem PC, in der Wohnung. Immerhin, als Mitglied der jungen Garde um Arslanlar konnten ihm

Waffenbeschaffung, Waffenbesitz und Erpressung in besonders schwerem Fall nachgewiesen werden. Er würde eine Weile hinter Gittern bleiben. Zu Reginas und zu Evas Glück.

***

Tom räusperte sich, und Eva schaute zu Boden.

Die ältere Dame mit den Goldohrringen schaute von einem zur anderen und dann zu ihrem Mann. »Sie solltet scho wissa, ob se zusamma einziehen wollet oder net.«

Eva spürte den abwartenden Blick aus drei Augenpaaren. »Ich … also …«

»Natürlich!«, erklärte Tom mit genervtem Unterton. »Wir suchen gemeinsam eine Wohnung.«

»Natürlich!«, bestätigte Eva mit so viel Nachdruck, wie ihr möglich war.

»Also, i ben mir net sicher.« Die Frau legte die Hand an ihr Kinn und kniff die Augen zusammen, bevor sie sich mehr oder weniger flüsternd an ihren Mann wandte. »Die verheimlichet ons doch irgendebbes. Die isch beschdimmt schwanger, oder moinsch, die hend an großa Hond?«

»Mir send die net sympathisch«, raunte das Ehegespons, das bestimmt schon jenseits der siebzig war. Nur weil die beiden schwerhörig waren, kamen sie offensichtlich nicht auf den Gedanken, dass Eva und Tom besser hörten.

»Na super, und so machen wir das jetzt bei den nächsten vier Besichtigungen?«, motzte Tom und strich eine Anzeige in der Tageszeitung durch.

»War doch nur ’ne Übung. Du wolltest die Wohnung doch eh nicht«, wiegelte Eva ab. »Und außerdem kann ich so schlecht lügen.«

»Ach komm, lügen. Ein bisschen übertreiben maximal. Dass du deine Wohnung behältst, müssen sie ja nicht wissen.« Tom verengte seine Augen zu Sehschlitzen. Wenn er das machte, sah er immer ganz besonders sexy aus. »Ein bisschen Einsatz! Ist das zu viel verlangt? Händchen halten, verliebt gucken. Und: Ja, AUF ALLE FÄLLE nehmen wir die Wohnung zusammen. Oder du sprichst einfach gar nicht. Noch schwieriger, als eine Wohnung mit Kind oder Hund zu bekommen, ist es nämlich, eine Wohnung als Singlemann zu bekommen, okay?«

Dass er nicht ganz ernst bleiben konnte, brachte Eva ebenfalls zum Kichern. »Okay, bei der nächsten Wohnung gelobe ich Besserung.«

»Termin in einer halben Stunde.« Ihr Freund tippte die Adresse ins Navi ein. »Komm, wir üben das noch mal. Bei Wohnung Nummer drei muss es spätestens klappen.«

»Ich gebe alles!« Eva spuckte in die Hände. »Nur die Mission zählt.«

Tom zog eine Augenbraue hoch. »Sonst komm ich noch auf die Idee, du willst, dass ich bei dir wohnen bleibe.«

Danksagung

Auch in diesem Fall sind Realität und Fiktion wieder eng verwoben. Geheimgänge und Bunker an der Rems und unter Gmünd sind keine Legende, allerdings habe ich mir hier ein paar Freiheiten genommen. Ein Geheimgang aus dem 15. Jahrhundert ist sogar hin und wieder am Tag des offenen Denkmals begehbar. Er führt vom Fünfknopfturm bis zum Josefsbach.

Drogen sind natürlich weder an der Fachhochschule noch am Parler-Gymasium ein Thema.

Die Motorradtreffen rund um die Schauplätze auf der Ostalb, die ich in den letzten Jahren besucht habe, sind von herzlichem Miteinander geprägt. Die Umtriebe krimineller Rockerbanden in der Republik sind dagegen leider keine Erfindung, ebenso wenig wie die Generationenkonflikte, die Baden-Württemberg und die Ostalb aber wohl nie erreichen werden.

Eine Strategie gegen die berüchtigten Clans wird seit 2019 erst mühsam entwickelt. Gemein mit den kriminellen Biker-Banden haben die Clans lediglich die Geschäftsfelder. In Baden-Württemberg ist es relativ ruhig, die Aktivitäten der Clans konzentrieren sich hauptsächlich auf Nordrhein-Westfalen, Niedersachsen, Bremen und Berlin.

Auch in diesem zweiten Teil durfte ich wieder auf ein fabelhaftes Team zurückgreifen.

Zuerst möchte ich mich bei den Mitarbeiterinnen und Mitarbeitern von emons und bei meiner Lektorin bedanken, für das Interesse am Stoff, für offene Ohren, Gespür und wertvolle Tipps. Wieder besonders hervorheben möchte ich Frau Rahnfeld und Frau Czinczoll, aber ich danke auch allen anderen Mitarbeitern, mit denen ich in Kontakt stehe und die im Hintergrund wertvolle Arbeit leisten.

Für liebevolle Unterstützung bedanke ich mich bei meiner Familie. Für konstruktive Vorschläge, Genauigkeit und Geduld ein großes Dankeschön an meine Testleser/-innen Bernd, Dorothea, Karin, Martina und Roberta.

Mein Dank für die fachlich kompetente Ermittlungsbetreuung (wie immer – entschuldigt die spannungsbedingten Vereinfachungen) geht an Bernhard, Martina sowie Herrn Märkle vom Präsidium Aalen.

Auch wieder ein großes Dankeschön an meine Spezialeinheiten vor Ort: Familie Kollmann, Larissa, Jessica, Bettina und die fleißigen und kompetenten Kolleginnen der Fachhochschule Schwäbisch Gmünd, Frau Heer und Frau Fütterling.

Besonders gefreut habe ich mich schon bei Teil eins über die wunderbare Zusammenarbeit mit den sehr engagierten Damen der Buchhandlung Henne aus Ellwangen und der Stadtbibliothek Aalen, Frau Fortenbacher und Frau Effinger.

Ein großes Dankeschön geht außerdem an alle, die hier nicht namentlich erwähnt sind, nicht erwähnt werden möchten und die ebenfalls zum Gelingen des Romans und zur korrekten Darstellung der Hintergründe beigetragen haben.